Angelo Colagrossi

Herr Blunagalli auf großer Kreuzfahrt

Angelo Colagrossi

Herr Blunagalli auf großer Kreuzfahrt

LAGO

Bibliografische Information der Deutschen Nationalbibliothek:
Die Deutsche Nationalbibliothek verzeichnet diese Publikation in der Deutschen Nationalbibliografie. Detaillierte bibliografische Daten sind im Internet über http://dnb.d-nb.de abrufbar.

Für Fragen und Anregungen:
info@lago-verlag.de

1. Auflage 2017

Nymphenburger Straße 86
D-80636 München
Tel.: 089 651285-0
Fax: 089 652096

Redaktion: Antje Steinhäuser
Umschlaggestaltung: Manuela Amode
Umschlagabbildung: MagaRo/Shutterstock; Indigo Fish/Shutterstock; Vertes Esmond; Mihai/Shutterstock; xenia_ok/Shutterstock; Crixtina/Shutterstock
Satz: Digital-Design, Eka Rost
Druck: GGP Media GmbH, Pößneck
Printed in Germany

ISBN Print 978-3-95761-172-7
ISBN E-Book (PDF) 978-3-95762-085-9
ISBN E-Book (EPUB, Mobi) 978-3-95762-086-6

Weitere Informationen zum Verlag finden Sie unter

www.lago-verlag.de
Beachten Sie auch unsere weiteren Verlage unter www.m-vg.de.

»Hab selten so gelacht!«
Akuma Chen (chinesischer Unternehmer)

Für all meine neuen Freunde

Kapitel 1

Eines habe ich noch nie verstanden: Warum eigentlich sieht man einen Wald vor lauter Bäumen nicht? Den Wald hinter lauter Hochhäusern nicht zu sehen, wie in Neapel-Fuorigrotta oder in Berlin-Marzahn, das leuchtet mir ein. Aber Bäume? Oder Türen. Ich suche jedenfalls die Tür zum Zimmer 5454, genauer gesagt, das Büro »Bordentertainment«. Und wenn es hier etwas gibt, dann sind es Türen. Dieses Schiff besteht hauptsächlich aus Türen, und die sehen nicht nur alle gleich aus, ihre Nummerierung folgt einem System, das nur Eingeweihte verstehen können. Oder sollen. Ich kenne aus Berlin die Hufeisennummerierung (auf der einen Seite beginnt man zu zählen und am Ende der Straße zählt man auf der anderen Seite wieder bis zum Anfang zurück). Zudem gibt es die bekannte wechselseitige Zickzacknummerierung (auf der einen Seite die geraden Nummern, auf der anderen die ungeraden). Aber hier komme ich nicht klar. Ich laufe einfach weiter.

Die Frauen mit Motto-T-Shirt: »Die fröhlichen Klabauterinnen, seit 1988. Eine Seefahrt, die ist lustig.« Sie blockieren den Gang, ich quetsche mich an ihnen vorbei. Sektgeruch. Überall Sektgeruch. Es ist erst elf und mir schlecht. Schnell weiter.

»5454?«, rufe ich einer Putzfrau zu, die, grob geschätzt, einhundertzwanzig Türen weiter hinten im Gang ihr Wägelchen um die Ecke schiebt. Sie hört mich nicht. Die Rezeptionistin sagte: »Ganz einfach, Herr Colagrossi, Sie fahren rauf in die fünfte Etage. Wenn Sie aus dem Lift kommen, laufen Sie immer geradeaus. Richtung Heck. Sie wissen, was und wo das Heck ist?«

»Heck heißt hinten, stimmt's?«

»Hinten heißt ›achtern‹, das Heck ist der hintere Teil des Schiffs.«

Achtern? Ich fragte noch einmal nach.

»*Signora, mi scusi,* also zur Sicherheit: Ich fahre in den fünften Stock und achtere einfach immer geradeaus?«

»Nein. Also ja. Fünfter Stock und dann geradeaus Richtung… ?« Fragend sah sie mich an.

»Heck!«, platzte ich heraus.

Die Gäste, die sich mittlerweile hinter mir gestaut hatten, klatschten so begeistert, als hätte ich bei Günther Jauch die Millionenfrage richtig beantwortet. Madonna, wie peinlich.

»Herzlich willkommen an Bord der ›Mare Bello II‹!« Mit diesen Worten überreichte mir die Rezeptionsdame meine Papiere, ich griff nach meinem Trolley, steckte meinen Pass und das Ticket ein und drückte die »5« am Aufzug. Es erstaunt mich auch nach fast dreißig Jahren, dass die Aufzüge in Deutschland immer funktionieren. So wie hier, an Bord der »Mare Bello II«, die trotz ihres Namens fest in der Hand einer deutschen Reederei ist. Man drückt, und es tut sich was. Und wenn man fährt, bleibt man nicht stecken.

Anders in Italien. Man kann froh sein, wenn man die »5« drückt und nicht in der Tiefgarage herauskommt. Oder zu Fuß gehen muss. Der Reinhard in mir meint: »Allerdings. Das reinste Chaos. Dauerbaustellen, wo man hinschaut. Nichts wird fertig.« Silvio erwidert: »Du redest von Deutschland, mein Lieber!« Reinhard: »Wie bitte?« Silvio: »BER. *Das* ist eine Dauerbaustelle, schlimmer als alle in Italien zusammen. Also, wenn du mich fragst, lieber ein kleines italienisches Chaos als kalte Gürkchen zum Abendessen.«

Reinhard und Silvio. Die beiden tauchten zum ersten Mal auf, als ich ein Kind war, und zwar in meinem von vier Geschwistern plus Eltern besetzten Wohnzimmer meiner Familie in Rom. Damals waren sie sich auch schon nie einig, hatten allerdings noch keine Namen, sondern nannten sich schlicht A und B. Ich habe sie Reinhard und Silvio getauft, als ich nach Deutschland kam, und damit begann der Kampf zwischen meiner deutschen und meiner italienischen Seele.

Natürlich hatte ich damals keinen Schimmer davon, dass sie mein Leben derart verkomplizieren würden. Sie nerven. Sie quatschen. Sie streiten sich. Ich habe mich schon oft gefragt, wer von beiden im echten Leben wohl mein Freund sein würde. Das ist jedoch sehr schwer zu sagen, wenn auch Reinhard einen ganz klaren Vorteil hat: Er hat einen Plan – Silvio kommt einfach nie zum Punkt.

Reinhard: »Genau. Der Plan ist, Zimmer 5454 zu finden. Er ist schließlich nicht zum Vergnügen hier.« Silvio: »Das musste ja so kommen. Arbeit und Vergnügen schließen einander aus. Spaßbremse!«

Mir schwirrt der Kopf vom inneren Gezerre, während ich in den Lift steige. Reinhard und Silvio sind so gleich und so verschieden wie Italiener und Deutsche eben sind. Als ich Kind war, so erinnere ich mich, während sich die Türen schließen, fuhr ich mit Mama und Papa in den Weihnachtsferien zur väterlichen Verwandtschaft. Ich war von Anfang an fasziniert von all den Menschen, die ständig durcheinanderredeten, alle gleichzeitig – laut und viel. Und ihre Worte unterstrichen sie mit jeder Menge Gesten, alle waren ständig in Bewegung. Bei meiner italienischen Familie gab es einfach keinen Stillstand und keine Ruhe – außer während der obligatorischen mittäglichen Siesta. Da hörte man zwei Stunden lang keinen Mucks von Oma, Opa, Onkeln, Tanten, Cousins, Cousinen, Nichten, Neffen und der ganzen Nachbarschaft. Aber gleich danach schienen sie doppelt so schnell alles loswerden zu wollen, was sie sich während der Mittagsruhe nicht hatten sagen können.

An jedem Weihnachtsfeiertage fuhren meine Eltern, meine Geschwister und ich samt Oma und Opa zu einem unserer vielen Verwandten, um sämtliche Onkel, Tanten und deren Ableger zu besuchen – beladen mit allen möglichen, am Abend vorher zubereiteten hausgemachten Gerichten wie Lasagne, gefüllten Cannelloni, frittiertem Gemüse, Hühnchen aus dem Backofen mit Rosmarinkartoffeln und anderen Köstlichkeiten. Auf dem Schoß. Zusammengepfercht hockten wir in dem engen, schwarzen Fiat 1100 meines Opas. Das Auto war ein ambulantes Delikatessengeschäft, dem, sobald die Tür geöffnet wurde, eine Wolke köstlicher Düfte entstieg. Nach mindestens fünf Stunden Völlerei fuhren wir singend, untermalt von Adriano Celentanos Lied »*Azzurro, il pomeriggio è troppo azzurro*«, mit leeren Töpfen und Schüsseln wieder nach Hause – um das Ganze drei Tage hintereinander zu wiederholen. Es war ein geheimnisvolles, irritierendes, faszinierendes Schauspiel, das ich auf jeder gemeinsamen großen Feier bestaunte. Vor allem diese Lust und der Spaß am gemeinsamen Kochen und natürlich Essen. Damals entdeckte ich meine Leidenschaft fürs Kochen. Ich bekomme allerdings noch heute Platzangst, wenn ich das Lied »*Azzurro*« höre …

»Hömma!«, rutscht es mir raus, als ich aus dem Lift trete. Die Frau stürmt aus einer Tür und läuft einfach in mich hinein, stolpert über meinen Trolley und wirft uns beide zu Boden. Ohne zu reagieren, rappelt sie sich wieder auf, während, klack, die Tür ins Schloss schnappt. Die Frau stakst stumm den Gang hinunter. »Hallooo?«, rufe ich betont entrüstet der seltsamen Erscheinung nach. Trug sie eine riesige Jackie-Onassis-Sonnenbrille? Und rote Handschuhe? Bei dieser Hitze? Mir läuft der Schweiß herunter und sie trägt Handschuhe! Rote – das erkenne ich auch von hinten.

Vor mir liegt ein Haufen Wäsche. Schmutzwäsche. Das Hemd kenne ich. So ein blaues mit weißem Kragen habe ich gestern noch in die Wäsche geworfen. Vor allem kommt mir der Eigelbfleck auf der Knopfleiste bekannt vor. Heiliger Bimbam.

Reinhard: »Und ich hab's kommen sehen. Ein gebügeltes Hemd kann man nämlich gar nicht mit einem verschwitzten verwechseln. Aber der Herr Signore hier ist sich ja zu fein zum Bügeln.« Silvio: »Hast du schon mal einen italienischen Mann ein Hemd bügeln sehen?« Hämisches Lachen. Reinhard: »Er ist aber *anders* als die meisten Männer.« Silvio: »Und? Das ändert nichts. Mann ist Mann.«

Da liege ich also auf meinem Achtern, neben mir mein geöffneter Trolley, und stelle fest, dass ich meine gesamte Schmutzwäsche der letzten Wochen eingepackt habe, und bin jetzt schon reif für ein frisches Hemd. »Die werden hier bestimmt eine Waschmaschine haben, oder?«, mache ich mir selber Hoffnung. Wenn ich nicht in den nächsten zehn Minuten das blöde Büro finde, springe ich in voller Montur in den Pool, es wird mir nichts anderes übrig bleiben.

Neun lange Flurminuten später stehe ich vor einer Wand. Und kein Zimmer Nr. 5454 in Sicht. *Finito,* Ende, Heck, Achtern. Mit einem Seufzer drehe ich mich um und stapfe zurück. Im Takt meiner Schritte höre ich eine altbekannte Stimme. Reinhard: »Eine Seefahrt, die ist lustig, eine Seefahrt, die ist schön ...« Silvio: »Holahi. Holaho.« Bei Strophe zehn komme ich an der Stelle vorbei, wo ich den Zusammenstoß mit dieser komischen Frau hatte. Reinhard: »... und im Heizraum bei 'ner Hitze von fast über fünfzig Grad muss der Stoker feste schwitzen, und im Luftschacht sitzt der Maat.« Silvio: »Holahi. Holaho.«

Soeben frage ich mich, woher ich eigentlich solche Lieder kenne? Aus dem Deutschkurs? Da sehe ich auf dem Boden etwas glitzern. Ich hebe das Ding auf, es ist eine, wie sagt man gleich: Brosche? Branche? Brioche? Sie ist schwer. Vermutlich aus Gold und mit einer blauen Perle verziert. Ich drehe sie um. Auf ihrer Rückseite ist in Großbuchstaben »TITANIC« eingraviert. Madonna! Ist das die Brioche von Rose?

Ich klopfe an die Kabine, aus der Jackie Onassis herausgestürmt ist. Niemand macht auf. Was mache ich jetzt? Was das Ding wohl wert ist? Sechstausend? Zwanzigtausend? Eine Million? Oder ist es nur Modeschmuck? Auf dem Wochenmarkt in Rom haben sie meiner Mutter mal eine Silberkette angedreht, die hat nach einer Woche angefangen zu rosten. Hier rostet nichts. Ich klopfe noch einmal, diesmal lauter. Keine Reaktion. Könnte ich das Ding nicht einfach liegen lassen? Reinhard: »... und die heil'gen zwölf Apostel für 'ne Räuberbande hält.« Silvio: »Holaho.«

Hier gibt es sicher ein Fundbüro. Oder ich lasse die Brioche einfach im Büro 5454, wenn ich es denn gefunden habe, und die kümmern sich darum. Madonna – das Büro! Ich stecke das Schmuckstück in die Hosentasche. Neben dem Lift war doch ein Plan des Decks abgebildet. Ich sehe mich um. Die allgegenwärtige Sektwolke hat sich verflüchtigt, und da sehe ich mit einem Mal an einer Tür vier Zahlen: 5454! Und ein Messingschild: »Bordentertainment-Manager«.

Kaum habe ich geklopft, geht die Tür auch schon auf. »Hallöchen! Herr Colagrossi! Guten Morgen! Verlaufen? Falsches Deck oder falscher Gang? Egal, jetzt sind Sie ja hier. Wie geht's Ihnen? Wollen Sie ein Gläschen Sprudelwasser?« Sie zwinkert mir zu. »Kommen Sie erst mal rein. Ach so, Merkel, wie Angela, nur Sabine. Aber das wissen Sie ja, nicht wahr?« Sie streckt mir ihre Hand hin, und bevor ich »Angel-.« sagen kann, sitze ich schon in dem Ledersessel vor ihrem Schreibtisch und stoße mit ihr an. Ich suche in ihrem Gesicht nach den berühmten nach unten hängenden Mundwinkeln, finde sie jedoch nicht. Vor mir sitzt eine adrette, dynamische Entertainment-Befürworterin, die offenbar vollkommen überzeugt ist von dem, was sie da tut. Geschmeichelt, dass sie mich sofort erkannt hat, vergesse ich, dass ich um diese Uhrzeit nicht trinke, und lasse mir ein Glas einschenken.

Nur das runde Bullauge mit dem Blick auf die Hafenanlagen von Livorno verrät, dass wir auf einem Schiff sind. Die Wände sind mit honigfarbenem Holz verkleidet, in Messingrahmen hängen Bilder anderer Kreuzfahrtschiffe und in einer kleinen Vitrine, die eines Kapitäns würdig wäre, steht ein Modell der »Bunten Kuh«, mit der die Hanse einst Jagd auf Klaus Störtebeker und seine Gesellen machte. »Die ›Mare Bello II‹ ist das größte Schiff unserer Flotte«, erklärt Merkel voller Enthusiasmus und ihre blauen Augen leuchten unter großzügig aufbereiteten Wimpern hervor. »Wir haben hier Platz für dreitausend Passagiere plus tausend Crewmitglieder.« Links neben ihrem Schreibtisch entdecke ich gerahmte Autogrammkarten. Den da kenne ich: ›Stay happy! Für Sabine. Jürgen.‹ Oder die da: ›Mast- und Schotbruch! Für Sabine. Claudia.‹ Wer ist allerdings: ›Ahoi, liebe Sabine! Bussi, Olaf‹?

»Wir haben vierzehn Decks. Auf Deck drei wird eingecheckt. Darüber befinden sich die Büros und darüber die Kabinen der Passagiere. Ab da beginnt der Urlaub. Und da spiele ich mit dem Bordentertainment natürlich eine zentrale Rolle.« Sie holt kurz durch die Nase Luft und fährt wichtig fort. »Das Wohl der Gäste steht immer, und damit meine ich *immer, on top of the list.* Wir sehen sozusagen unsere Arbeit mit den Augen der Gäste, Sie wissen, was ich meine. Und es soll ja schließlich unbedingt so sein: Die erste Kreuzfahrt ist wie der erste Kuss – den vergisst man nie.« Wir nippen beide an unserem Sekt. »Schön, dass Sie es so spontan einrichten konnten. Ich habe Ihre Karriere verfolgt – von den Erfolgen in Fernsehen und Kino über Ihr ›Blunagalli‹-Buch natürlich bis zu Ihrem letzten Roman. Ähm …« Sie rollt die Augen nach oben, offenbar auf der Suche nach irgendetwas.

»›Spaghetti al dente‹! Hat mir total gut gefallen!«, strahlt sie.

»›Kartoffeln …‹«, korrigiere ich. Sie starrt mich an. »›Kartoffeln al dente‹ hieß es.«

»Ach ja, richtig.« Sie kichert und nimmt einen Schluck. »Spaghetti – Kartoffeln, Hauptsache, Kohlenhydrate. Und ich bin ein Kohlenhydratetyp. Die Rezepte am Ende des Buches sind ganz köstlich, und es ist soooo lustig geschrieben. Unsere Gäste werden Ihre Shows lieben!« Sie nickt mir freundlich zu, schiebt mir den Vertrag auf meine Seite des Schreibtischs und kreist mit dem Kuli zwei Daten ein. »Zweimal ›Lesung und Kochen‹. Die erste haben wir für übermorgen eingeplant, die andere in vier Tagen. Den Rest der Zeit haben Sie frei!«

»*Va bene*, das passt perfekt. Ich wollte nämlich den Rest der Zeit nutzen, um …«

»Gehen wir noch einmal Ihre Zutatenliste durch: Ich habe alles organisiert, top Qualität. Hier: Kapern surfine in Salz eingelegt oder hier: die Rehrücken exklusiv aus dem Bayerischen Wald.«

»*D'accordo*, perfekt. Ich vertraue Ihnen da.« Ich bemerke einen Tropfen, der knapp neben dem Papier auf dem Schreibtisch landet, und hoffe, dass er vom Sektglas kam. Ich brauche eine Dusche. Sicherheitshalber lehne ich mich zurück und trinke aus. Wohin mit dem Glas? Ich stelle es auf meinem Knie ab.

Reinhard: »Das geht schief!« Silvio: »Aber er sieht gut aus. Lässig. Ziemlich souverän, findest du nicht?« Reinhard: »Er sieht eher aus wie einer, der gleich eine Riesensauerei anrichtet.« Ich will die Brosche, die ich im Flur gefunden habe, aus meiner Tasche holen und sie ihr geben, aber sie redet wie eine Prosecco-Flasche, die sich über mich ergießt, weiter.

»Herr Colagrossi, da wäre noch eine kleine Sache.« Beim ernsten Tonfall ihrer Stimme horche ich auf und das Glas kippt mir vom Knie. Es landet mit einem sehr unglasigen Geräusch auf dem Teppichboden. »Normalerweise passiert uns so etwas nicht, aber wir können Ihnen die zugesagte Kabine nicht zuweisen.« Jetzt macht sie eine Pause. Welche Reaktion erwartet sie? Ich beuge mich nach vorn. Frau Merkel lehnt sich zurück. Der Alkohol schießt mir in den Kopf. Soll das bedeuten, ich bekomme eine Kabine ohne Dusche? Ohne Fenster? Oder sogar ohne Bett? Nein, so etwas gibt es nicht mal auf einem Containerschiff, oder?

»Unsere Kreuzfahrt ist eine ausgesprochen beliebte Tour durchs Mittelmeer. Deshalb sind wir auch fast immer ausgebucht. Dieses Mal sind wir sogar überbucht ...und deshalb mussten wir ...aber das steht ja alles in Ihrem Vertrag, den Sie unterschrieben haben ... Sie wissen schon. Wenn das Schiff voll ist, haben Sie sich bereiterklärt, Ihre Kabine als ›Eins als Doppel‹ zu nutzen, verstehen Sie?« Sie unterstreicht ihre Worte, indem sie den Mittelfinger über den Zeigefinger kreuzt, und sieht mich erwartungsvoll an.

Ich kapiere gar nichts.

Kapitel 2

»Schreibblockade, Herr Colagrossi! Oder soll ich lieber Herr Blunagalli zu Ihnen sagen? Wir müssen das Wort endlich laut aussprechen, nicht wahr? Sie haben eine Schreibblockade«, seufzte Hübner, der Programmleiter meines Berliner Verlags.

»*Va bene. Va bene*«, murmelte ich und mied seinen Blick.

»Was ist denn los?«, versuchte Hübner es auf die milde Art. »Haben Sie die Blockade wegen der Vorwürfe von Ihrem Finanzamt«

»Das wurde aber eingestellt«, widersprach ich schmallippig.

»Wegen Ihrer seltsamen Affäre?«

»Ach, das war nur eine Falschmeldung.«

»Wegen Ihrer Trennung?«

Ich raunte ein leises »Ach, nein ...«. Mehr brachte ich nicht über die Lippen.

»Herr Colagrossi«, Hübners Ton wurde, wenn auch nicht lauter, etwas dringlicher. »Schreiben Sie sich die Seele leer. Alles, was Sie belastet, schreiben Sie es runter. Und bringen Sie meinetwegen so viel wie möglich davon in Ihr autobiografisches Kochbuch rein. Das wollen die Leser haben. Sie werden schon sehen, dann sind Sie die Blockade bald los. Schreiben Sie alles auf, was Sie gerade quält oder gequält hat!«

»Aber ich brauche nur ein bisschen mehr Zeit. Drei Monate und ein bisschen noch.«

»Nicht schon wieder, ich habe Ihnen schon drei mal drei Monate gegeben und die Vorauszahlung haben Sie auch schon abkassiert. Jetzt sind Sie dran mit Liefern. Ich will endlich Colagrossis autobiografisches Kochbuch lesen.«

Die Tür zum Besprechungszimmer flog auf. »Herr Hübner? Es ist gleich Viertel nach zwölf.« Er nickte, stand langsam auf und sagte leise: »Ich bin sofort da. Wir sind hier fertig, glaube ich.« Und während er mir die Hand gab: »Wollen Sie das schöne Geld wieder zurückzahlen? Kein Buchautor sein, sondern Koch werden? Sie schaffen das, Herr Colagrossi. Zögern Sie nicht, Ihre Lektorin anzurufen. Das letzte Buch ging Ihnen doch leicht von der Hand, ich habe keine Zweifel, dass Sie auch diesmal der Blitz der Erleuchtung treffen wird.«

Ich fühlte, wie mein Blutkreislauf sich verlangsamte. Zweihundertzwanzig Seiten? In drei Monaten? Das ist doch nicht so viel, beruhigte ich mich. Zumal ich alle Rezepte und alle Geschichten im Kopf hatte.

»Ich weiß, Sie haben alles im Kopf. Aber ein Buch wird nur dann draus, wenn Sie endlich anfangen zu schreiben. Denken Sie einfach daran, wie Sie die wunderbaren Rezepte Ihrer Großmutter genossen haben. Auf Wiedersehen, Herr Colagrossi.«

Familienrezepte und Familiengeschichten. Einige würde ich noch ausschmücken müssen, sinnierte ich, wegen anderer sollte ich noch mal mit meinen Freunden in Italien telefonieren. Da waren noch so viele Erinnerungen, etwa daran, wie ich mit vier Jahren diese Pasta mit Brokkoli und Pancetta – einer speziellen Specksorte – gegessen hatte. An Details konnte ich mich beim besten Willen nicht erinnern, außer dass mir die Orecchiette, die Öhrchen, zunächst etwas suspekt vorgekommen waren.

Gut, mein autobiografisches Kochbuch. Ich rechnete erneut durch: zweihundertzwanzig Seiten in drei Monaten. Das wären zweieinhalb Seiten pro Tag. Die Kiste mit den Familienfotos war immer noch nicht aufgetaucht. Die Handschrift meiner Oma hatte ich bisher nur zur Hälfte entziffern können, und die Druckerpatronen waren leer! Nicht mit eingerechnet: der ganze Leerlauf wegen fehlender Inspiration! Ich glaubte, eine Luftveränderung nötig zu haben. In Deutschland käme ich sonst nie auf einen grünen Zweig.

Vor dem Verlagshaus setzte ich mich auf eine Bank, unter der ein Tetrapak »Domkellerstolz« und zwei, drei Fläschchen »Doornkaat« lagen. Madonna, war Horst hier? Ich schaue mich suchend um. Nicht. Ich atmete tief durch. Ich war mir ganz sicher und außerdem hatte ich es mir geschworen. Okay, um ehrlich zu sein, hatte ich bei dem Schwur die Finger gekreuzt – man weiß ja nie. Aber ich war mir sicher: Ich höre jetzt damit auf. Hier, an diesem Ort. Endgültig.

In meiner Jackentasche tastete ich nach meinen Zigaretten. In der Schachtel war nur eine Fluppe. Meine letzte! Voller Vorfreude nahm ich sie heraus. Entschlossen zerknüllte ich das Päckchen mit meiner linken Hand und warf es mit einer lässigen Bewegung in den orangefarbenen Mülleimer auf dem Gehweg. Ich traf exakt die schmale Öffnung. Ob das ein gutes Omen war? Lächelnd schaute ich mir meine Zigarette an. Die weiße, papierne Umhüllung. Das braune Ende. Die wollte ich zelebrieren. Ich betrachtete sie von allen Seiten, schnupperte das feine Tabakaroma, lauschte dem leisen Knistern, als ich sie zwischen meinen Fingern drehte. Es kam mir vor, als ob es nicht nur meine letzte Zigarette war, sondern die allerletzte auf der ganzen Welt.

Ich habe euch geliebt, genossen und begehrt, meine kleinen, hübschen, blonden Glimmstängel. Aber jetzt ist Schluss. Nach dir, du Schöne, kommen mir keine weiteren mehr zwischen die Finger und schon gar nicht in den Mund. Ich schaffe das! Mit links! Ganz sicher! Also dann – einmal noch. Ein letztes Mal…

Ich hatte Angst vor meiner eigenen Entscheidung. Vorsichtig umschlossen meine Lippen den Filter. Mit der rechten Hand schnippte ich das Feuerzeug an, während meine linke geübt den nötigen Windschatten bildete, damit sich der Tabak entzündete.

Das vertraute Geräusch brennenden Tabaks – wenn die Flamme die getrockneten Blätter berührt –, nie hatte ich es deutlicher vernommen. Es war Musik in meinen Ohren. Der erste Zug. Ich saugte am Filter und spürte, wie der Rauch sich in meinem Mund ausbreitete. Ein kräftiger Atemzug und er verschwand tief in meinem Rachen. Das vertraute Kratzen im Hals und dann die entspannte Ruhe, als die zarte Rauchfahne sich ihren Weg zurück durch den Mund ins Freie suchte. Lächelnd atmete ich aus, bis auch das letzte Wölkchen vor meinen Augen schwebte und sich auflöste. Ich spürte dem Geschmack auf meiner Zunge nach. Oh, war das toll! Hätte ich bloß jede der unzähligen Zigaretten, die ich in meinem Leben schon geraucht hatte, derart genossen und gefeiert, hätte ich unmöglich diese drastische Entscheidung getroffen. Es war zu spät, all den vergebenen Chancen nachzutrauern.

Ich schloss die Augen und inhalierte den nächsten tiefen Zug. Doch statt ihn ebenso zu genießen wie den ersten, wanderten meine Gedanken ab. Schweiften zurück zu dem, was vor wenigen Minuten geschehen war. In dem großen Haus gegenüber.

Ich war wieder im Verlag, stand im Flur vor dem Aufzug und erinnerte mich an die Worte von Herrn Hübner… »Schreibblockade – Trennung – Steuerproblem – seltsame Affäre?« Wie sollte ich all das bitte in meinem Kochbuch unterbringen? Ich zog an meiner Zigarette und pustete den Rauch achtlos aus, als mir bewusst wurde, dass dies doch meine allerletzte Zigarette war, die ich da in der Hand hielt. Die wollte ich doch zelebrieren! Stattdessen hatte ich sie so gedankenlos weggequalmt wie Tausende vor ihr. Aber vielleicht hatte es so sein sollen. Es war vorbei. Ein letztes tiefes Einatmen, dann war sie endgültig aufgeraucht. Ich ließ die Kippe fallen und trat die Glut aus. Hob den platt gedrückten Stummel auf und stopfte ihn in den Mülleimer, in dem schon die leere Schachtel gelandet war. Unschlüssig blickte ich auf das grüne Feuerzeug in meiner Hand. Das brauchte ich auch nicht mehr, konstatierte ich und ließ es hineinpoltern. Mit der flachen Hand klopfte ich zum Abschied gegen das Blech des Eimers und drehte mich um. Dabei fuhr ich mir mit der Zunge über meine Lippen, um den letzten Rest Nikotin abzulecken. Bah, schmeckte das widerlich! Wie konnte man nur rauchen? Ich war sehr stolz auf mich. Ja, ich war jetzt ein Exraucher! Ich würde nie wieder eine Kippe anrühren. Ich war damit durch. Ich pausierte nicht nur von einer Zigarette bis zur nächsten, ich hatte komplett aufgehört.

Silvio: »So ein Quatsch, morgen früh ist er wieder drauf.« Reinhard: »Diesmal zieht er's durch.« Silvio: »Raucher sind lässig. Rauchende Autoren sind superlässig.« Reinhard: »Er kommt langsam in ein Alter, in dem man sich über seine Gesundheit Gedanken machen sollte.« Silvio: »Ach, das ganze Leben ist ungesund und endet bekanntlich immer tödlich.«

Meine Handy nervte mit seinem Piepen, das mir sagen sollte: »Sie haben eine Nachricht.«

»Sehr geehrter Herr Colagrossi, als Repräsentantin der ›Mare Bello Cruises Kreuzfahrten AG‹ würde ich Sie gerne zu unserer nächsten zwölftägigen Mittelmeertour einladen. Mein Vorschlag: Als Stargast der Veranstaltung ›Lesung und Kochen‹ lesen und kochen Sie aus Ihren Büchern an zwei Abenden auf unserer Showbühne vor unseren Gästen – der Rest der Zeit gehört ganz Ihnen. Ich gehe davon aus, dass der beiliegende Prospekt (pdf im Anhang) Ihren Zuspruch finden wird. Eine Einzelkabine der Kategorie CA ist bereits für Sie reserviert. Der Return-Flug von Berlin nach Livorno wird selbstverständlich von uns übernommen. Vollpension und Übernachtungen übernimmt die ›Mare Bello Cruises Kreuzfahrten AG‹. Wir würden uns sehr freuen, wenn Sie Zeit und Lust hätten, unser Gast zu sein. Ich verbleibe mit herzlichen Grüßen, Ihre Sabine Merkel, Manager Bordentertainment«

»Mare Bello Cruises« – was für ein dämlicher Name! Und Merkel? Sehr einfallsreich. Für wie blöd hielten die mich? Ich wollte keine Bearbeitungsgebühr auf ein afrikanisches Konto überweisen und auch deren virenverseuchten Anhang nicht öffnen. Penner! Ha! Gelöscht!

Ich und Kreuzfahrt, wie kamen die nur darauf? Ich hatte ein Buch zu schreiben! Und zwar den Bestseller der nächsten Koch-Roman-Biografie-Buchsaison mit dem Titel: »Der große Parmaschinken«.

Ein Buch mit so einem Titel konnte gar nicht floppen. Andererseits hatte Hübner schon recht: Der Titel allein reichte nicht, es sollte auch was drinstehen. Vor allem sollte etwas drinstehen, was es so noch nie gab. In meinem Kopf war alles geplant. Das Konzept war fantastisch, das hatte er mir wiederholt bestätigt. Nur all die verdammten Wörter fehlten noch. Und jemand, der die Handschrift der Rezepte meiner Oma entziffern konnte.

Was machten andere Autoren in meiner Situation? Sie googelten vermutlich: *»Gründe einer Schreibblockade«.*

1. Das Gefühl, in der Scheiße zu stecken.
2. Der gesamte Vorschuss war schon verprasst,
   bevor man sich an den Schreibtisch setzte.
3. Man ist zu sehr von der Realität bedrängt.
4. Es fehlt die Zeit zum Schreiben.
5. Seekrankheit.

Ich googelte, wie man aus einer solchen Situation herauskommt.

1. Ruhige Umgebung zum Schreiben suchen.
2. Niemand ist perfekt
   – nicht zu hohe Erwartungen an sich selbst stellen.
3. Mittendrin beginnen.
4. Eine andere Aufgabe angehen.
5. Sich verlieben.

Emotionslos hakte ich die Punkte ab. 1 bis 3 waren kein Thema. Punkt 4: Meine »andere Aufgabe« der letzten Wochen war, Aufschub beim Verlag herauszuschinden. Das war demnach erledigt. Aber Nr. 5! Wie ging das noch mal? Eines fehlte mir in dieser sehr deutschen Liste.

Silvio: »Er meint eine Muse.« Reinhard: »Besser als Zigaretten.« Allerdings. Ich ließ das Handy in die Hosentasche gleiten. Ich musste mich jetzt auf mein neues Buch »Der große Parmaschinken« konzentrieren. Irgendwelche E-Mails und Merkels sollten mich nicht ablenken. Während ich mich vorwärtsschleppte, tastete ich nach meinen Zigaretten. Erfolglos. Stimmt, ich rauchte ja nicht mehr.

Kapitel 3

Sabine Merkel redet, als würde sie eine Cornflakestüte über mir ausschütten, während ich nur »M-hm« murmeln kann und wie ein Welpe hinter ihr hertrotte, wieder an den vielen Türen vorbei. Plötzlich bleibt sie stehen und klopft vorsichtig an die Kabinentür mit der Nummer 8239. Presst ihr Ohr an das Holz und lauscht. Da offenbar nichts zu hören ist, zückt sie eine Magnetkarte und schiebt sie in den dafür vorgesehenen Schlitz.

»Oh, die Karte klemmt ein bisschen. Verdammt! So, aber jetzt!« Sie drückt gegen die Tür, die mit einem Plopp-Ton aufspringt. »Willkommen! Ihr Zuhause für die nächsten zwölf Tage, Herr Colagrossi!«

Ich blicke mich um: ein Laptop, Frauenklamotten – viele Frauenklamotten! Cremedosen, Kosmetikartikel, noch mehr Frauenklamotten, Pumps, CDs und überhaupt lauter Sachen, mit deren Gegenwart ich mich ganz und gar nicht anfreunden kann.

»Was ist das?«, frage ich.

Sabine Merkel stellt meinen Trolley auf die Kofferablage und sucht nach einem Platz für meine Laptoptasche. »Kommen Sie, Angelo. Ich zeige Ihnen Ihr Luxusschlafzimmer.«

Die Schiebetür in der rechten Ecke hatte ich bisher gar nicht bemerkt. Merkel schlüpft mit meinem Laptop unter dem Arm hindurch, ich hinterher. Ah, endlich ein Bett! Daneben: noch ein Bett. Und überall noch mehr Frauenklamotten.

»Frau Schulz ist gerade erst angekommen, wissen Sie, sie räumt das bestimmt noch …« Weiter kommt sie nicht.

»Wer ist Frau Schulz?«

»Helene! Ihre Mitreisende – Ihre Kollegin sozusagen.«

»PREGO?!«, platze ich ungläubig heraus und suche instinktiv in meiner Tasche nach den Zigaretten.

Frau Merkel scheint schockiert wegen meines heftigen Ausbruchs. Einen winzigen Moment lang entgleiten ihre Gesichtszüge – die Mundwinkel hängen nach unten. Na, bitte! Wusste ich es doch! »Nun, das wollte ich Ihnen ja die ganze Zeit erklären. Den Lapsus, den Fehler, das Problem, die Überbuchung.

Sehen Sie's positiv: Umso mehr Menschen kommen zu Ihren Shows und kaufen Ihre Bücher. Mal ganz ehrlich, das Zimmer ist so was von upgrade. Wissen Sie, was das kostet, wenn man's bezahlen müsste?«

Ich stürze hinaus auf den Gang und deute auf die ungefähr zweihundert Türen: »Und hier ist gar nichts mehr frei?«

Sabine Merkel steht im Türrahmen wie ihre Namensvetterin nach der Ankunft ihres Privatjets und schüttelt den Kopf.

»Ein bisschen frei auch nicht?«, frage ich.

»Doch. Ein bisschen frei ist hier. Tut mir leid, wir mussten Platz für zahlende Gäste machen. Aber Sie werden sehen, Sie werden sich blendend mit Frau Schulz verstehen. Sie ist eine ganz unterhaltsame Person und... warten Sie mal ab, ich glaube, ich verspreche Ihnen nicht zu viel.«

Ich bummele kommentarlos an Frau Merkel vorbei, auf direktem Weg durch die Schiebetür ins Schlafzimmer und lasse mich trotzig auf die Ruhestatt fallen. Auf all die Kleidungsstücke, die auf meinem – meinem! – Bett verstreut liegen.

Von draußen höre ich, wie die Tür erneut aufspringt und Frau Merkel sagt: »Ach, die restlichen Koffer. Den Koffer dorthin und den anderen, na ja, ich weiß auch nicht, stellen Sie ihn einfach mal ab!«

Ich schließe die Augen und versuche mich zu beruhigen. Am Handgelenkt taste ich meinen Puls und denke an meinen Kardiologen, der mir ein rhythmusregulierendes Medikament empfohlen hat. Auf pflanzlicher Basis. Ich muss mir überlegen, was ich aus dieser verfahrenen Situation mache. Ich muss schreiben. Ich brauche meine Ruhe. Ich habe eine fremde Brioche in der Tasche und einen Koffer voller Schmutzwäsche. Die wird den Augen einer Frau nicht lange verborgen bleiben, außerdem ist sie womöglich sehr kommunikationsfreudig. Sie wirft meine Pläne komplett durcheinander. Ich bin geliefert. Die Tür geht erneut und in der Suite wird sofort geräumt, geraschelt und gewuselt. Ich müsste noch einige Einwände vorbringen, doch je länger ich hier liege, desto weniger habe ich auch nur die geringste Lust darauf.

Wie aus einer anderen Welt höre ich: »Ich glaube nicht, dass er lang im Bad braucht. Oder?«

Es wird gekichert.

»Keine Ahnung. Er ist Italiener!«

»Hast du eine Ahnung, was er für ein Parfüm trägt? Trussardi mag ich.«

Trussardi – das hatte meine Schwägerin immer gekauft. »Probier mal, Angelo!« Und sie sprühte mir eine halbe Flasche hinters Ohr. Tagelang hatte ich gerochen wie Herr Trussardi persönlich. Nein, wie die ganze Sippe Trussardi, mit sämtlichen Schwagern, Schwippschwagern und deren Nachbarn.

»Ist er wirklich Italiener? Der Akzent kommt mir immer so aufgesetzt vor, dieses Bussi-Bussi-Signora-hier-Signora-da. Ich meine, ich kenn ihn ja nur aus den Zeitschriften, aber er erinnert mich total an einen Typen, den es wirklich gibt: und zwar an den Chef aus der Pizzeria bei mir nebenan. Der macht auch einen auf Ciao-Bella und kommt in Wirklichkeit aus Kroatien. Gähn.«

»Pssst …! Ja, aber der hier ist echt.«

»Hey, dauernd Nudeln. Dauernd Pizza. Klar ist das lecker, aber damit gleich ins Showbusiness? Wie viele Pizzerien gibt es in Deutschland? Hunderttausend? Wenn die alle berühmt werden, na bravo! Ich sag dir, der hat so etwas von Erfolg, weil er so 'nen, hm, Integrationsakzent hat.«

»Da unterschätzt du ihn aber. Von wegen Pizza. Er kann richtig toll schreiben, also so richtig toll! Geh doch einfach zu den Shows!«

»Na ja, überleg ich mir noch. Ich schreib dann was drüber. Auch wenn ich echt keine Lust habe.«

»Du musst sowieso drüber schreiben, Helene. Immerhin ist er einer unserer Stargäste!«

»Toller Stargast. In 'nem halben Jahr kennt den doch keiner mehr. Dann Dschungelcamp und das war's. Hihi, da muss er dann Bolognese mit Maden kochen. Iiiih!«

»Du kannst aber auch echt gemein sein. Noch 'n Sprudelwasser?«

Ich höre das Geräusch von Gläsern, die aneinanderstoßen, und blinzele vorsichtig unter halb geöffneten Lidern hervor. Da sehe ich eine blonde Frau am Fußende stehen. Sie ist vielleicht Ende zwanzig, hat ein leeres Glas in der Hand und prustet gerade in selbiges. Aus der Suite dringt ein hektisches »Pssst!«, woraufhin sie ziemlich laut flüstert: »Schei-ße. Er liegt drauf.« Und giggelt. »Er pennt auf meinem Patizia-Pepe-Kleid.« Von hinten lacht Sabine Merkel.

An meinen Füßen höre ich »Partizia. Nee, Pratizia. Nee, Pa. Tri. Zia.« Ein Kleidungsstück wird unter mir weggezogen, was natürlich nicht funktioniert, denn ich bin zu schwer, und ehrlich gesagt, habe ich nicht das geringste Interesse, mich leichter zu machen. Ich öffne die Augen und starre die Blonde anklagend an. »Ach, jetzt hab ich dich aufgeweckt. Du, ich will nur kurz da an mein Kleid. Du liegst da mit dem rechten Bein… oder Moment, isses das linke, egal …« Sie zerrt stärker. »Hilf doch mal mit!« Sie kichert wieder. »Ich lass dich gleich wieder schlafen. Sorriiiieeee!« Tatsächlich – was ist nur in mich gefahren – folge ich brav und hebe meine Beine kurz an, als hätte meine Mutter mich aufgefordert, sie vom Tisch zu nehmen.

»*Prego, Signora*«, schnarre ich übertrieben schlaftrunken und schwupp, ist sie schon wieder weg. Warum kann ich nicht ›auf den Tisch hauen‹, wie der Deutsche so schön sagt? Silvio: »Weil Schönheit alles verzeiht!« Reinhard: »Sie ist schön?« Silvio: »Madonna, hast du keine Augen im Kopf?«

Frau Merkel verlässt meine Suite und Frau Schulz und ich sind einander ausgeliefert. Ich erhebe mich ächzend und stelle mich ins Nirgendwo, ebenso verloren wie mein Koffer, während diese Frau Helene Schulz ihre Kleider nun von meinem Bett nimmt. Ich betrachte sie verstohlen und suche nach einem Weg, meine Schmutzwäsche vor der zugegebenermaßen ziemlich ansehnlichen Helene geheim zu halten.

»Welchen Schrank wollen Sie: rechts oder links?«, frage ich, um Zeit zu gewinnen.

»Mir egal. Willst du einen bestimmten?«

»Nein, nein, ich wollte nur höflich sein. Ladies first.«

»Komm, wir knobeln!«

»Knobeln?«

»Schnick, Schnack, Schnuck? Kennst du nicht?«

»Nein.«

»Komisch. Also, ich zeig's dir. Auf drei muss deine Hand entweder Schere, Papier oder Stein formen. Kapiert?«

»Ah – *Morra Cinese!* Warten Sie mal – wie wäre es mit dem Original?«

»Wie geht denn das Original?«

»*La Morra?* Also: Deine Hand hat fünf Finger. Meine auch. Wir müssen raten, welche Zahl alle Finger zusammen machen. *Capisce?*«

»Nö.«

»Sie zeigen einen Finger, ich fünf, macht also sechs. Wenn ich ›vier‹ rufe und Sie rufen ›sechs‹, haben Sie gewonnen. Natürlich gleichzeitig. Und erst nachdem wir ›drei zwei eins‹ gezählt haben. Klar?«

»So ungefähr. Probieren wir's?«

»Okay. Drei, zwei, eins – SIEBEN!« Ich schreie sie an. So haben wir das als Kinder immer gemacht, um unseren Gegner einzuschüchtern.

Sie bleibt stumm. »Entschuldigung. Noch mal.«

»Drei, zwei, eins – ZEHN!«

»Vier, nein, acht!«

»Nur einmal, Signora. Nicht betrügen! Also noch mal. Drei, zwei, eins – FÜNF!«

»Eins!« Ihre Hand zeigt einen ausgestreckten kleinen Finger, meine Hand Zeige- und Mittelfinger.

»Äh, ›eins‹ geht nicht«, sage ich.

»Warum nicht?«

»Weil ich an jeder Hand Finger habe.«

Sie ballt eine Faust: »Stein?«

Und ich schaue auf meine Zwei-Finger-Schere. »Sie haben die Wahl, Signora.«

Helene sägt wie Dieter Bohlen zu Zeiten von Modern Talking mit der Faust durch die Luft.

»Yeah, ich hab gewonnen! Also, ich nehme den linken Schrank.«

»Gut, ich den rechten.«

Wir drängen uns vor den geöffneten Schranktüren. Der Unterschied zwischen Mann und Frau: Ein Trolley mit Schmutzwäsche steht einem ganzen Schrank voller gebügelter, schöner Kleider gegenüber – einer Menge, mittels deren man an einem einzigen Tag drei verschiedene Persönlichkeiten darstellen könnte.

Während Helene schon Kleid um Kleid auf die Bügel hängt, suche ich noch nach einer Ausrede, um meinen Trolley nicht öffnen zu müssen. Ah, mein Koffer mit den Büchern und Kochutensilien! Den werde ich zuerst auspacken, damit kann ich nichts falsch machen. Ich wuchte ihn die drei Meter von der Tür bis zum Schrank und stelle sogleich fest, dass mir die Zahlenkombination nicht mehr einfällt. Wie war mein Eselsrücken, äh, meine Eselsbrücke? Drei Eier, vier Tassen Mehl, acht Tropfen Likör. Nein, das war die Kombination für mein Fahrradschloss. Noch mal: 45 Minuten bei 100 Grad, wobei die Nullen nicht zählen? Also 4-5-1? Nein, das war es auch nicht. Angy51 war das Passwort meines Computers.

»Was ist?«, fragt Helene mit einem Kleiderbügel in der Hand. »Was vergessen?«

»*No, no. Tutto bene*, fällt mir schon wieder ein.«

»Man soll ja immer an den Ort zurückgehen, an dem man sich zuletzt daran erinnert hat.« Ein lautes Hupen dröhnt durch das Schiff. Ich zucke nur mit den Schultern und Helene lacht. Sie wedelt mit dem Kleiderbügel vor meiner Nase herum, als wollte sie »Oceans Eleven« nachspielen: »Ich kann so was knacken. Soll ich?«

»Warte mal noch zehn Minuten. Mir fallen die Zahlen schon wieder ein. Warte! Ich hab sie notiert. In meinem Laptop!« Ich greife nach meiner Computertasche und suche nach einem Ort, um sie abzustellen. Da passiert es. Als ich mir den Riemen über die Schulter stülpe, stößt das Ding gegen meine Hosentasche und die Nadel der Brioche piekst mir in den Oberschenkel. »Ah!«, höre ich mich keuchen und ziehe eine entsprechende Grimasse.

Helene schaut mich mit aufgerissenen Augen an, was ich mit einem »*No, niente*« quittiere. »Einen Moment«, rufe ich dann eilig und versuche, das Schmuckstück aus meiner Hosentasche zu fischen. Es muss sich irgendwie verhakt haben. Als ich mein Bein anwinkle, rutscht mir die Laptoptasche von der Schulter. Ich versuche vergeblich, sie mit der Hand, die in der Hosentasche steckt, aufzufangen. Diese ruckartige Bewegung ist ein Fehler. Die Spitze meines Zeigefingers befreundet sich augenblicklich mit der Spitze der Nadel und eines ist sicher: Die beiden machen gehörig einen drauf. Meine linke Hand, die eben noch auf dem Koffer ruhte, ist augenblicklich eifersüchtig, fischt aber die Laptoptasche aus der Luft, bevor sie auf den Boden prallen kann. Der Koffer kippt langsam zur Seite, und da Helene mich mit offenem Mund anstarrt, bemerkt sie natürlich nicht, dass die kürzeste Verbindung zwischen zwei Punkten – was hier die Kofferkante und Helenes Zeh sind – auch in diesem Fall nach dem zweiten Newton'schen Gesetz bestimmt wird. Ich will etwas rufen, aber Helene kommt mir zuvor. Es tönt unschön und klingt irgendwo zwischen wütend und hoffnungslos. Woher ich so genau weiß, wie »wütend« und wie »hoffnungslos« klingt? Meine Schwester stieß immer einen wütenden Schrei aus, wenn ich ihr ohne Vorwarnung kaltes Wasser in den Nacken goss (ich war acht und sie sechs). Und meiner Mutter entfuhren immer ein paar keuchende, sehr hoffnungslose Schreie, wenn ich es wieder geschafft hatte, meine Spielzeugautos derart auf dem Boden zu verteilen, dass sie sie mit ihren nackten Füßen gar nicht verfehlen konnte. Einmal fiel deshalb das Abendessen aus, denn… Helene! Wo ist sie?

»*Oh oh! Mi scusi! Che bel pasticcio! Mamma mia!* Entschuldige, tut es weh?« Ich rufe in die Ferne, wie ich es früher in Filmen gesehen habe: »*Un dottore!*«, und dann zu ihr: »Soll ich einen Arzt rufen?«

Sie kauert auf dem Boden, blickt mich böse an und Tränen laufen ihr knallrotes Gesicht hinunter. Mit zusammengekniffenen Lippen schüttelt sie den Kopf.

»Sicher nicht? Lass mal sehen!« Ich knie mich hin, um ihren Fuß zu begutachten, doch sie zieht ihn schmollend weg. Als ich trotzdem nach ihm greife, fällt Helene mein blutverschmierter, gepiercter Zeigefinger auf. »Oh mein Gott, lass mal sehen! Was ist das denn?« Ihr ganzer Schmerz scheint vergessen und, wie sagt man, wie weggeblasen. Sie greift nach meiner Hand und pustet kurz drauf. Ich bin doch kein Kind, denke ich und rolle meinen Finger ein wie die Schildkröte ihren Kopf.

»Wie ist das denn passiert, sag mal? War ich das?«

»Nein, nein. Eine Brosche. In meiner Hosentasche!«

Ungläubig schaut sie mich an. »Eine Brosche?«

»Ich wollte sie zurückgeben, aber ich hab's vergessen.«

»Wem zurückgeben?«

»Einer Frau. Sie sucht sie bestimmt.«

»Ts, ts, ts. Autoren …« Helene tippt sich an die Stirn. »Was für ein Aftershave benutzt du?« Was ist denn das für eine Frage? »Es gibt welche, da krieg ich Kopfweh. Deshalb.«

»Ich weiß nicht. Ich probiere mich so durch. Ich hab ein paar von diesen Probefläschchen.«

»Oh. Stell sie mir im Bad mal hin, dann sortiere ich sie. ›Die Guten ins Töpfchen, die Schlechten ins Kröpfchen‹.«

Im Bad?! Wir beide teilen uns ein Bad? Daran hatte ich noch gar nicht gedacht. »Wir können ja auch eine Liste machen für die zwölf Tage, wer wann aufsteht, damit wer wann wie lang im Bad bleiben kann«, meint Helene, und ich frage mich, ob sie das wirklich ernst meint.

Ich betrachte noch einmal das Schlafzimmer, setze mich auf die Kante des rechten Betts, denn auf dem Nachttisch des linken steht bereits ein Wecker. Wenn ich recht verstehe, soll die rechte Matratze also meine sein, ein Gedanke, mit dem ich mich nur insofern anfreunden kann, als dass ich es etwas näher zur Tür habe. Die Entfernung der beiden Betten zueinander bereitet mir da schon größere Sorgen. Ich hasse es, wenn man mich bereits morgens mit einem fröhlichen Redeschwall begrüßt. Ob aus dem Radio oder aus dem Mund einer lebendigen Person, egal, wie attraktiv sie auch sein mag, ist mir dabei ziemlich schnuppe.

»Meinetwegen«, murmele ich in Helenes Richtung und setze noch ein »Ich schlafe dann hier« drauf.

»Du sprichst ja super Deutsch! Fast ohne Akzent. Ich hab ja überhaupt kein Talent für Fremdsprachen.«

Fast ohne Akzent? Ich hatte mir immer eingebildet, Hochdeutsch mit einem charmanten römischen Touch zu sprechen. Der Wortschatz ist eher meine Achillesverse, genauso wie die Rechtschreibung, die ich seit der letzten Reform noch weniger verstehe als vorher. In welcher anderen Sprache gibt es bitte Wörter mit drei aufeinanderfolgenden »L«? Etwas Vergleichbares gibt es höchstens in einem sogenannten Land wie Wales, wo es Orte namens »Llanfairpwgyllyschiessmichtot« gibt. Aber dort isst man auch Lamm mit Minzsoße, öligen Fisch mit öligen Pommes und ölige Pommes mit öligem Fisch. Noch dazu mit Essig.

Reinhard: »Wenn er nur seine Scheuklappen ablegen könnte! ›Du sollst keine andere Küche haben neben der italienischen‹ – ich kann mich erinnern, dass ihm einmal beim Vorbeilaufen an einer bayerischen Metzgerei das Wasser im Mund zusammengelaufen ist. Aber er wollte es natürlich nicht zugeben.« Silvio: »Ich kann mich auch erinnern. Gab es dort nicht diesen seltsamen Zuckersenf zu gekochten Würsten, die zu allem Überfluss auch noch weiß und schwammig wie ein Tosellakäse waren und deren Haut man nicht mitessen konnte? Pfui.« Reinhard: »In Italien gibt es einen Käse, der besteht aus Maden, die sich mit Käse vollgefressen haben. Kein Kommentar.« Silvio: »Der schmeckt richtig lecker.« Reinhard: »Die Weißwürste auch.« Silvio: »Aber der Senf!« Reinhard: »Oh ja, genau: der Senf!«

»Hömma!« Ich packe mein überzeugendstes Römisch-Deutsch aus. »Ich muss hier was arbeiten. Könnten wir auch eine Liste schreiben, wann wir uns auf die Nerven gehen wollen und wann nicht?«

Plötzlich überkommt mich Panik. So war das nicht vereinbart. Ich hatte eine Einzelkabine versprochen bekommen, und die brauche ich auch. Ich muss hier mein Buch schreiben. Einen Anfang finden. Die Schwierigkeit der ersten Seiten überwinden, mir in Ruhe die Rezepte überlegen und beim Schreiben richtig Gas geben. Und ich habe nicht einmal mehr drei Monate Zeit! Frau Merkel muss mir eine eigene Kabine geben, sonst fahre ich einfach wieder nach

Hause. Sollen die beiden Schnapsamseln sich doch das Zimmer teilen! Basta. Ich erschrecke beinahe, als ich mich im Spiegelschrank dabei beobachte, wie ich entschlossen vom Bett aufspringe, Richtung Tür renne, diese aufreiße… und von einem ohrenbetäubenden Hupen daran erinnert werde, dass man Drohungen dieser Art nicht auf einem Schiff äußern sollte, das gerade in See sticht. Nicht mal in Gedanken. Es könnte lächerlich wirken.

Helene sieht mich an, wie ich zu Eis gefroren in der Tür verharre. »Mal sehen. Direkt nach dem Aufstehen kann ich unglaublich nerven. Also, circa sieben Uhr dreißig bis neun. Nach dem Frühstück drehe ich ein paar Runden auf dem Schiff, danach muss ich mich um den Blog kümmern. Da kann ich eigentlich nicht nerven. Abends können wir irgendwas vereinbaren. Eigentlich bin ich immer gut drauf, aber wenn du magst, kann ich dich zum Beispiel zwischen sieben und acht ärgern. Jetzt du.« Es entgeht ihr nicht, wie ich einen erneuten Schritt Richtung Ausgang unternehme. »Vergiss es! Es sind keine Kabinen mehr frei. Nicht mal eine Besenkammer. Der Kahn ist total überbucht, Kontingente, *you know*.«

Ich lasse die Tür ins Schloss und mich theatralisch auf meine Ruhestätte fallen. Ich will nerven. Ja, hoffentlich schnarche ich laut. Aber irgendwie wollen mir die Augen nicht zufallen. Ich blicke in der Kabine umher. Die Reederei hat an nichts gespart: in der Mitte eine große Couch, gegenüber zwei Sessel in freundlichem Weiß, ein Flachbildschirm an der Wand, DVD-Player und Stereoanlage. Ob auch eine Waschmaschine vorhanden ist? Ich wälze mich stöhnend hoch, öffne ein paar Schranktüren – nichts. Es gibt einen kleinen Holzschreibtisch und sogar einen Esstisch mit vier Stühlen. Auf dem Tisch platziert, sodass man sie beim Hereinkommen gleich sieht, sind eine gefüllte Obstschale und eine Flasche badischer Rotwein.

Meine Zimmergefährtin nimmt sich eine Birne und beugt sich schmatzend über mich, während ich kniend die Steckdosen erkunde: »Iff muff dir waff zeigen. Hier.« Sie schluckt. »Fernbedienung. Total geil!« Sie schubst mich aufs Bett zurück, greift über mich, zaubert ein Kästchen an einem Kabel hervor und drückt ein paar Knöpfe. Ein Brummen und Surren ertönt. »Brummmm… Brummmmm …« Mein Kopf wird nach oben gefahren, ebenso meine Füße. Bevor ich protestieren kann, geht es wieder abwärts. Sie beißt erneut in die Birne. »Jetfft paff auf!« Nach einer kleinen Kunstpause drückt ihr ausgestreckter Zeigefinger eine andere Taste. Das ganze Bett beginnt, sanft zu vibrieren, ein Effekt, den man leicht angesäuselt gut finden kann. Oder auch nicht. Ich strecke meine Hand aus, um ihr die Fernbedienung wegzunehmen, doch sie drückt den nächsten Button und ich kippe nach hinten, weil das Fußteil plötzlich nach oben fährt. Ich gebe auf. Sie wirft die Fernbedienung neben mich auf das Kopfkissen, nimmt den Rest der Birne zwischen die Lippen, damit sie die Hände frei hat, und greift sich mit einer geschmeidigen Bewegung ihre Kleider, die schon wieder unter mir festgeklemmt sind. Automatisch hebe ich meinen Achtern an. Warum gebe ich immer wieder nach? Sie nimmt den Griebsch aus dem Mund. »Danke. Hey, ich kann auch auf dem Sofa drüben schlafen.« Ich überlege kurz.

»Nein, nein, ich kann auch aufs Sofa. Schon gut.« Warum habe ich das jetzt gesagt? Ich möchte keinen Zentimeter von meiner Position abweichen und dann so was. Ich muss schnell etwas erfinden, damit sie nicht gewinnt. »Nee, geht doch nicht. Kindheitstrauma«, lege ich nach.

Reinhard: »Wie bitte? Ich habe keinen Schimmer, wovon er spricht.« Silvio: »Ich bin vor allem gespannt, wie er aus der Nummer wieder rauskommen will.«

Helene lässt das Kerngehäuse in ihrer Hand sinken. »Das kann ich ja total verstehen. Ich hatte so 'ne Lampe im Kinderzimmer, da waren Fische drauf. Rote Fische, blaue Fische, gelbe Fische, grüne Fische. Egal. Lauter Fische. Und wenn ich Fisch gegessen habe – das Schräge ist ja, ich liiiebe Fisch, aber eben nur auf meinem Teller –, wenn ich Fisch gegessen habe, dann kann ich nicht mehr schlafen, weil ich als Kind auch nie schlafen wollte, und die Lampe... Du weißt schon.«

Der einzige Reiz dieser unglaublich spannenden Geschichte besteht in dem Wort ›Schlafen‹. Ich rolle mich auf die Seite und bin in null Komma nix weggetreten.

Kapitel 4

Was? Seenot? Ich lasse den Arm auf den Boden hängen, um zu fühlen, ob schon Wasser in die Kabine gelaufen ist. Nein, alles noch trocken. Träume ich? Ich setze mich auf und reibe mir die Augen.

»... alle Passagiere umgehend auf Deck vier«, höre ich, eindeutig wach, aus dem Lautsprecher über mir. In Socken stürme ich mit zwei langen Schritten zur Tür. Das Blut pocht so laut in meinem Kopf, dass ich nur das Wort »Rettung« wahrnehme. Mein Gott, wir werden alle sterben! »Wir« – bei diesem Gedanken fällt mir ein, dass ich vielleicht nicht allein in dieser Kabine bin. Ich stürme zurück ins Schlafzimmer, und tatsächlich liegt da diese blonde Helene auf ihrem Bett, das eigentlich meins ist, die Matratze zu einem grotesken »L« geformt, und hält in der einen Hand die Fernbedienung, in der anderen einen MP3-Player. In ihren Ohren stecken Musikstöpsel. Ich nehme vorsichtig einen aus ihrer rechten Ohrmuschel und flüstere: »Frau Schulz! Hören Sie mich? Wir gehen unter. Ich nehme Sie jetzt mit!« Ich kann sie doch nicht liegen lassen! »Frau Schu-hulz«, versuche ich es etwas lauter, und sie öffnet die Augen.

»Seenot?«, murmelt sie und setzt sich langsam auf. »Oh wow! Ist es schon halb fünf?«

»Wir gehen unter! Wir müssen raus hier! Schnell!«

»Das ist doch nur die Rettungsübung für die Passagiere, wo willst du hin?«

»Übung? Sind Sie sicher?«

Helene drückt auf die Fernbedienung und mit dem mir inzwischen bekannten Brummmm Brummmm fährt sie ihre Beine langsam wieder runter, schält sich von der Matratze, schlüpft in ihre Ballerinas und nimmt mich an der Hand. »Komm! Bei jeder Kreuzfahrt gibt's so eine Übung. Damit alle im Ernstfall Bescheid wissen«, sagt sie bestimmt.

Überall auf den Gängen sind Wegweiser, die zum »Seenottreffpunkt« führen sollen. Entweder sind wir recht spät dran oder die meisten Passagiere interessieren sich nicht dafür, wie man im Fall der Havarie das Schiff heil verlassen kann. Kein Mensch weit und breit, und für einen kurzen Moment überkommt mich der Gedanke, dass dies vielleicht doch ein Ernstfall sein könnte. Als wir die Tür ins Freie (»Deck vier«) öffnen, sehe ich Menschen in Partylaune herumstehen und Kinder zwischen Erwachsenenbeinen herumpurzeln und wuseln.

»Vanessa, bleib mal hier!«, trällert eine frisch geföhnte deutsche Mutter mit schriller Stimme und gespielter Fröhlichkeit.

»Lukas, es gibt keinen Nachtisch heute Abend, wenn du weiter so aufgedreht bist!«, ermahnt eine andere deutsche Mutter ihren Sohn, während sie einen dunkelrot manikürten Finger in den Seewind hält, und ein Vater ruft: »Kimberley! Kim-ber-liieehh!«, bevor er den Hals aus seinem schwarzen Rollkragenpullover reckt und sich trotzig einen Weg durch die Menge bahnt. Ich werde von einem kleinen Feuerwehrmann angerempelt. Er grinst mich frech an und rennt weiter. Hinter ihm her japst seine Großmutter, die mir nur einen entschuldigenden Blick zuwirft.

»Roberto! *Calma! Vai piano!*«

»Kann ich dich kurz allein lassen?« Helene winkt einem Paar zu, das ihr ebenfalls zuwinkt, und geht hinüber. Ob es viele Leute hier gibt, die immer wieder den gleichen Kreuzzug machen? Ich schaue mich um. Mir gegenüber steht ein älteres Ehepaar, das die gleiche Kleidung trägt: eine weiße Hose aus weichem Stoff, darüber eine beige Jacke aus windabweisendem Material. Seltsam finde ich das Sonnenschild, das sie tragen, obwohl doch gar keine Sonne scheint. Aber vielleicht empfinden Deutsche Sonne anders als Italiener?

Neben mir trompetet ein Mann zu seiner Frau: »42 Grad 21 Minuten 54 Sekunden Nord«, um dann fragend nachzuhaken: »Brigitte?« Er hat ein GPS-Gerät in der Hand und seine Frau nickt ihm stolz zu: »Ach, hier ist die ›Costa Concordia‹ gesunken«. Sie dreht sich zu mir um: »Schon beeindruckend, wenn man sich überlegt, dass hier die ›Concordia‹ gekentert ist. Was da im Kopf von dem Kapitän wohl vor sich gegangen ist? Ach, was hat das für ein Drama nach sich gezogen. Hoffentlich bekommt der seine Lizenz nie mehr wieder. Der soll keinen Job mehr bekommen, nicht mal auf einem Fischkutter. Stellen Se sich mal vor, Sie und ich hier unterhalten uns so angeregt, und dann kriegt der Kahn plötzlich Schlagseite. Stellen Sie sich das mal vor! Also, wobei ich sagen muss, ich wär ja gerne mit Ihnen in einem Rettungsboot, gell!« Sie mustert mich. »Ach, ich kenne Sie! Ach, was hab ich Ihre Bücher gern gelesen – also, verhungern würden wir nicht, nicht wahr, Günter?« Sie knufft ihrem Mann in die Seite. »Guck mal, das is der Autor aus dem Fernsehen!«

Bevor sie sich mir erneut zuwenden kann, bin ich weg. Das fehlte mir noch: Ich schreibe an meinem Buch und dauernd klopft es an der Tür, weil mich alle nach meinem »Bologneserezept« fragen wollen, oder ich soll eine »lustige Geschichte aus meinen Büchern« erzählen. Vielen Dank. Viel wichtiger: Wo sind die Rettungsboote? Ich werfe verstohlen einen Blick über das Geländer, das auf einem Schiff natürlich anders heißt, aber ich kann mir so viele komische Wörter nicht merken. Unter mir sehe ich die steile Bordwand und darunter nur Wasser. Kein Boot weit und breit.

Ich beobachte einfach die Mannschaft. Alle tragen Uniformen mit Namensschildern dran. Sie erklären den Passagieren, wo im Notfall die Treffpunkte sind und wie man die Rettungswesten richtig anlegt. Mich interessiert aber viel mehr, wie ich im Notfall von diesem riesigen Schiff herunterkomme und mit ein wenig Glück auch ans nächstgelegene Ufer gelange – ohne irgendwo im Mittelmeer mit einer aufgeblasenen Rettungsweste zu enden. Ich schnappe mir den nächsten Uniformträger in meiner Nähe. »Giuseppe« steht auf seinem Namensschild. In Italien ist es üblich, dass man sich nur mit seinem Vornamen vorstellt. Wenn man irgendwo bei der Bank oder einer Behörde anruft, meldet sich kein »Herr Blunagalli«, sondern »Angelo«. Komplettiert mit »Signore«, wird daraus »Signore Angelo«. Der Italiener legt Wert auf seine Privatsphäre und verrät seinen Familiennamen nicht jedem.

Also spreche ich den jungen Mann in seiner schmucken Uniform mit »Signore Giuseppe« an. »Hat man denn heutzutage noch Rettungsboote? Wissen Sie, ich sehe keine, und da habe ich mich gefragt, ob irgendwo so kleine aufblasbare Luxussuiten versteckt sind, die dann im Notfall …« Ich deute über das Geländerding nach unten und erkläre entrüstet: »Da ist nämlich nichts! *Niente!* Nicht ein einziges Rettungsboot!«

Höflich folgt sein Blick meinem Zeigefinger. Dann grinst er mich an und deutet seinerseits nach oben gen Himmel. Typisch: Die Madonna wird's schon richten! Das gibt's doch wohl nicht: »*Le barche di salvataggio*«, versuche ich ihm ein letztes Mal zu erklären. »Die Rettungsboote. Wo?« Wieder zeigt er nach oben und ich schaue hoch. Direkt über meinem Kopf hängen weiß-orangefarbene Boote. In einer langen Reihe, die ganze Seite entlang. »Ah, *grazie tanto*«, bedanke ich mich und sehe mich beruhigt weiter um.

Da ist ein Paar, das ziemlich desinteressiert an der Wand lehnt. Er trägt Sakko und Jeans, sie ein ziemlich violettes Kleid mit ebenso violetter Clutch, beide so um die fünfzig. Er hat eine Zigarette im Mund – obwohl man auf Deck vier gar nicht rauchen darf –, während sie offensichtlich versucht, ihn davon zu überzeugen, der Übung beizuwohnen.

»Geh, bittä«, bringt er gelangweilt neben dem Filter hervor. »Im Ernstfoi host des eh vagessn.«

Sie zupft an seinem Revers. »Ah, geh, Tiger – es wär schad um dich!«

»Des hod sich aber letzte Wuchn no anders anghört. I bleib do, des is mer als wuaschd.«

»Wos letzte Wochn woar, des woid mer doch vagessn. Jetzt zier di net a so.«

»Loss mi – I bin net am Entzug. I wui weiterrauchen.« Plötzlich zeigt er auf mich! »Sie! Tätens die da mitnehmen? Wissens, I wui rauchen, und sie wui si rettn lossn. Herzlichen Donk.«

Ich habe nur die Hälfte verstanden und weiß nicht genau, was ich sagen soll. Seine Frau hat die Situation erfasst und schimpft ihn: »Ah, jetzt lass hoid den Herrn in Ruh, Angie«, und zu mir: »Verzeihung, der Herr. Er is immer a bissl aufgregt, wann's in Urlaub geht.«

»I? Aufgregt? I wui a Tschick und dann geht's ma glei besser. Jetzt loss mi.« Wie ich immer noch so dastehe und nicht weiß, was hier eigentlich geschieht, hält mir der Mann eine Schachtel Kippen hin, deren Marke ich noch nie gesehen habe: »Wuin's a ane?« Hm, ein paar Fetzen vermag ich zu identifizieren, aber alles in allem kam mir die Sprache eher finnisch vor. »Wuinsaane« könnte ein nordischer Luftkurort sein.

»Gell, Sie ham uns nicht verstanden«, wendet sich nun die Frau an mich. »Wir sind nämlich aus Wien. Sag Grüß Gott zu dem Herrn, Angie! Ich bin die Therese.«

Angie hält mir die Hand hin. »Grüß Gott. Hajek-Schnarrenberger Angelo. Gehn wir rauchen?«

Ich erwische mich dabei, wie ich zögere. Der Gedanke an eine Zigarette beginnt sich langsam in Verlangen zu wandeln. »Nein danke, ich habe aufgehört. Angelo. Ist mein Name.«

»Schau an! Sind's verheiratet?« Therese knufft ihren Mann an: »Jetzt sei hoid ned so indiskret. Du gehst jetzt mit. Und den netten Herrn Angelo laden wir heut Abend an der Bar auf ein Bier ein. Sie trinken doch hoffentlich ein Bier?«

Ich nicke. Irgendwie finde ich die beiden ja lustig, aber die Gefahr, rückfällig zu werden, macht mir ein bisschen Angst. Ich will nicht mehr rauchen. Auf keinen Fall. »Danke, ich bin leider schon verabredet, aber wir treffen uns sicher wieder. Hat mich gefreut.« Ich tue so, als würde ich jemanden suchen, winke irgendwo in die Menge und... mir wird zurückgewunken. Frau Schulz hat nur kurz ihre Hand gehoben und sich dann wieder dem Mann neben ihr zugewandt. Sie wirken vertraut miteinander und er nicht mehr so jung in seinem currygelben Jackett mit dazu passenden currygelben Schuhen. Ist er nicht viel zu alt für die lässige Art, mit der er seine Rettungsweste in der Hand hält, statt sie, wie wir anderen, vorschriftsmäßig um den Hals hängen zu haben? Genüsslich beißt er in einen roten Apfel.

Ich überlege, ob ich die beiden ansprechen soll, da ertönt eine neue Ansage von Signore Giuseppe: »Wenn es siebenmal hintereinander pfeift, haben wir einen Notfall. Dann kommen Sie umgehend an Deck zu Ihrem Sammelpunkt.«

Plötzlich ertönen zur Veranschaulichung sieben Pfeiftöne. Alle zucken zusammen. Ich präge mir diese wichtige Information genau ein. Sieben Pfiffe – Notfall! Wir sinken und müssen das Schiff verlassen. Jetzt brauche ich nur noch den Namen des Kapitäns. Ich werde Frau Merkel bei nächster Gelegenheit danach fragen. Hoffentlich heißt der Günter oder Fritz und nicht Sergio oder Angelo ...Frau Schulz und dem Mann im gelben Jackett scheint das alles egal zu sein. Sie unterhalten sich weiter angeregt. Auch dann noch, als die anderen Passagiere zum Kaffee-und-Tee-Büfett strömen, um sich nach der Übung zu stärken.

Als ich an den beiden vorbeigehe, kann ich mir eine Bemerkung nicht verkneifen: »Achten Sie drauf: Wenn es siebenmal pfeift, an Deck vier kommen«, konstatiere ich wichtig.

Der Herr sieht mich abschätzig an: »Na, junger Mann... Sie sind wohl von der ganz schnellen Sorte. War wohl Ihre erste Übung.«

Ich denke vergeblich über eine Antwort nach, während Frau Schulz sich freundlich von dem Mann verabschiedet. »Er ist einer unserer Stammgäste«, erklärt sie, als wir uns auf den Weg zu den Fahrstühlen machen.

Kapitel 5

Die letzte Nacht war der blanke Horror. Mit zweihundertfünfzig Stundenkilometern auf der Autobahn, vor lauter Qualm hatte ich nichts sehen können und die Navi-Frauenstimme drang wie verirrte Seifenblasen durch den Zigarettenschleier. Sie ließ mich aber nicht etwa wissen, wo ich abbiegen sollte, sondern rasselte eine Tabakmarke nach der anderen herunter. Als sie nicht weiterwusste, Papierchenstärken, Filtermarken. Danach hatte sie auf einmal von der weltpolitischen Lage gesprochen und dabei tief inhaliert. Der Wetterbericht im Radio war eine einzige Rauchergeschichte mit grauen Wolken und Nebelwänden.

Ich war auf dem Heimweg. Am Abend hatte ich für hundertfünfzig Raucher kochen müssen. Die alle in meiner kleinen Küche essen wollten! Ich hatte ständig eine Fluppe im Mund und später im Traum rauchte ich sogar unter der Dusche. Ich hatte mich im Bett hin und her gewälzt. Kaum war ich erneut eingenickt, kehrte der Traum zurück. Um fünf Uhr morgens hatte ich schließlich aufgegeben und das Bett gegen die Badewanne getauscht. Unter Bergen von duftendem Schaum hatte ich gegen den verzehrenden Wunsch, mich am nächsten Zigarettenautomaten mit meiner Droge zu versorgen, angekämpft. Es war sechs Uhr am Morgen und ich saß im Bademantel, mit nassen Haaren und schmalen Augen vor meinem Laptop in meiner Zweizimmerwohnung in Berlin. Ich glotzte stur auf den hell erleuchteten Bildschirm und hoffte, er würde jeden Moment anfangen, mit mir zu sprechen.

Großbuchstaben leuchteten mich an wie eine Neonreklame: »DER GROSSE PARMASCHINKEN«, der Titel des Buchs. Den hatte ich gemeinsam mit Herrn Hübner entwickelt und vor einer Woche, drei Tagen und vier Stunden selbst eingetippt. Mehr Sätze waren noch nicht zu mir gekommen. Immerhin drei Wörter in rund einhundert Stunden. Umgerechnet auf mein Autorenhonorar war jedes dieser Wörter exakt 0,000034 Cent wert. Das war immerhin ein Anfang. Ach, genau genommen war es nur ein Titel. Ich hatte schon so was von losgelegt, nur sah man davon noch nichts auf dem Bildschirm. Und leider war da bislang gar nichts »spannend, aufregend, beeindruckend«, so, wie Herr Hübner sich das vorstellte. »Es ist ein autobiografisches Kochbuch, Angelo! Schreiben

Sie einfach so, wie es Ihrer Mutter gefallen würde. Mit viel Herz, viel Liebe – für das Essen und Ihre Familie. Dann gefällt's auch unseren Leserinnen.«

Ich drehte eine Runde durch die Wohnung, sortierte zum dritten Mal in der Woche Schmutzwäsche und Bügelwäsche, warf einen Blick in den Kühlschrank und einen aus dem Fenster. Als ich mich wieder an den Schreibtisch setzte, war es in meinem Kopf immer noch genauso leer wie auf dem virtuellen Blatt Papier vor meiner Nase.

Warum war ich nicht Briefträger, Obsthändler, Versicherungsvertreter oder ein stinknormaler Koch, der in der Küche herumsprang und seine Angestellten in den Wahnsinn trieb? Sollte ich den ganzen Tag durch die Wohnung laufen, Wäsche sortieren, in den Kühlschrank und aus dem Fenster gucken und andere Menschen dabei beobachten, wie sie sich mit Entscheidungen herumquälten – so wie ich mit meinem ersten Satz? Oder den ganzen Tag nichts tun. Einfach nichts tun. Das könnte ich auch. Sogar sehr gut. Nichts tun! Das wäre durchaus ein angenehmes Leben.

Es war Sonntag und ich fühlte mich wie Montag. Zweihundertfünfzig Seiten... In nur drei Monaten... Das waren drei Seiten pro Tag... Ach, nee, wenn man die Wochenenden abzog und die Feiertage... Und wenn mich womöglich zwei Tage eine Krankheit dahinraffte... Dann waren das... Oje, das erforderte einen Taschenrechner. Hm, das mussten so acht Seiten pro Tag sein. Oder neun? Das waren mindestens zwei originelle, großartige Rezepte am Tag. In jedem Fall zu viele. Viel zu viele!

Ich rief meine Freundin Petra an. Doch das Telefon klingelte umsonst. Wo war sie denn nur um diese Uhrzeit? Langsam ergriff mich Panik. Durch das Nichtrauchen überkamen mich dauernd Hungerattacken, und obwohl es erst kurz nach sechs Uhr in der Früh war, schlich ich in die Küche und warf einen erneuten Blick in den Kühlschrank. Als hätte sich in der Zwischenzeit auch nur das Geringste geändert. Knoblauch, zwei Eier, etwas Parmesan und Speck von Onkel Peppe. Alles wie vor einer Stunde. Ebenso die Packung Spaghetti Nr. 7 auf dem Küchentisch.

Während sich die Sonne langsam zwischen den Häuserzeilen in die Höhe schnaufte, wählte ich noch einmal Petras Nummer. Nichts. Wenn die Sonne mich blenden würde und es Zeit für die Jalousien war, nahm ich mir vor, begänne der neue Tag und dann, dann würde ich den Buchanfang schreiben. Dann hieß es: Guten Morgen, neuer Elan! Das sollte jetzt klappen. Ich wartete.

Der neue Tag war schon etliche Stunden alt und der Computerbildschirm hatte immer noch nicht mit mir gesprochen. Und ich nicht mit ihm. Ich hatte

E-Mails gecheckt, die neuesten Nachrichten überflogen und einige Kochblogs gelesen – und war mittlerweile auf der ansprechend gestalteten Homepage von »Mare Bello Cruises« gelandet. Ich sah mir das Video an: leise, spießige Fahrstuhlmusik im Hintergrund, eine junge Frau im knappen roten Bikini auf einer Liege am Schiffspool. Ihre langen schwarzen Haare umspielten sinnlich ihre Schultern und ihre großen grünen Augen schienen verträumt in die Ferne zu schweifen. Sie griff nach einem Cocktailglas, liebevoll mit Schirmchen dekoriert, lächelte in die Kamera und raunte auf Hessisch: »... auf einer Kreuzfahrt mit ›Mare Bello Cruises‹ is immer was los. Steische Se ein und buchen Se jetzt ... Prost.« Sie sog das blaue Getränk durch den Strohhalm und leerte das Glas in einem Zug. Schade, dass sie nicht lippensynchron synchronisiert worden war. Ich lehnte mich zurück. Eine Zigarette wäre jetzt sehr hilfreich.

Wo war denn überhaupt mein Aschenbecher? Ich graste vergeblich den Schreibtisch ab. »Im Keller!«, raunte mir Silvio verlockend ins Ohr. »Er hat doch abgeschlossen!«, entgegnete Reinhard entrüstet.

Da der Bildschirm noch immer keine adäquate Antwort gab, stattete ich der Küche einen erneuten Besuch ab. Spaghetti Nr.7. Ich wuchtete einen Topf mit Wasser auf die Herdplatte und schnitt Onkel Peppes Speck in kleine Stückchen. Den ließ ich mit einer Knoblauchzehe und etwas Olivenöl anbraten, schlug zwei Eier auf und gab etwas Milch, Salz, Pfeffer, Muskat und Parmesan dazu. Als die Nudeln al dente waren, mischte ich das Ganze zusammen mit dem gerösteten Speck und den Eiern in einer Schlüssel. Fünfzehn Minuten später saß ich am Küchentisch, rieb den frischen Parmesan über die dampfenden Nudeln und ließ mir die köstlichen Spaghetti carbonara schmecken. Ja, sie schmeckten! Ich legte Gabel und Löffel neben den Teller. Hatte ich keine besseren Ideen als Spaghetti carbonara, der eigewordene Traum jedes Osteriabesuchers? Und außerdem: Löffel! Ich kannte Restaurants, derer man verwiesen wurde, sobald man nach einem Löffel zur Pasta fragte. Ich war so deutsch geworden. Hing da nicht sogar ein blondes Haar in meinem Kamm heute Morgen? Kein Wunder, dass mich die Muse nicht küsste und ich keine Inspiration für ein italienisches Kochbuch hatte, denn das sollte es ja wohl werden. Ein italienisches und biografisches Kochbuch! Ich starrte traurig auf meinen Teller, wo sich das Chaos meiner Ideen im Wirrwarr des verschlungenen Nudelhaufens widerspiegelte.

War meine Biografie ein Chaos? Ein wenig schon, aber doch nicht so sehr, dass ich daran verzweifeln müsste, resümierte ich. Himmel, hilf! Ich brauchte Form, Struktur, kurz: eine inspirierte Ordnung. Nur, was konnte ich tun? Mir kam wieder die Liste der Mittel gegen Schreibblockade in den Sinn. Vielleicht hatte ich mich selbst betrogen, was das Abhaken der Punkte anbetraf. War ich an einem kreativen Ort? Hatte ich doch zu hohe Erwartungen? Hatte ich tatsächlich eine andere Aufgabe oder waren das alles nur Gründe, um Zeit zu schinden? Kreisten nicht meine Gedanken vierundzwanzig Stunden lang nur um das Buch und um die Angst davor, endlich loszulegen? Ich fieberte nach einem spannenden, aufregenden, beeindruckenden Anfang – mit voyeuristischem Touch – und schlurfte lieber erst mal auf die Toilette. Da kamen mir immer die besten Ideen. Vielleicht klappte es ja auch diesmal. Während ich mich auf mich konzentrierte, hörte ich eine grölende Truppe unten auf der Straße, die immer wieder »Einer geht noch, einer geht noch rein …« schmetterte, als wären wir in der Altstadt von Köln. Vermutlich besoffene Touristen, die nicht wussten, dass das in einer so hippen Gegend wie dem Prenzlauer Berg absolut nicht angesagt ist, stöhnte ich. Piep, machte in dem Moment mein Computer. Verdammt noch mal! Da hatte ich gerade mit frischem Elan mit dem Schreiben beginnen wollen… Stopp, Angelo! Schluss mit dem Selbstbetrug! Du wolltest nicht anfangen zu schreiben! Sieh der Wahrheit endlich ins Auge! Prokrastination, glaubte ich, war das Wort für so etwas. Apropos, wer schickte mir gerade eine E-Mail?

»Sehr geehrter Herr Colagrossi, da wir von Ihnen noch keine Antwort erhalten haben, erlaube ich mir, Ihnen unsere Anfrage/Angebot (unten stehend) erneut zu senden. Mit herzlichen Grüßen, Ihre Sabine Merkel, Manager Bordentertainment«.

»Bordentertainment« – dieses Wort war mir neu und interessierte mich plötzlich brennend. Ja, wirklich. Ich googelte also den wohlklingenden Begriff. Als erstes Ergebnis erschien umgehend »Unsere Unterhaltungsprogramme auf den Clubschiffen: Freuen Sie sich auf Ihre Traumreise«. Aha! War eine »Traumreise« auf einem Schiff ein kreativer Ort? Meine Gedanken begaben sich schon mal auf eine Reise. Ich sah mich mit meinem Laptop an einem Pool, nein, viel besser, an einer Bar sitzen, mit einer Zigar-, einem Salatblatt im Mund und in die Tasten hauen. Fans würden hinter mir stehen und jeden Satz beklatschen, den ich mit einem theatralischen Klick auf die Punkt-Taste beendete. Und noch besser! Jede Zutat in einem Rezept, die auf meinem

Bildschirm auftauchte, begrüßten die Leute mit »Oooh« und »Aaah«. Jawohl, so würde das Schreiben Spaß machen.

Ich sah meine Tante Antonia inmitten all der Fans, wie sie am lautesten klatschte, jedem auf die Schulter tippte und sprach: »Das ist mein Neffe! Schon mit drei Jahren hat er seine ersten Orecchiette gegessen!«

Eine reife Frau mit kecker Schiebermütze beugte sich zu mir hinunter und säuselte mir etwas ins Ohr, das wie die Frage nach meiner Zimmernummer klang. »Ich möchte mir das gern noch mal genauer erklären lassen«, und dabei zwinkerte sie mir konspirativ zu. War sie die alte Muse, die mir fehlte? Um die Antwort zu finden, sollte ich wohl meine Zweizimmerwohnung verlassen und auf ein Kreuzfahrtschiff gehen. Warum denn nicht? Jetzt musste ich nur noch herausfinden, ob die E-Mail und ihr Absender seriöser Natur waren. Meine findige Suche ergab, dass der Anbieter tatsächlich existierte und auch viele Fans hatte. Ich war angefixt. Bevor ich jedoch zusagte, mussten Vor- und Nachteile abgewogen werden. Meine Oma hatte mir immer erklärt, dass jedes Ding zwei Seiten hatte, so auch eine Schiffsreise. Je länger ich darüber nachdachte, desto weniger Nachteile konnte ich finden, eigentlich gar keine. Ich würde meine Ruhe haben, wäre von Musen umgeben und hätte am Ende der Reise ein fertiges Buch in der Hand.

Das war ein Plan, mit dem ich mich anzufreunden vermochte. Ich malte mir sogar schon aus, wie ich das erste Kapitel schrieb.

Da saß ich in einer kleinen, feinen, eleganten Kabine und tippte zunächst Folgendes: »Angelo Colagrossi«. Und dann: »DER GROSSE PARMASCHINKEN«. Ich sah mich nachdenken wie Goethe vor seinem Haus in Weimar und dann ein Zitat aus dem Hut zaubern: »Die Sauce ist der Triumph des Geschmacks in der Kochkunst – Honoré de Balzac (1799–1850).« Ein bedeutendes Werk begann nämlich immer mit einem Zitat einer bedeutenden Persönlichkeit, so viel hatte ich gelernt.

Capri.

»Es war während der Osterferien. Um etwas Ruhe zu haben, besuchte ich meine Verwandten auf der Insel Capri.

Tante Antonia verlässt am frühen Morgen die Wohnung und macht sich auf die Suche nach den richtigen Zutaten für unser Mittagessen. Auch an diesem Tag. Wie jeden Tag. Die Sonne brennt schon heiß, obwohl es noch nicht einmal neun Uhr ist. Tante Antonia läuft auf hohen Schuhen, in ihrem roten Lieblingskleid und mit schwarzem Schal, durch die Straßen. Sie liebt das. Männer werfen ihr anerkennende Blicke zu. Touristen glotzen ihr ohne Hemmungen in die kohlrabenschwarzen Augen. Meiner Tante Antonia! Verheiratet, fünf Kinder und fast fünfzig Jahre alt. Tante Antonia schreitet die Via Marina Grande auf Capri hinauf, am blauen Meer entlang. Eine leichte salzige Brise mischt sich mit dem Duft der Orangenblüten und umhüllt die Insel mit einem kristallinen Hauch. Diese Luft macht glücklich und den Weg leichter in der brennenden Sonne. Tante Antonia biegt rechts in die Via Cristoforo Colombo ein. Ganz am Ende des Wegs ist ein kleiner Markt unter einem illuminierten Himmel. Tante Antonia läuft neugierig zwischen den Ständen herum. Erst einmal nur gucken. Da. Am Fischstand liegt ein riesiger Schwertfisch. Sie lässt sich sechs große, dünn geschnittene Scheiben geben. Beim Gemüsestand kauft sie frische Petersilie, zwei Zitronen, Knoblauch und ein Kilo frische rote Tomaten. Sie sind die wichtigste Zutat für eine gute Soße. In Salz eingelegte Kapern lagern noch zu Hause. Sie nimmt auch von dem vorbereiteten gemischten Salat, sie hat keine Lust und auch keine Zeit, ihn selbst zu schneiden. So muss man ihn nur noch mit etwas Öl und Balsamico anrichten. Zufrieden mit ihrem ersten Gericht, schlendert sie weiter, grüßt hier und da bekannte Gesichter. Im selben Maß, wie sie ihr Lächeln verschenkt, fliegen ihr die Herzen zu. Am Ende des Markts, am letzten Fischstand, findet sie schöne, nicht zu große Tintenfische. Die kleinen sind am besten, weil nicht so hart. Sechs Stück werden für sie akribisch geputzt und eingepackt. Mit vollen Einkaufstüten kommt sie gegen elf Uhr nach Hause und hat den Rest des Vormittags Zeit, um alles vorzubereiten.

Sie macht das Radio an und stellt den Einkauf auf den Tisch. Durch das offene Fenster fällt ein Sonnenstrahl. Sie betrachtet ihre Schätze wie ein Natura-morta-Bild von Caravaggio. Als Erstes wäscht sie die Schwertfischscheiben und legt sie auf einen großen runden Teller. Presst die beiden Zitronen aus und gießt den Saft über den Fisch, dazu etwas Pfeffer, ein Löffel Olivenöl, eine rote Tomate, klein geschnitten, und die gewaschenen Kapern. So soll der Schwertfisch den ganzen Vormittag im Kühlschrank marinieren. Später wird sie, bevor das Schwertfischcarpaccio auf den Tisch kommt, nur noch etwas geschnittene frische Petersilie darübergeben. Aus dem Radio dudelt ›Felicita‹ von Al Bano & Romina Power. Und so fühlt sich Antonia auch: glücklich.

Sie wäscht die Tintenfische, entfernt die Tentakeln, den Kopf und die Innereien. Sie hackt die Tentakeln zu übersichtlichen Stücken und vermischt alles mit zwei klein geschnippelten Zehen Knoblauch, etwas Petersilie, einer Handvoll Kapern, getrockneten

Tomaten und einem Löffel Öl. Wenn die Füllung einigermaßen zusammenhält, reibt sie etwas Pecorino-Käse darüber. Sie stopft den ›ripieno‹ in die Tintenfischtuben und verschließt sie sorgfältig mit Zahnstochern. Dann werden sie in einem Topf erneut mit zwei Knoblauchzehen angebraten, und falls noch etwas von der Füllung übrig ist, wird diese mit in den Topf geworfen. Wenn dann alles goldgelb erhitzt ist, gibt sie die frischen roten, zerkleinerten Tomaten dazu und lässt alles circa dreißig Minuten köcheln. Eher ein bisschen länger, sonst sind die Kalmare noch zäh. Sie schmeckt auf einem Tellerchen ab und gibt noch etwas Salz hinzu. Als die Soße fertig ist, kocht sie die Spaghetti al dente und mischt die dampfenden Nudeln mit der Soße. Dann streut sie noch etwas von dem Pecorino-Käse darüber und richtet das Essen an. Das wird wieder eine köstliche Mahlzeit.«

Um das Ganze festzuhalten, machte ich ein Selfie von mir und dem Computerbildschirm, mit dem geöffneten ersten Kapitel meines Buches. Ich hatte wieder Hunger bekommen und deutete das als ein gutes Zeichen. Mir huschte eine weitere Lebensweisheit durch den Kopf, aber die war von keinem bedeutenden Dichter, eher vom berühmt-berüchtigten Schmalhans Küchenmeister: »Die Königin der Kochrezepte ist die Fantasie (deutsches Sprichwort)«. Ich schrieb es mal hin und betrachtete mein Werk. Das war es also? Der Anfang meines Buches? Ich las Zeile für Zeile noch einmal, lehnte mich dabei zurück und tastete meine Taschen nach der Zigarettenpackung ab. Vergeblich. Leider oder zum Glück vergeblich.

Kapitel 6

Das Schiff ist eigentlich eine Shoppingmall auf dem Meer. Nachdem ich die gigantische Promenade, so wie die »Via Condotti« in Rom oder die Maximilianstraße in München mit Geschäften von allem, was Rang und Namen in der Modewelt hat, auf und ab geschlendert bin, aber nichts gekauft habe, da die Preise der hier ansässigen Luxusgeschäfte jenseits von Gut und Böse sind, mache ich mich auf den Weg zum Restaurant auf Deck neun, das den vielversprechenden Namen »Il Buongustaio«, der Feinschmecker, trägt. Nach Feinschmecker-, aber nicht ganz Gentlemanart trage ich meinen Thermobecher mit mir. Zuvor habe ich heimlich Chianti eingefüllt und bin mit dem Ergebnis sehr zufrieden: Im Becher bekommt der Wein dieselbe Farbnuance wie Cola. Niemand vermutet, welche Gaumenfreude ich in Wirklichkeit mit mir führe. Am Tisch würde eine Flasche Wein ein Vermögen kosten und vermutlich nicht halb so gut schmecken wie meiner. Der große Speisesaal ist schon gut besetzt, als ich auf der Bildfläche erscheine. Eine Kellnerin mit dem Namensschild »Giovanna« fragt mich nach meiner Kabinennummer und geleitet mich dann quer durch den Saal zu meinem Platz. Dabei frage ich mich, ob ich es mit dem Parfüm übertrieben habe.

Ich hatte zunächst verzweifelt versucht, eines der Hemden im Waschbecken mit Shampoo zu waschen, aber mein Plan, es mit dem Föhn zu trocknen, ging nicht auf. Siebenhundert Watt, damit kommt man nicht weit, wenn es um nasse Baumwolle geht. Also kippte ich kurzerhand fast ein ganzes Fläschchen Aftershaveprobe über mein altes hellblaues Hemd, verrieb es kurz und tröpfelte den Rest auf das Revers meines Jacketts. Hier im Speisesaal merke ich, dass selbst mir der Geruch so penetrant in der Nase hängt, dass ich von den herrlichen Düften, die durch ein Restaurant ziehen sollten, rein gar nichts mitbekomme. Dampfende Suppentöpfe: Aftershave. Vorüberschwebende Kellner mit Saucieren: Aftershave. Überall nur: Aftershave. »Sie sitzen an diesem Tisch gleich hier vorne, schauen Sie, neben der Säule. Das kann man sich gut merken, oder?«, meint Giovanna beflissen. Der große runde Tisch ist für den ersten Abend mit einer dunkelroten Tischdecke, glänzendem Besteck und polierten

Gläsern festlich eingedeckt. Die Stühle sind mit zartrosafarbenen Hussen bezogen. Flugbegleiterin Giovanna weist mir den Platz neben, oh je, Helene Schulz zu.

»'n Abend«, grüße ich so freundlich wie möglich in die Runde. Dann verbeuge ich mich höflich vor dem herausgeputzten älteren Pärchen, das mich erwartungsvoll anschaut. In dem Mann erkenne ich den Kerl in der currygelben Jacke, die sich mittlerweile in ein dunkelrotes Jackett verwandelt hat – passend zur Tischdecke. Beim Hinsetzen nicke ich kurz seiner Frau zu. Irgendetwas ist komisch an ihr, an den beiden, aber ich habe ja zwölf Tage Zeit, die Ursache dafür zu ergründen. Als ich meinen Stuhl heranziehe, stoße ich gegen eine große Tasche, die zwischen mir und der Frau auf dem Boden steht und mir bis dahin nicht aufgefallen war. Hat da etwa was geknurrt? Irritiert drehe ich mich ihr zu, um mich zu entschuldigen, doch sie schüttelt kaum merklich den Kopf, zieht eine Augenbraue nach oben und neigt ihren Kopf schräg nach unten, während ihre Augen auf die Tasche zwischen uns deuten. »Baby an Bord! Schschschsch.«

Als ich ihrem Blick folge, sehe ich in zwei glänzende, runde braune Augen, die mich aus der Dunkelheit der einen Spaltbreit geöffneten Tasche neugierig anblicken.

»Muff muff.« Mit einem leisen Schnaufer quetscht sich der runde Kopf mit der platten Schnauze eines niedlichen Mopswelpen durch den Schlitz. Er bedenkt mich mit einem empörten Blick, bevor er sich von der Hand der Frau wieder in seine Hundetasche schieben lässt.

»Lilo, vier Monate alt«, flüstert sie mir verschwörerisch zu. »Hunde an Bord sind ja eigentlich verboten, aber ...« Sie lächelt entschuldigend. Ich möchte den Satz beenden mit »... das ist ja auch kein Hund«, signalisiere aber grinsend, dass ihr kleines grunzendes Geheimnis bei mir gut aufgehoben ist. Fasziniert fixiere ich einen Moment zu lang ihre hochtoupierte Frisur. Könnte auch eine Perücke sein. Automatisch scanne ich den Kopfschmuck so unauffällig und so diskret wie möglich nach irgendwelchen Haarnadeln ab, mit denen sie das Haarteil am Kopf befestigt haben könnte. »Alles echt!«, posaunt sie und sieht mir dabei direkt in die Augen.

Ertappt antworte ich: »Ja, Colagrossi ... natürlich ...«

»Kolagossi? Was meinen Sie damit?«, fragt sie irritiert zurück.

»Nein, nein! Colagrossi, Cola wie Coca-Cola und Grossi wie groß mit ›i‹ am Ende. Das ist mein Name. Angelo Colagrossi. Schönen guten Abend.«

»Lehmann. Margot und George, also eigentlich Dieter, aber ich nenne ihn George. Wegen George Clooney.«

Ich schaue sie an, ich schaue ihn an und dann zurück. Wovon redet sie? »Ist er verwandt mit …« Bevor ich den Namen aussprechen kann, kommt sie mir mit der Antwort zuvor. Einer reichlich unerwarteten jedoch.

»Wie aus dem Gesicht geschnitten, finden Sie doch auch, ja? Wie Zwillinge, die beiden. Wir sind seit sechsundvierzig Jahren verheiratet«, lächelt Margot Lehmann mich an.

Helene schaut amüsiert zu und ich nicke beeindruckt. Ob Lehfrau allerdings mit ihrer Hochsteckfrisur, einer langen, doppelreihigen Perlenkette um den faltigen Hals und einer groß geblümten Seidenbluse George Clooneys Typ wäre? Auch bezweifle ich, dass der Hollywoodbeau Dieters Outfit tragen würde: rotes Jackett, weißes Hemd, die beiden oberen Knöpfe offen und statt Krawatte wie alle anderen hier trägt Lehmann einen rosafarbenen Seidenschal um den Hals. Sein Gesicht ist braun gebrannt wie ein Stück Holz und erinnert mich entfernt an ein Murmeltier. Das Ehepaar muss Ende sechzig, Anfang siebzig sein, braun gebrannt und äußerst munter. Margot Lehmann ist eine hagere Frau, während ihr Mann Dieter-George einen stattlichen Bierbauch unter dem Hemd mit sich herumschleppt.

Vier Plätze sind noch frei an unserem Tisch. Ich sehe mich im Saal um. Alle sind fein herausgeputzt. Die meisten Männer tragen Anzug und fast alle Frauen fröhlich-bunte Sommerkleider oder Kostümchen. Ich mache mir Gedanken, ob ich in meiner dunkelblauen Leinenhose, dem verknitterten Hemd und dem hellblauen Leinensakko nicht zu sportlich angezogen bin. Ach, was soll's, ich bin Autor und Stargast. Ein Künstler. Immerhin trage ich eine dunkelblaue Krawatte – die einzige, die ich besitze.

»Man sagt doch: Die Haare sind der Rahmen des Gesichts. Wissen Sie, wenn ich nicht täglich eine Stunde im Bad mit Toupieren und was nicht allem mehr verbringen würde, hätte mein George gar keine Zeit zum Fernsehen. Das tut er doch so gerne, nicht wahr, Georgie? Wenn ich fertig bin, geht er ins Bad. Er braucht nur eine Viertelstunde – Männer …«, plappert Lehfrau weiter. »Ist das Fahrenheit, was Sie da aufgetragen haben, Herr Kolagossi?«

»Ich weiß nicht, ein Geschenk«, sage ich schnell und nehme einen Schluck aus meinem Thermobecher. »Hab ich vergessen.«

»Und wo kommen Sie her, Herr Kolagossi? Wir kommen aus Leipzig! Sie wissen schon: Bach, Thomaner-Chor, Montagsdemos«, bringt sich jetzt auch Lehmann ein. Ich frage mich, wie oft sie schon exakt dieselbe Vorstellungschoreografie aufgeführt haben. »Gleich nach der Wende neunzig haben wir unsere erste Kreuzfahrt gemacht. Vorher konnte man ja höchstens nach Rügen. Ostsee. Wenn man Glück hatte. Wenn man jemand kannte da oben.«

Lehfrau ergänzt: »Rügen war schon immer sehr, sehr schön, aber doch kein Vergleich zum Mittelmeer! Oder zum Indischen Ozean.«

»Mensch, Karibik! Was haben wir nicht schon alles gesehen auf der Welt«, brüstet sich Dieter und schüttelt seine Serviette auf. »Die Menschen sind ja überall gleich. Also, schon anders, aber eigentlich immer gleich. Vor allem die Männer«, und dabei knufft er seiner Frau neckisch in die Seite.

Sie lacht auf: »Na! Die Frauen auch! Die Frauen auch!«

Dienstbare Hände reichen uns von rechts die Vorspeise: Jakobsmuscheln auf Rucolapesto. Da kann man nicht viel falsch machen, denke ich und probiere vorsichtig. Die angegrillte Muschel ist, wie vermutet, ein wenig zu durch, aber bei dreitausend Portionen, Mamma mia!, kann ich meinen Kollegen in der Kombüse verzeihen.

Die anderen beginnen ebenfalls zu essen – außer Margot: »... und seit zwei Jahren verbringen wir sogar immer den ganzen Winter auf einem Schiff. Ist auch nicht viel teurer als das Leben zu Hause oder in Alanya, aber so viel angenehmer. Nicht, George?«

»Ja, mein Täubchen«, stimmt ihr Mann zu, lächelt dabei Helene Schulz an und ergänzt: »Und man lernt jedes Mal so nette Leute kennen ...«

Margot fährt unbeirrt fort: »Als wir unser Geschäft noch hatten, konnten wir ja nicht so lange weg, aber nun, in Rente... Wunderbar!«

Das ist ein gutes Stichwort, um der Sache näher auf den Grund zu gehen. »Was für ein Geschäft hatten Sie denn?«

»Kann ich einen Schluck Wasser haben, bitte?«, mischt sich Helene ein und schaut mich streng an. Ich verstehe nicht, was sie mir signalisieren will. Ich schenke ihr etwas Wasser und mir etwas Wein aus meinem Thermobecher ein. Lehfrau lässt sich nicht stören. Ich sehe in meinem erweiterten Gesichtsfeld, wie George-Dieter ihr zunickt.

»Also, junger Mann, ich kann ja offen mit Ihnen reden. Unser Haus, nicht wahr, unser Haus hatte die schönsten Mädchen in ganz Läipzsch.«

»Läipzsch?«

»In ganz Sachsen«, fällt Lehmann ein. »Junge, alte, dicke, dünne, für jeden was dabei. Ein Riesengeschäft! Was wir an Steuern gezahlt haben, da bauen die heute noch Straßen von.« Er lacht polternd.

Lehfrau reicht ein Stückchen Jakobsmuschel unter den Tisch an Mopsschnäuzchen und flüstert: »In Sachsen, in Sachsen, wo die schönen Mädschen auf den Bäumen wachsen.«

»Eine Modelagentur!«, freue ich mich. »Interessant!«

Ehepaar Lehmann tauscht amüsierte Blicke aus. »Modelagentur? Warum nicht«, vermeldet Lehmann, »eine Kate Moss hatten wir auch.«

»Eine schwierige Person«, erklärt Lehfrau, »aber eines der besten Pferdchen im Stall. Fast nur Stammkunden, oder, George?«

»M-hm. Fast nur Stammkunden. Aber schwierig.« Er denkt kurz nach. »Schwierig«, bekräftigt er und nach einer weiteren Pause: »Wer möchte Wasser?«

»Ein Stall ...«, setze ich an.

»Saunaclub, junger Mann.« Lehfrau grinst.

»Also besser gesagt, ein Bordell. Für viele war das das Paradies auf Erden«, ergänzt George.

Ich blicke konsterniert zu Helene hinüber, die mich frech anschielt, als würde sie sagen wollen: Frag mich das nächste Mal lieber um Erlaubnis, bevor du auf Interesse machst.

»Ihr gebt ein bezauberndes Paar ab, kennt ihr euch schon lange?«, schmeichelt Lehfrau und schaut abwechselnd mich und Helene an.

»Seit ein paar Stunden. Wir teilen eine Kabine miteinander, allein ist's doch so fad.« Helene zwinkert. Gilt das mir oder dem Lehpaar?

»Oho, das ist ja schon mal was«, jauchzt Margot Lehmann und zieht die Augenbrauen hoch.

»Eine Suite! Das sogenannte ›Eins als Doppel‹«, beeile ich mich zu erläutern und kreuze dabei die Finger genau so, wie Frau Merkel es mir gezeigt hat – Mittelfinger über Zeigefinger und dabei lächeln. »Wir haben zwei Räume – ich schlafe im Wohnzimmer auf der Couch«, füge ich, um allen Missverständnissen vorzubeugen, noch an.

»Brumm-brumm, aber so a Fernbedienung habt's ihr a!«, wienert es hinter mir. »Sehr originell.« Mein österreichischer Namensvetter legt mir die Hand auf die Schulter. »Die Damen, die Herrn! Hajek-Schnarrenberger Angelo, sehr erfreut! Stellst di sölber vur, Therese?« Er tritt einen Schritt zur Seite, und formvollendet stellt sich seine Frau ihren Tischgenossen und -genossinen vor.

»Therese Hajek-Schnarrenberger. Gell, mir vertragen uns schon die nächsten drei Wuchen? Sprecht's ihr alle Deitsch?« Wir nicken und Angie verteilt Visitenkarten. »Import-Export. Wenn's was braucht's: Anruf genügt!«

Therese, tadelnd: »Angie. Geh, loss doch die Leut in Ruhe speisen. Entschuldigen's, dass mir zu spät san. Wird nicht wieder vorkomman.« Bevor ich mich erheben kann, legt auch Therese ihre Hand auf meine Schulter und drückt mich energisch zurück auf meinen Stuhl: »*Resti pure seduto, noi siamo in ritardo.*«

Daraufhin lassen sich die korpulenten Herrschaften auf ihre Plätze plumpsen. Beide legen gleichzeitig ihre Handys auf den Tisch und Mister Hajek-Schnarrenberger seine Audi-Schlüssel neben den Teller.

»Mir san a bissl aufg'regt! Wissen S', des is' unsere erste Kreuzfahrt«, flötet Therese.

»Jo«, ergänzt ihr Mann. Meine Mitbewohnerin rückt diskret ein Stückchen nach links, um nicht von der Leibesfülle der Österreicherin erdrückt zu werden. Eigentlich ist genügend Spielfläche am Tisch, aber mit ihrer Präsenz füllt Therese Hajek locker zwei Plätze aus.

Für einige Minuten dürfen wir in Ruhe essen.

»Was importieren und exportieren Sie denn so?«, erkundigt sich Lehfrau endlich. Eine Frage, die Herr Hajek sehnsüchtig erwartet zu haben scheint.

»Mir san europaweit tätig. Aber vur allem mit Kina«, darf er endlich loslegen »Ois – mir importier'n ois aus Kina und exportier'n ois nach ganz Europa.«

»Was zum Beispiel?«, erkundige ich mich.

»Ois – im ganz großen Stil. Mode, Accessoires.«

Bevor ich weiterbohren kann, verkündet Therese die nächste Sensation: »Er hot ja kinesisch g'leant. Und i au. Ma sogt zwoar ›Deutsch guat, ollas guat‹, oba ohne Mandarin geht's ja heitzutog im Import-Export-G'schäft nimmer. Des is' die kommende Wötsproche. Wer des jetzt net kapiert, bleibt unweigalich auf da Streck'n.«

»Jo«, brummt Herr Hajek gönnerhaft.

»*Nihau!*« Seine Frau lässt das Wort einen Moment lang wirken, bevor sie gönnerhaft übersetzt: »Das heißt ›Guten Tag‹ – *Nihau.*«

Lehfrau schnippisch: »Aber nu ist doch Abend. Was heißt denn ›Guten Abend‹?«

Herr Hajek muss keine Sekunde überlegen: »*Wänshäng häo!* Guten Abend. *Wän'än!* Gute Nacht.« Selbst diese exotischen Wörter klingen wienerisch.

Neugierig frage ich nach: »Und die Chinesen verstehen das auch?«

»Mir ham früher a poor Johr in da Näche von Stuttgart g'lebt, da ham's uns au vastonden.«

Margot Lehmann fragt verblüfft nach: »Stuttgart? Was haben Sie da gemacht?«

»Import-Export«, ist die wenig verblüffende Antwort.

Bevor man der Sache weiter auf den Grund gehen kann, wird das Hauptgericht serviert: gegrilltes Doradenfilet im Speckmantel auf Butter-Bohnen-Salat. Langweilig. Unsere Wiener Tischnachbarn bekommen erst mal die Jakobsmuscheln auf Rucolapesto.

»Ah geh – a Zigarettenlänge hätten's schon no woaten könnan«, meint Hajek und steckt die Schachtel in seiner Hand zurück in die Jackentasche. »Rauch ma später, geh, Angelo?« Er mustert mich auffordernd. Hatte ich ihm nicht schon gesagt, dass ich aufgehört habe?

»Tut mir leid, ich rauche nicht.«

»Immer noch nicht?« Hajek schüttelt verständnislos den Kopf.

Ich probiere den zweiten Gang – wie vermutet, kein Highlight der Bordküche. Dorade als Filet gegart ist ein Sakrileg. Da aber alle begeistert »Mmmh« und »Ach, ist das lecker« murmeln, möchte ich kein Spielverderber sein und esse brav weiter. Viel weniger langweilig sind die beiden Österreicher rechts von mir. Therese trägt ein hellgrünes, bunt gemustertes Kleid, bedruckt mit dem typischen Versace-Medusenkopf in verschiedenen Farben und Größen. Neben ihrem Stuhl lehnt eine große dunkelgrüne Lederhandtasche mit zwei auffälligen, ineinander verschränkten Gs aus Chrom – natürlich Gucci. Sie scheint den »großen Stil« zu lieben. Lediglich ihre stumpfen dunkelroten Haare passen nicht zum teuren Outfit. Vielleicht wurden sie schon zu oft gefärbt. Die Beine von Signore Angie stecken in einer weißen Baumwollhose. Über seinem imposanten Bauch spannt sich ein feines hellgrünes Seidenhemd, durch das seine Brustbehaarung schimmert, als würde er vom Yeti abstammen. Dazu trägt er eine grün-weiß gestreifte Seidenkrawatte und, natürlich, eine dicke goldene Uhr. Die ausgedehnte Glatze auf seinem Kopf wird von einem Haaransatz à la Julius Cäsar bekränzt.

Als er bemerkt, dass ich sein Hemd »bewundere«, dreht er sich mir zu: »Des is' ›Made in China‹! Solch ane Seid'n kriegst ja bei uns gor net. Und scho goar net zu dem Preis!«, freut er sich wie ein Kind. »Schau, bei jeder Dienstreis'n häng ma a Shoppingtour hinten an. Der Kines' ist ja a begnadeter Kopist. Is' net vom Origineu zum unterscheid'n, kost' aber nua an Bruchteu. Aber do schau: Verorbeitung! Bitte. Eins A! Woat, i wü da wos zeig'n!« Ohne Vorwarnung greift er neben sich unter die Tischplatte und zieht den Saum des Versace-Kleides seiner Frau hervor.

»Geh bittäh?!«, schreit sie entrüstet auf.

»Scho guat, i wü am Angelo bloß die saub'ren Nähte zeigen. Greif's amol an«, fordert er mich auf.

»Nein danke«, wehre ich ab, beeile mich aber zu versichern: »Sieht sehr schön aus.«

»Ham mir schon amol Probleme am Zoll g'habt? Naa!« Zufrieden lässt er den Stoff wieder los und seine Gattin streicht ihr Kleid glatt. »Kei-ne Pro-blä-me. So guat is des!«

»Habt ihr schon gehört, was heute Nachmittag passiert ist?«, wirft plötzlich Lehfrau in die Runde, und zwar in einem Tonfall zwischen Entrüstung und Abenteuerlichkeit. Alle drehen sich ihr zu und warten darauf, eingeweiht zu werden. Sie lässt sich nicht lange bitten: »Auf der fünften Etage ist in einer Suite der Tresor geknackt und der ganze Schmuck gestohlen worden«, sprudelt es aus ihr hervor, während ihr Blick arge Besorgnis signalisiert.

»Nein!«, rutscht es mir, ein bisschen zu laut, heraus und ich taste augenblicklich, ob die Brioche noch immer in meiner Tasche ist. Ja! Schöner Mist! Wenn sie bei mir gefunden wird, wäre ich wohl offiziell der Dieb. Oder etwa nicht? Mir rinnt der Schweiß wie Glasperlen über den Rücken.

»Ja, da hast du wohl recht, Angelo, das gehört sich nicht. Nicht auf einem Schiff. Und das Eigenartige daran: Die Bordpolizei hat noch keinerlei Spur vom Täter.« Margot ringt mit aufgerissenen Augen nach Luft.

»Man vermutet, dass es Gäste waren, die in Livorno zugestiegen sind und den Schmuck noch irgendwo an Bord versteckt halten«, weiß Helene.

»Ist das deppert«, raunzt Hajek und schiebt sich die Jakobsmuschel in den Mund.

»In Livorno?«, rufe ich, wieder einen Tick zu laut.

»Der nächste Zwischenstopp wird dann wohl etwas länger dauern«, vermutet George-Dieter, der ehemalige Bordellbesitzer.

»Oh je« ist alles, was ich darauf erwidern kann.

»Sagen Sie«, fällt Frau Lehfrau ein und deutet wie nebenbei mit ihrer Gabel auf mich. »Habe ich Sie nicht auf Deck fünf gesehen? Sie waren doch dort, als diese betrunkenen Frauen vor Merkels Büro standen. Das waren doch Sie?«

Wie in einem Paralleluniversum erlebe ich erneut, was auf Deck fünf passiert ist. Ich bin dort. Ich habe einen Teil der Beute in meiner Hosentasche und ich habe die Diebin gesehen! Wenn ich aber versuche, mich konkret an sie zu erinnern, habe ich kein Bild vor Augen. Außer dass sie rote Handschuhe anhatte. Und eine große Sonnenbrille à la Jackie Onassis trug. Es ging doch alles viel zu schnell. Sie stürmte in einem Affentempo aus der Tür heraus und rannte mich um. Wenn ich das der Polizei erzähle, glaubt mir das garantiert keiner. Genau vor dieser Tür lag die Brioche am Boden. Woher sollte ich denn wissen, dass die geklaut wurde? »Starautor auf Kreuzfahrt verhaftet!« So eine Schlagzeile braucht kein Mensch. Oder: »Mafiaautor? Colagrossi beim Klauen erwischt«. Oh Gott! Am Tisch herrscht mittlerweile das totale Chaos. Alle reden durcheinander, aber ich höre nicht mehr zu. Stattdessen überlege ich fieberhaft, wie ich aus der Nummer wieder rauskomme, ohne dass ich als Dieb verdächtigt werde.

Silvio: »Ach, mit seinem italienischen Charme biegt er das schon wieder gerade. Erinnerst du dich an die rote Ampel?« Reinhard: »Hör mir auf. Bis er das verstanden hatte, dass Rot auch wirklich Rot bedeutet.« Silvio: »Immerhin konnte er den *poliziotto* auf zwanzig Euro herunterhandeln.« Reinhard: »Na ja, dann wird er ein Jahr auf Bewährung auch hinkriegen!«

Ein Jahr auf Bewährung? Wäre ich dann vorbestraft? Ich muss um jeden Preis diese verdammte Brioche loswerden, und zwar unauffällig.

Helene schaltet sich ein: »Aktuelle Infos könnt ihr morgen im Bordblog lesen. Ich habe auch eine Liste von allem, was gestohlen worden ist. Die veröffentliche ich noch dazu. Aber ich würde mir keine Sorgen machen; der Täter kann ja nicht weit sein.«

»Genau deshalb mache ich mir aber Sorgen! Die sind immer noch hier. Wer sagt denn, dass wir nicht die nächsten Opfer sind?«, sagt Angie hektisch.

Ich versuche, cool zu bleiben, trinke einen Schluck Colawein aus meinem Thermobecher, vermag aber nicht mehr still auf meinem Stuhl zu sitzen.

»Was ist, Angelo, du bist so blass«, meint Helene und stupst mich an.

»Den ganzen Tag Stress, die Anreise, die ganze Aufregung. Und Hunger. Ja, Hunger habe ich«, sage ich und greife nach einem Stück Brot.

»Ja, lasst's uns weiter das Essen genießen. Unsern Safe könnan's ruhig ausrauben, mir haben nur Fälschungen ›Made in Kina‹ dabei …«

»… und kaufend uns anfach ollas nach«, beendet Angie Thereses Satz und die Hajek-Schnarrenbergers lachen und stecken sich, als hätten sie es einstudiert, synchron ein Stückchen Brot in den Mund.

Um das Thema möglichst schnell zu wechseln, schaue ich demonstrativ auf meine Uhr und schlage vor, nach dem Dessert gemeinsam ins Bordtheater mit dem hochgegriffenen Namen »La Scala« zu gehen. »Dort wird das Programm der Reise vorgestellt. Ich habe auch einen kleinen Part. Wenn es Sie interessiert …«

Überraschtes und vermutlich zustimmendes Gemurmel auf Sächsisch und Wienerisch. Bis jetzt hat mich nämlich noch niemand in dieser Runde gefragt, wie ich überhaupt auf dieses Kreuzfahrtschiff gekommen bin und womit ich meinen Lebensunterhalt verdiene.

Kapitel 7

Reinhard: »Oh Gott, 5 Uhr 20! Er muss aufstehen! Der Flieger, das Schiff! Auuuuufsteheeeeen!« Silvio: »Ruhe, verdammt noch mal! Der Mensch braucht Schlaf.« Reinhard: »Genau, wenn er das Schiff verpasst, dann hat er Ruhe. Und zwar die nächsten zwanzig Jahre, dann kann er seine Karriere nämlich knicken. Denk daran: keine Musen, keine klatschenden schönen Fans, kein autobiografisches Kochbuch.« Ich drückte mir das Kopfkissen aufs Ohr und versuchte vergeblich, die Stimmen in meinem Kopf zu ignorieren. Silvio: »Nur noch fünf Minuten... Er kann doch sehr schnell sein, wenn's drauf ankommt. Nur fünf Minuten ...« Ich wühlte mich tiefer in meine warme, kuschelige Bettdecke. Der gestrige Tag war grau, regnerisch und kalt, und das mitten im Juni. Die Republik hatte den Sommer einmal mehr komplett verpasst. Ich sehnte mich nach Sonne, nach einer Zigarette in aller Gemütlichkeit, die ich zu einem köstlichen starken Espresso rauchte. Ich könnte ewig so weiter... träumen? Wieso träumen? Panik, den Flieger zu verpassen, und eine Raucherhustenattacke schüttelten mich wach. Mit einem Ruck setzte ich mich auf, schnappte nach Luft und sprang aus dem Bett. Kurz vor sechs, oh je!

Angetrieben von Reinhard und Silvio, der jetzt ebenfalls Achten drehte und »Schnell, schnell! *Svelto, svelto!*« brüllte.

Hektisch stopfte ich meine Wäsche in den Koffer, sagte der Dusche kurz Hallo, präparierte mich notdürftig für die Reise, hängte meine Lederjacke über die Schulter und winkte mir ein Taxi zum Flughafen. Sehnsuchtsort: Pisa. Denn von dort erwarteten mich zwölf inspirierende und alltagssorgenfreie Tage. Frau Merkel hatte mir versprochen, dass ich mich um nichts würde sorgen müssen: »Wie schön, dass Sie unser Angebot annehmen, Herr Colagrossi. Ab sofort kümmere ich mich um alles. Ich schicke Ihnen die Unterlagen zu. In Pisa holt Sie ein Fahrer ab und bringt Sie zur ›Mare Bello II‹.«

In der Ankunftshalle sollte mein Chauffeur mich mit einem Urlaubslächeln erwarten – ich wollte ihm die Koffer übergeben, mich in den Rücksitz fallen lassen... und die Augen schließen. Wohlwissend, dass immer jemand da sein würde, der sich meiner annahm.

Doch die Wirklichkeit machte sich mal wieder nichts, absolut gar nichts aus meinen Sehnsüchten. Ich stand verloren in der Ankunftshalle und sah weit und breit niemanden, der jemanden wie mich erwartete. Aber ein blonder Mann in dunkellila Uniform hielt, ins Leere starrend, ein Schild hoch, auf dem das Logo der Reederei prangte: ein breit lachendes Schiff mit großen weißen Zähnen und darunter ein Name: »Frau Angela Kolagossi«! Das fängt ja gut an, dachte ich. Um nix mehr kümmern müssen?

»*Scusi, io sono Angelo Colagrossi e non* …«, ich las vom Schild ab, »… Kolagossi.«

Der Blonde inspizierte irritiert die Buchstaben auf dem Schild und dann mich. »Schön für Sie. Mein Fahrgast heißt aber Angela Kolagossi und ist eine Frau. Hoffentlich mit schönen langen Beinen«, kommentierte der Mann mit leuchtenden Augen.

Ich stöhnte. Wie oft schon hatte ich das Missverständnis um meinen Namen aufklären müssen. Und wie oft wohl würde ich es noch tun müssen? Ich sollte mir ein T-Shirt drucken lassen für solche Gelegenheiten, auf dem in phosphoreszierenden Lettern prangen würde: »*Io sono Angelo!*«

»Ja, das bin ich«, seufzte ich, »ich hab zwar keine langen Beine, aber ich bin Angelo und ich soll hier abgeholt werden.«

»Na klar und ich bin Wanda und stehe hier …«

»Nee, da ist offenbar etwas verwechselt worden. In Wirklichkeit warten Sie auf mich, Colagrossi, Angelo Colagrossi.«

»Soso.« Er schaute mir prüfend in die Augen und wirkte eine Nuance überzeugter. Unschlüssig blickte er sich in der Halle um. »Ich muss kurz telefonieren. Moment bitte.«

Ich beobachtete ungeduldig, wie er ein paar Meter entfernt aufgeregt mit seinem Handy gestikulierte. Dann nickte er mehrfach, beendete das Gespräch und kam mit einem strahlenden Lächeln wieder auf mich zu. »Na also. Bitte entschuldigen Sie vielmals, Herr Kolagossi! Unser Fauxpas. Da hat sich wohl der Fehlerteufel eingeschlichen. Mein Name ist Berger, ich bin Ihr Fahrer.« Somit schnappte er sich meinen großen, silbernen Metallkoffer und zog ihn energisch zum Auto, wobei vier Plastikräder empört über die betonierte Straße klackerten.

Der Moment ist gekommen, jubelte ich innerlich. Um nichts mehr kümmern! Ich plumpste in den Fiat, schloss die Augen und schlummerte sofort weg.

Kapitel 8

»Uuuuuuuhhhhhhhhh!«

Das Heulen der Schiffssirene riss mich jäh aus meinen Träumen. Im selben Moment hielt der Wagen direkt am Kai, und der Fahrer, Herr Berger, hielt mir Sekunden später die Tür auf: »*Prego, Signore Colagrossi.*«

Schlaftrunken stieg ich aus und fand mich erst einmal vor einer riesigen glatten und strahlenden Wand wieder. Ich rieb mir die Augen und blinzelte ins grelle Sonnenlicht. Es war brüllend heiß und das tadellose Weiß des massigen Körpers vor mir blendete mich fast schmerzhaft. Um überhaupt sehen zu können, musste ich die Hand über die Augen halten. Die weiße Wand schien den Himmel zu berühren. Kein Ende zu haben. Weit oben entdeckte ich endlich ein paar runde Bullaugen und darüber kleine Balkone. Und darüber noch mehr Balkone.

Meine Kinnlade klappte abwärts. Ich musste die gymnastische Hängebrücke andeuten, um auch den Rest des imposanten Kreuzfahrtschiffes in den Blick zu nehmen. Es war gigantisch. Mindestens zehn Stockwerke hoch. Wie ein glänzender Wolkenkratzer in Hongkong ragte der Gigant vor mir auf. Nach vorne verjüngte sich die Bordwand zu einem schnittigen, lachenden Bug – genau wie auf dem Firmenlogo. Mächtig und elegant lag das Schiff im Hafen vor Anker. Meine Gefühle schwankten zwischen Freude und Angst.

»*Andiamo, prego*, hier geht's lang«, riss mich die Stimme meines Chauffeurs aus den Gedanken. Herr Berger wartete mit meinem Gepäck bereits am Fuße der schmalen, hohen Gangway – und die war voller Menschen. Eine gelbliche Wolke starken, süßen Parfüms umhüllte mich, als ich neben zwei blonden Frauen eingequetscht stand. Als hätten sie in einer Flasche billigsten Parfums gebadet.

Ich staunte über die vielen schwitzenden Passagiere, die aus einem großen weiß-lila gestreiften Zelt am Kai quollen und sich über die steile Treppe auf das Schiff schoben. Eine Gruppe von Frauen lachte, spaßte und alberte derart demonstrativ herum, als wären Journalisten und Kameras hinter ihnen her. Die Anführerin reckte ein Schild in die Höhe, auf dem geschrieben stand: »Die fröhlichen Klabauterinnen, seit 1988«. Wie eine Gänseparade folgte ihr die Meute Richtung Eingang.

Die meisten hatten vermutlich seit längerer Zeit keine Sonne mehr gesehen, so weißhäutig waren sie. Ich fürchtete, dass ihnen der Spaß an der Sonne auf offenem Meer bald gnadenlos vergehen würde. Genau wie mir, stellte ich fest, als ich meine wintergebleichten Arme betrachtete. Ich hatte vergessen, wie brütend heiß ein typischer italienischer Sommer war. Es war Mittag und ich spürte, wie ich förmlich bei lebendigem Leibe zu brennen begann. Gefühlte 40 Grad Celsius, Minimum. Obwohl ich noch im Schatten des Schiffsrumpfs verweilte, lief mir der Schweiß von der Stirn und in Sturzbächen unter meinem Hemd den Rücken hinunter. Die überflüssige und schwere Lederjacke in meiner Hand erinnerte mich daran, wo ich gerade herkam.

Ich bahnte mir meinen Weg durch die drängelnden Passagiere und stellte mich, ungeduldig hin und her wippend, in die lange Reihe. Herr Berger hatte mir versichert, dafür zu sorgen, dass mein Gepäck wie kostbares Gut und ohne Umwege in die Suite gebracht werden würde, aber von Laptop und Trolley hatte ich mich nicht trennen wollen. Und so balancierte ich nun damit auf der schmalen Gangway.

Plötzlich wurde hinter mir geschubst und gedrängelt, als wollte ein Fan Karten für ein Konzert ergattern, das seit Monaten ausverkauft war. Entrüstet drehte ich mich um, als mein Blick auf eine Blondine in einem engen schwarzen Kleid und mit großer, dunkler Sonnenbrille fiel, die sich allzu leichtfüßig zwischen den Passagieren hindurchschlängelte. Mit Unschuldsgesicht und nach rechts und links heiter nickend, bahnte sie sich ihren Weg nach oben.

»Entschuldigung, oh, *scusi*, sorriiiieeee …« Sie schenkte mir ein strahlendes Lächeln und zwängte sich elegant an mir vorbei. Staunend sah ich der jungen Frau nach, wie sie im Schiffsrumpf verschwand.

An der großen Luke, die ins Innere des Schiffes führte, erwarteten uns überall freundlich lächelnde Stewards und Stewardessen in schmucken Uniformen. Die nachfolgenden Passagiere pressten und schoben mich weiter in Richtung mehrerer Tresen, über denen Buchstaben angebracht waren. Davor pulsierten lange Reihen menschlicher Körper. Ich entdeckte den Tresen mit »A – E«. Dazwischen verbarg sich das C. C wie Colagrossi. Ich stöhnte leise auf, als ich die schier endlose Menschenschlange vor dem Counter wahrnahm. Doch dann fiel mein Blick auf einen anderen Tresen weiter hinten. Auf einer Tafel darüber konnte ich »Künstler« entziffern. Meinten die mich? Ich war schließlich als Künstler engagiert. Ein Autor ist doch ein Künstler? Die Frage konnte ich nicht eindeutig beantworten. Kurzerhand schob ich mich weiter durch die aufgeregten, schwitzenden Passagiere, deren Körpergerüche mich an meine Socken und Aftershave gleichzeitig denken ließen. Als ich mein Ziel endlich erreicht hatte, klopfte ich mir erleichtert auf die Schulter, denn außer meiner Wenigkeit fand sich hier niemand sonst ein. Obendrein strahlte mich jetzt eine hübsche junge Frau an. Sie fragte wohlklingend und interessiert nach meinem Namen.

»Colagrossi«, keuchte ich erschöpft.

»Ah, Sie sind der Autor!«, rief sie fröhlich. »Herzlich willkommen im Namen von ›Mare Bello Cruises‹!« Mit schnellen Fingerbewegungen blätterte sie in ihrem Karteikasten und zog schließlich einen Umschlag heraus. »So, hier haben wir's.« Mit einer routinierten Handbewegung öffnete sie den Briefumschlag mit dem blauen ›Mare Bello Cruises‹-Logo. Darin verpackt: ein Brief und mehrere Plastikkärtchen. »So, hier haben wir Ihren Zimmerschlüssel – eine wunderschöne Kabine auf Deck acht, nahe am Bug gelegen. Sie haben auch eine eigene Terrasse!« Ich strahlte sie an. »Wunderschön« und »Terrasse« klangen nach Luxus pur. Da hatte Sabine Merkel vom Bordentertainment wohl nicht zu viel versprochen.

»An Bord sind praktisch sämtliche Restaurants frei. Sie können essen gehen, wo Sie möchten. Einzige Einschränkung sind drei Restaurants, in denen müssen Sie selbst zahlen. Aber das ist bei der großen Auswahl, die wir an Bord haben, wahrscheinlich gar nicht nötig, Herr Colagrossi.« Sie zwinkerte mir zu. Die Frau kannte sich mit Künstlern aus. Sie wusste offenbar genau, dass die meisten Autoren nicht reich genug waren, um sich an Hummer und Kaviar in einem teuren Sternerestaurant zu delektieren. Sie wollten sich vor allem satt essen und saßen daher gern umsonst zu Tische. »Die Getränke müssen extra gezahlt werden, aber da hab ich was für Sie. Das machen eigentlich alle: Für vierzig Euro können Sie diese Karte erwerben und dann pauschal sämtliche Softdrinks und natürlich Wasser trinken, so viel Sie wollen. Möchten Sie das wahrnehmen?«

»Äh, ja, klar, gerne«, stammelte ich überrumpelt und suchte zwei Zwanziger aus meinem Portemonnaie.

»Bitte sehr, die ist für Sie. Und das ist Ihr persönlicher Thermobecher. Den können Sie sich nach Belieben überall mit Softdrinks auffüllen lassen.«

Sie drückte mir den Behälter in die Hand und fuhr fort: »Alkohol geht selbstverständlich extra.«

In weiser Voraussicht hatte ich mir aus Berlin ein paar Flaschen Wein mitgebracht und in meinem Zutatentrolley verstaut. Ich hatte gehört, dass die Preise für Alkoholika an Bord exorbitant hoch sein sollten. »Alles klar«, antwortete ich entspannt.

»So, jetzt machen wir noch schnell ein Foto für Ihren Bordausweis. Den brauchen Sie immer, wenn Sie von Bord gehen oder zurückkommen. Damit wir Sie nicht in irgendeinem Hafen vergessen«, kicherte sie und richtete die kleine Digitalkamera auf ihrem Computer direkt auf mein Gesicht. Verwirrt suchte ich die vielen Informationen zu verarbeiten, als sie auch schon abdrückte. Sie tippte auf der Tastatur ein paar Befehle ein und schon surrte der kleine Drucker neben ihr und spuckte meinen in Plastik eingeschweißten Ausweis aus. Ohne einen Blick darauf zu werfen, reichte sie ihn mir, als wäre es die Kreditkarte Centurion von American Express, legte die restlichen Unterlagen zurück in den Umschlag und schob ihn mir über den Tresen zu. »Bitte sehr, Herr Colagrossi. Ich wünsche Ihnen einen angenehmen Aufenthalt an Bord. Den Unterlagen entnehme ich, dass Sie gleich im Anschluss einen Termin mit Frau Merkel, Bordentertainment, haben. Sie wird Ihnen alles zu Ihren Leseshows und so weiter erklären.«

»Klar«, nickte ich und wollte mich schon umdrehen, als mir noch einfiel, dass ich ja gar nicht wusste, wo ich Frau Merkel in diesem schwimmenden Hochhaus finden würde.

Als hätte sie meine Gedanken gelesen, stopfte mir die Hostess einen Plan vom Schiff in die Hand. »Das Büro von Frau Merkel liegt im fünften Stock. Wir sind jetzt im dritten. Im fünften Stock wenden Sie sich Richtung Heck und dann immer geradeaus, es ist die Kabinennummer 5454. Ganz einfach. Hier, wo ich das Kreuzchen auf den Plan gemalt habe.« Sie schaute mich an, ich schaute sie an und mutmaßte, dass ich wohl einen ziemlich desolaten Eindruck machte. »Es ist ganz einfach. Sie fahren rauf in die fünfte Etage. Wenn Sie aus dem Lift kommen, laufen Sie immer geradeaus. Richtung Heck. Sie wissen, was und wo das Heck ist?«

Kapitel 9

Der Schokoladenpudding glitscht an meinem Gaumen entlang, während Lehmann schon nach einem Bissen die Gabel neben den Teller legt. »Schade. Also, mir ist das zu süß. Wer noch Nachschlag mag… einfach zugreifen.«

Hm. Eben noch hat mir der Pudding ziemlich gut geschmeckt, aber jetzt hat Lehmann mich auf dem falschen Fuß erwischt. Ist es kindisch, süße Sachen zu mögen? Oder will man sie nur noch einmal kosten? Die wohlig-warmen Kindheitserinnerungen. Mit Nutella gefüllte Cornetti in Plastik eingeschweißt, ein heimlicher Schluck Limoncello, Zabaione … auf der anderen Seite Espresso, trockener Rotwein – das war nur etwas für Erwachsene. Ich schmeiße den Löffel theatralisch auf den Rand meines Tellers. »Definitiv zu süß.« Habe ich das gerade gesagt? Wenn ja, warum? Ich erkunde unbemerkt die Teller der anderen und bin verblüfft. Alle haben sich bereits entschieden, dass ein Zuviel an Zucker, wenn nicht zum Tod oder zu Diabetes, doch zumindest zum kompletten Verlust der Geschmacksknospen führen würde. Moment, nicht alle: Angie Hajek-Schnarrenbergers Teller ist leer geputzt. Aber er hatte auch, sozusagen als Gegengift, seine Zigarettenschachtel präventiv danebengelegt und klopft nun nervös mit den Fingerkuppen auf dem Tisch herum.

»Geht wer mit?« Die Melodie seiner Frage beinhaltet zugleich die Antwort. Ich bin ja froh, von der Geißel des Tabaks losgekommen zu sein. Jetzt müsste ich nur noch meine zu häufig aufkeimende Lust nach etwas Süßem in den Griff kriegen, dann hätte ich es geschafft. Dann wäre ich – was eigentlich? Erwachsen?

»Ich schlage vor, meine Holde und ich gehen schon mal vor in die Sky-Bar. Kommen Sie nach?«, verkündet Dieter Clooney-Lehmann entspannt. »Später wird's sonst eng mit den Plätzen. Wir reservieren.«

»Aber in fünf Minuten wird im Theater das Kreuzfahrtprogramm vorgestellt«, werfe ich schnell ein. Dabei fällt mein Blick auf Dieters dunkelrote Lederschuhe, die farblich abgestimmt mit seinem Jackett harmonieren. Das scheint sein persönlicher Stil zu sein.

»Nu, das Programm der Mittelmeerkreuzfahrt kennen wir inzwischen schon in- und auswendig …«

»Wir sind ja schon seit Dubai an Bord«, seufzt seine Frau.

»Na gut. Treffen wir uns später dort. Ich habe jetzt einen Termin in der ›Scala‹«, sage ich und marschiere mit meinem Thermobecher los.

»Warte, Angelo!« Helene springt auf, schnappt sich ihre Umhängetasche und ... schiebt sich mit einem beherzten Löffelschwung den Rest ihres Schokopuddings in den Mund. Als sie an mir vorbeigeht, höre ich nur: »Mmh, lecker.«

Die Hajek-Schnarrenbergers im Schlepptau, ziehen wir schließlich los. Im Gehen taste ich automatisch nach der Brioche in meiner Tasche. Am liebsten wäre mir, meine Hosentasche hätte ein Loch und ich würde sie irgendwo verlieren. Am besten so, dass es keiner mitbekommt. Aber das Ding ist viel zu auffällig, zu glänzend, zu glitzernd, als dass niemand es bemerken würde. Schöner Mist. Als wir endlich ankommen, ist das große Bordtheater voll besetzt. Wir fragen einen der Stewards am Eingang nach Frau Merkel. Nachdem wir ihm unsere Namen genannt haben, bringt er uns direkt zur ersten Reihe vor der flachen Bühne.

Eigentlich sitze ich ungern ganz vorne, aber da Helene Schulz bereits die Beine übereinanderschlägt, lasse ich mich auf dem freien Platz neben ihr nieder. Den Thermobecher verstecke ich unter meinem Sitz. Direkt hinter uns nehmen die Hajek-Schnarrenbergers Platz. Ich schaue mich um und entdecke einige bekannte Gesichter aus Fernsehen und Showbusiness, deren Namen mir allerdings nicht einfallen wollen. Doch, warte mal – den da kenne ich ...! Jan, nein, Julius, nein, auch nicht.

Helene dreht sich um, winkt diskret mit ihren Fingerspitzen und ihre Lippen formen: »Hallo, Julian.« Ja – der war's: Julian Stoeckel! In dem Moment erlischt das Licht im Saal. Einen Augenblick lang knistert es in der Halle, als würden Glühwürmchen eine Performance bieten. Bis Sabine Merkel in einem funkelnden Abendkleid dynamisch die Bühne betritt. Zur Melodie von »Theo, wir fahren nach Lodz«. Live gespielt von einer großen Band. Die Zuschauer klatschen begeistert im Takt mit.

»Hallo und herzlich willkommen auf der ›Mare Bello II‹ ...!« Mit ausgebreiteten Armen und einem fernsehreifen Lächeln auf ihren Lippen, die so knallrot sind wie einst die Tomaten meiner Oma, begrüßt sie die Gäste. Profi durch und durch. Im Gegensatz zu mir, schießt es mir durch den Kopf.

Silvio: »Er ist verrückt geworden! So ein charmanter Kerl braucht sich wirklich keine Sorgen zu machen. Ein Naturtalent!« Reinhard: »Es ist noch kein Meister vom Himmel gefallen.« Silvio: »Aber untergegangen ist auch noch keiner.«

»... zu einer spannenden Reise durch das Mittelmeer. Sonne, Spaß und S...«

»Sex!«, ruft ein vorwitziger Passagier dazwischen. Selbst die, denen das Wort niemals in den Sinn gekommen wäre, lachen, als sei ihr Leben erfüllt davon.

Sabine Merkel zögert einen Augenblick, tatsächlich aus der Fassung gebracht, verdreht die Augen an die Decke, auf der Suche nach dem S-Wort, das sie eben noch verkünden wollte. Zum Glück brandet Applaus auf und überbrückt die künstliche Pause. »Strand!«, ruft sie da auch schon, erleichtert ihre strahlend weißen Zähne zeigend, ins mit Strass besetzte Mikrofon.

Die Bordentertainment-Managerin begrüßt die neuen Gäste an Bord, gibt knappe Infos zu den bevorstehenden Landausflügen und kommt dann zum Unterhaltungsprogramm der kommenden Tage. Es warten ein Original-Oktoberfest-Tag, Kino- und Musicalabende mit hochkarätigen Sängern, der Auftritt von »einem der beliebtesten Schauspieler, Designer und Dschungel-Stars. Er wird uns zwei Abende mit Musik, Mode und Gesprächen bescheren: Willkommen, Julian Stoeckel!« sowie die Darbietung eines berühmten Schauspielers, den ich nicht kenne. Aber dem Beifall nach zu urteilen, stehe ich damit alleine. Einer der Großen des deutschen Fernsehens ist auch dabei: Max Schautzer. Er wird zwei spannende Galaabende moderieren. Wie in einer Show mit Carmen Nebel werden die Stars einer nach dem anderen auf die Bühne gebeten, verbeugen sich kurz und gehen wieder ab. Das Publikum ist total begeistert und jubelt frenetisch.

Ich hatte eine gänzlich konträre Vorstellung. Für mich war Kreuzfahrerei immer gleichzusetzen mit Entspannung und Ruhe: Sonnenuntergänge an Deck, ein paar Drinks in entspannter Atmosphäre, ein wenig Bridge oder Blackjack und abends Planschen im Pool. Das waren in meiner naiven Vorstellung die actionreichsten Punkte eines Tages an Bord gewesen. Stattdessen ...

»... als besonderes Highlight, als besonderes Schmankerl, als Filetstück sozusagen, präsentieren wir Ihnen auf dieser Reise erstmals zwei Abende mit einem berühmten Autor. Sie dürften ihn in Funk und Fernsehen kennengelernt haben, und sie alle werden seine Bücher kennen, die allesamt fast zu Bestsellern geworden sind.« Und schon beginnt die Band »O sole mio« zu spielen. Sabine Merkel geht einen, nein, zwei, nein fünf Schritte auf mich zu und streckt mir die Hand entgegen: »Er gewann zwei Mal den Deutschen Komödienpreis und jetzt ist er hier bei uns! Der Berliner Italiener, der italienischste Berliner …«, schmettert sie frenetisch ins Mikro. Helene Schulz und Herr Angie klopfen mir gleichzeitig aufmunternd auf die Schulter. Schamgefühle überrollen mich wie Tsunamis. Zögernd stemme ich mich hoch und steige die drei Stufen zur Bühne hinauf.

Sabine Merkel greift nach meinem Arm und dreht mich Richtung Publikum. »Unser Stargast: Angelo Colagrossiiiiiii!« Wieder brandet ein höllischer Applaus auf. Ich habe keine Ahnung, was in dieser Situation von mir erwartet wird, und verneige mich erst einmal höflich Richtung Auditorium. So viele Beifallsbezeugungen habe ich noch nie bekommen. Ob die alle zu meinen Shows kommen werden? Wenn die alle nur eines meiner Bücher signiert haben wollen, wird's eng. So viele Exemplare habe ich gar nicht dabei. Wenn dann noch alle Publikumsinsassen eine Gabel probieren wollen, reichen meine mitgebrachten Spezialzutaten sowieso nicht aus. Zweihundert Gramm Speck von Onkel Peppe wirken angesichts dieser Menschenmassen mehr als lächerlich. Drei Dosen mit in Salz eingelegten Kapern habe ich dabei. Immerhin. Die Leute jubeln weiter – wahrscheinlich denken sie, ich werde sie alle bekochen. Erkennen kann ich keine einzige Gestalt, denn die Scheinwerfer blenden, dass es mir in den Augen schmerzt. Dafür kann ich umso besser hören, wie gefühlt zehntausend Menschen mich wie verrückt beklatschen. Ich muss innerlich hysterisch lachen: drei Dosen Kapern! Es fühlt sich alles wie auf einem Kindergeburtstag an, aussichtslos albern und ansteckend zugleich. Eine ungeheure Energie schießt mir durch den ganzen Körper. Wenn ich vorher müde war, bin ich jetzt wach. So muss sich ein Duracell-Häschen auf LSD fühlen. Mir schießt, einem Kanonenblitz gleich, ein Bild in den Kopf, wie die coolen Stars auf den ganz großen Bühnen ihre Fans begeistern: Sie deuten mit ausgefahrenem Zeigefinger ins Publikum, zwinkern dazu, lachen und rufen: »Hi!«, »Yeah!« oder etwas anderes Tiefsinniges dieser Art. Das mache ich jetzt einfach auch – ich strecke den rechten Arm aus, aber halt, was ist das? Sabine Merkel greift genau nach diesem Arm mit der unverkennbaren Absicht, mich dezent, aber bestimmt wieder in Richtung meines Sitzplatzes zu schieben.

Aber auch bei den Oscarverleihungen gibt es ein Zeitfenster, das ausgekostet werden darf. Mit einer schnellen Handbewegung schnappe ich mir das silberne Mikrofon. Frau Merkel schaut entgeistert, als ich wie ein Preisträger hineinbrülle: »Guten Abend! *Buona sera!*«

»Ja, vielen Dank, Herr Angelo!«, appelliert sie an mich in einer Lautstärke, dass man ihre Stimme über das Mikro im ganzen Saal hört. »Unser Autor, meine Damen und Herren!«. Sie zischelt mir etwas ins Ohr, aber ich kann sie unmöglich verstehen, da sich mein Blut wie eine Lavawalze durch meine Adern schiebt.

»Kommen Sie alle!«, kann ich gerade noch schreien, bevor sie das Mikrofon mit geübter Handbewegung hinter ihrem Rücken verschwinden lässt. Sie gibt ein einstudiertes Zeichen Richtung Technik, und das Spotlight, das bis jetzt auf mich gerichtet war, erlischt. Ich kann wieder sehen! Eine Menge strahlender Gesichter! In dem noch glückseligen Moment spüre ich deutlich eine Hand auf meiner linken Gesäßbacke, die mich, wie neckend, kneift. Empört drehe ich mich um – und sehe einer feixenden Frau Merkel ins Gesicht. Sie zwinkert mir zu. Blinzelnd und kraftlos wie nach einem abrupten Rauschende steige ich die dunklen Stufen hinab und lasse mich neben Helene Schulz in den Sitz fallen.

»Gehen wir in die Sky-Bar zu den anderen?«, flüstert sie mir zu und sieht mich eindringlich an. Ich kann ihren Blick nicht recht deuten. Habe ich meinen Auftritt versaut? Habe ich es übertrieben und mich wie ein Vollidiot benommen? Hat sie Frau Merkels Kneifer gesehen?

»Geh, lasst's uns jetzt was trinken«, meint Therese Hajek-Schnarrenberger eifrig. »Auf, auf, pack mer's!«

Leise stehen wir auf und schleichen uns an der enthusiastischen Menge vorbei hinaus aufs Oberdeck. Herr Angie hält mir eine Schachtel Zigaretten hin: »Hab ich's mir doch gleich denkt, dass i die Visage irgendwo her kenn«, und schiebt pausenfrei und lachend ein »nixfürungut, gehrauchmereine« hinterher. Ich zögere und meine abschließend, dass ich lieber noch ein bisschen alleine an Deck sitzen, aufs Meer schauen und dann auch früh ins Bett wolle, weil der Tag ja doch recht lang und anstrengend gewesen sei.

»Heey! Der erste Abend, da nimmt man gefälligst einen Drink zusammen!« Helene lugt mich auffordernd an.

»Na ja, vielleicht später. Wenn ich dann nicht schon schlafe«, antworte ich ausweichend.

»Na gut, dann bis später! Ich werde dich wahrscheinlich wecken, weil ich immer überall gegenrenne, wenn ich betrunken bin. Nur so als Vorwarnung«, grinst sie. Lächelnd beugt sie sich vor und gibt mir einen zarten Kuss auf die

Wange. »Bis später!« Wieder sieht sie mich so komisch an, dreht sich um und verschwindet mit den anderen Richtung Bar.

Verwirrt glotze ich ihr nach. Fand sie mich toll oder war das nur ein Mitleidsküsschen? Nach diesem Auftritt. War ich auf der Bühne ein Autor oder ein trotteliger Möchtegern? Keine Ahnung. Ich weiß nicht einmal, ob ich mir am Ende den ganzen Jubel nur eingebildet habe. Genauso wenig weiß ich, ob ich Nichtraucher, Exraucher oder Raucher bin, der nur einen Monat lang clean ist, denn bereits mein nächster Gedanke gilt Angie – dem mit den Zigaretten. Stand er hier nicht im Freien und paffte genüsslich vor sich hin? Eine nach der anderen? Ich mache mich auf die Suche nach einer Bank. Ich will mich setzen, mich ablenken, einfach an gar nichts denken. Beziehungsweise: an mein Buch. Der Plan, Angelo, der Plan! Wenn gejubelt werden soll, dann aus gutem Grund. Im Moment bin ich nur »Der Italiener aus dem lustigen Fernsehprogramm«. Das will, das muss ich ändern. Das hier ist meine Zukunft, das darf ich nie, nie, nie vergessen! Ich werde mir eine Liste schreiben, gleich nachher, mit allen Punkten drauf, was ich tun muss und was ich nie mehr tun darf. Wenn man etwas schwarz auf weiß hat, dann ist alles gleich viel leichter.

Mit den Händen tief in den Hosentaschen schleiche ich an der Reling entlang und schaue auf das ruhige Meer. Keine einzige Welle, das Schiff schwimmt wie ein Sektkorken auf dem Wasser. Meine rechte Hand berührt das Metall der Brioche. Ich sollte sie, hier und jetzt, einfach ins Wasser werfen. Dann hätte ich meinen Seelenfrieden wieder. Punkt.

Ich spähe um mich. Noch etliche andere Menschen lungern herum. Viele Pärchen, meistens ältere, auch ein paar Gruppen. Und alle schießen Fotos, als gäbe es kein Morgen. Immer wieder zucken Blitze durch die Dunkelheit. Die haben keine Ahnung, denke ich, denn so viele Sterne wie hier auf dem Meer bekommt man in der Stadt nie zu Gesicht. Wer angeblitzt wird, ist danach halb blind. In Berlin werden im Moment sicher so um die 15 Grad gemessen, und es ist wahrscheinlich bewölkt. Eigentlich habe ich es doch gut erwischt: Zu Hause würde mir die Decke auf den Kopf fallen, hier ist nur der Himmel über mir, ein Firmament, von dem Sterne wie Goldtaler leuchten. Es kann also nur aufwärtsgehen, mache ich mir Mut. In solchen Momenten, auf der Spur des perfekten Glücks, fehlt eigentlich nur – Hajek-Schnarrenberger zum Anschnorren! Wo treibt er sich herum? An der Bar? Oder draußen, hier ganz in meiner Nähe? Bestimmt! Ich müsste nicht einmal betteln, er würde mir von selbst eine anbieten.

Silvio: »Das wäre der perfekte Moment.« Reinhard: »Hier ist Nichtraucherzone! Hast du das Schild nicht gesehen? Im Übrigen ist für den Herrn Autor ab sofort überall Nichtraucherzone! Schon vergessen?« Silvio: »Nur eine! Man lebt nur einmal!«

Ob ich später mal irgendeinen Schaden durch Silvio und Reinhard davontragen werde? Hören alle Menschen solche Stimmen? Ist die Welt deshalb so chaotisch und bekloppt?

Unvermutet liegt ein süßer Duft billigen Parfums in der Luft. Aus der Dunkelheit tauchen zwei Frauen in schrillen Klamotten und hohen Pumps auf. Sie wollen an mir vorbeistaksen, bleiben aber auf meiner Höhe abrupt stehen. Eine kommt zielstrebig auf mich zu, als hätte sie den Starautor erkannt.

»Entschuldigung, haben Sie vielleicht Feuer für mich?«, erkundigt sie sich, steckt sich eine Fluppe zwischen ihre großen roten Lippen und hängt ihr Gesicht auf die Höhe von meinem, sodass ich ihren Atem spüren kann. Sie ist geschätzte Endvierzigerin.

»Äh, leider nicht, sorry! Ich rauche nicht mehr.« Wow! Dieser Satz geht mir immer leichter über die Lippen. Ich glaube ihn schon selbst.

»Schade. Ich hoffe, wir sehen uns mal wieder.« Sie schenkt mir ein verführerisches Lächeln und wendet sich wieder ihrer Freundin zu.

Silvio: »Siehst du, das hat man davon, wenn man nicht mehr raucht!« Reinhard: »Och komm, ich bitte dich! Die suchen nur einen reichen Mann.« Silvio: »Völlig schnurzegal, so eine kleine Affäre an Bord wäre garantiert nicht ohne.« Reinhard: »Mit der?« Silvio: »Er ist Italiener!« Reinhard: »Was soll das denn heißen?« Silvio: »Ein Latin Lover.« Reinhard (lacht): »Ein in Deutschland lebender Latin Lover? Gewiss, aber vom anderen Ufer!« Reinhard: »Du willst damit – diskret – andeuten, dass er jetzt auch eine rauchen sollte?« Silvio: »Na ja... warum denn nicht?«

Ich muss schmunzeln. Die beiden haben keinen Schimmer, wie willensstark ich bin. Ich habe mich ein für alle Mal entschlossen aufzuhören und dabei bleibt es wahrscheinlich. Basta! Zufrieden lehne ich mich zurück und blicke zu den Sternen hinauf.

»Schon verrückt, wie man früher navigiert hat. Alles, was man hatte, waren Sonne und Polarstern.«

Ich fahre herum.

»Ich wollte Sie nicht erschrecken, tut mir leid.«

Ich kann in der Dunkelheit weder erkennen, wem die Stimme gehört, noch, wo sich derjenige befindet.

»Kommen Sie, setzen Sie sich.« Nur schemenhaft nehme ich einen Arm wahr, der mich heranwinkt. Der an dem Arm hängende Mann scheint auf einer Bank neben einer riesengroßen Kiste für Rettungswesten zu hocken. Ein perfekter Ort, um nicht aufzufallen. Um seine Ruhe zu haben. Aus der Schusslinie der Heiratswilligen genommen. Und allein. Wie ich. »Wenn ich Sie in Ruhe lassen soll, sagen Sie's ruhig.« Ich muss lächeln, der hat mich trotz der Dunkelheit durchschaut. Natürlich habe ich überhaupt keine Lust, mir das Geschwätz von irgendwelchen Wichtigtuern anzuhören. Aber diese Bassstimme hört sich überhaupt nicht wie die eines Wichtigtuers an. Eher ruhig, einladend, nett.

»Nein, nein. Überhaupt kein Problem«, sage ich wahrheitsgemäß, und meine Füße tasten sich über das Riffelblech vorwärts. Ein Steward läuft mit einer Taschenlampe vorbei und ich erhasche entscheidende Details. So sieht also einer aus, der eine Stimme hat wie ein Schiffshorn: wirre braune Locken, die vielleicht dem Wind an Deck geschuldet sind, kleine runde Augen, und im Sitzen kommt er mir fast so groß vor wie mein Vater im Stehen. Ein schwarzes Cordsakko über einem verwaschenen T-Shirt mit der Aufschrift »Ohio Bobcats« und eine dünne Hose in einem Farbton, den ich in der Dunkelheit zwischen »zerkochtem Rinderbraten« und »Wakame-Algen« einordnen würde. Flipflops. Alter um die vierzig. Ein schräger Vogel irgendwie. Neben ihm ein Buch mit dem Titel nach unten. Schade, ich wüsste gerne, was er da liest.

Er deutet mit einer Handbewegung auf die drei freien Meter Bank neben sich: »Das hier könnte mein Lieblingsplatz werden. Ich bin Robert Müller, schönen guten Abend, Herr Colagrossi.« Er kennt meinen Namen! Meine Instinkte erwachen wie bei einem Fluchttier. »Hahaha«, gluckst er wie ein Riesenbaby auf einer im falschen Modus abgespielten Schallplatte, »keine Angst, ich bin kein Stalker! Ich hatte Sie nur vorhin auf der Bühne gesehen, daher …«

Ich atme auf und setze mich mit ein bisschen Abstand neben ihn: »Angelo. Sagen Sie einfach Angelo, bitte.«

»Na dann, Robert!« Er hält mir seine riesige Hand hin. Eine Beschützerhand. Eine King-Kong-Hand. Nur ohne Fell. Ich lege meine Autorenhand hinein und lasse sie eine Sekunde lang drücken. Robert lehnt sich wieder zurück, verschränkt die Arme vor dem Bobcats-Logo und schnauft einmal tief durch. »Die Leute haben ja ganz schön getobt bei Ihrem Auftritt. Wie fühlt sich das an, wenn man da oben steht?«

Also hatte ich mich nicht getäuscht, der Applaus war echt. »Ganz gut, ehrlich gesagt. Aber nur deshalb, weil man gar nichts sehen kann. Man ist komplett geblendet von den Scheinwerfern. Wenn ich da einzelne Gesichter sehen könnte... Madonna!« Warum erzähle ich ihm das? Warum fragt er überhaupt so etwas? Normalerweise wollen die Leute wissen: »Wie erkenne ich, ob Nudeln al dente sind?« Oder: »Kennen Sie ein gutes vegetarisches Bologneserezept?« Oder: »Erzählen Sie uns bitte einen Witz.« Oder sie palavern: »Mann, was habe ich da gelacht im Zusammenhang mit dieser oder jener Köstlichkeit.« Solche Sachen.

»Verstehe. Viele große Stars waren ja sehr schüchtern, wussten Sie das? Die hätten sich am liebsten vor dem Auftritt in ein Mauseloch verkrochen. Sie auch?«

»Mauseloch? Nein. Aber ich bin am liebsten am Schreibtisch glücklich. Kochen Sie auch, Robert?«

Er klopft auf seinen Bauch. »Sehen Sie das hier? Was denken Sie, woher das kommt?«

»Vom Essen?«

»Kennen Sie den Film ›Die Schlemmerorgie‹? Da werden die größten Köche Europas einer nach dem anderen ermordet. Nach Art des Hauses. Verrückt!«

Ich schaue ihn verständnislos an.

»Es kommt am Ende raus: Der Mörder war ein Restaurantkritiker, der Essen zu einer Sucht erklärt hat. Weil er auf Diät gesetzt wurde, musste er sie alle töten. Totaler Unsinn. Dennoch gute Schauspieler.«

»Ah!«, sage ich. »Die Zutaten sind 1a, aber das Essen ist trotzdem fad?«

»So ungefähr. Nicht glaubhaft. Kein Täter würde aus so einem Grund töten.«

»Nicht??«

»Aber Sie fragten ja, ob ich gerne koche – und meine Antwort war, dass ich gerne esse. Ich bin ein erbärmlicher Koch, aber ...«

Das ist mein Stichwort! »Kommen Sie zu meiner Show! Ich verspreche Ihnen, Sie können es lernen. Und wissen Sie was: Ich schenke Ihnen mein Buch, da sind viele Rezepte drin!« Ich bin ganz aufgeregt.

»Mit Widmung?«, fragt Robert.

»Klar. Mit Widmung«, sage ich ganz cool in der Hoffnung, ihn auf die Art auch ein bisschen beeindrucken zu können.

»Das ist schön. Aber Sie werden sehen: Bei mir ist Hopfen und Malz verloren. Ich werde nie ein guter Koch werden.« Er dreht sich zu mir herüber und wartet den Bruchteil einer Sekunde zu lang, bevor er die Frage stellt. »Wie viele Menschen haben Sie schon verführt? Ich meine: mit Essen? Sie laden sie arglos zum Essen ein, und – zack – liegen die bei Ihnen im Bett und wissen nicht, wie das passieren konnte? Wie viele? Nicht mogeln!«

Das ist frech, aber diesem Kerl kann man fast alles verzeihen. Er vermittelt den Eindruck, als sei er wirklich an meinem Job, an meiner Person interessiert. »Du bist wirklich nicht von der Presse?«

Wieder ertönt das glucksende Schiffshorn aus seiner Kehle. Es ist ein warmes, herzliches Lachen: »Nein, nein. *Déformation professionelle.* Ich bin aufdringlich, ich weiß schon!« Ich denke nach: Was wäre meine *deformazione professionale?* Ich habe schon lange niemanden mehr in meiner Tätigkeit als Autor verführt. Eigentlich habe ich mich schon lange nicht mehr verliebt. So richtig verliebt. Seit meiner Trennung bin ich heiratsunwillig und vielleicht auch liebesunfähig. Bin ich einer dieser Nerds geworden, die außer ihrer Leidenschaft fürs Schreiben überhaupt keine Begeisterung, keine andere Leidenschaft zulassen können? Der Gedanke macht mir Angst.

»Darf ich dich was fragen?«, setzt Robert wieder an.

»Nur zu.«

»Bin ich vielleicht … abstoßend? Oder langweilig? Unattraktiv?«

»Das musst du die Frauen fragen, Signore. Warum?«

»Na ja, ich habe gerade darüber nachgedacht und festgestellt, dass ich seit mindestens fünf Jahren schon nicht mehr glücklich verliebt war. Geschweige denn …«

Ich wackle mit dem Kopf hin und her und lächle gequält. Und Roberts Miene erstarrt. Habe ich etwas Falsches gesagt? Oder war das ganze Interview nur ein Test, um herauszufinden, ob ich …? Ob ich auch …? Ich schicke ein paar Stoßgebete gen Himmel. Ist er scharf auf mich?

»Es gibt nur zwei Gründe, eine Schiffsreise alleine zu machen«, meint Robert. »Der eine ist: Man ist Heiratsschwindler, der andere: Man muss etwas verarbeiten. Weg von zu Hause. Weg von der vertrauten Umgebung, die einem nur schmerzliche Gedanken beschert. Heiratsschwindler bin ich keiner. Also Letzteres.«

Er tut mir irgendwie leid – gerade noch der starke lustige Beschützer, jetzt ein Häufchen Elend, das beschützt gehört. »Was ist passiert?«, frage ich.

»Frauen …« Er lacht unsicher. »Kannst du dir das vorstellen: Da arbeitest du jahrelang mit einer Kollegin zusammen, verliebst dich in sie und machst ihr Avancen. Sie ist nicht verheiratet, du hast sie noch nie mit einem anderen Mann gesehen und so weiter. Die Chancen stehen also nicht schlecht.« Er stockt.

»Ja, kann ich mir vorstellen, auch wenn andersrum. Und dann?«

»Ich lade sie zum Essen ein. In ein gutes Restaurant, versteht sich.« Er zwinkert. »Ich schenke ihr Karten fürs Konzert. Wir verstehen uns bestens. Ich schenke ihr Schmuck, eine Brosche …«

Oh Gott! Die Brosche, Brioche, Brosche! Ich wollte sie entsorgen. Soll ich Robert von meiner Misere erzählen? Vielleicht hätte er sogar eine Idee, wie ich glimpflich aus der Situation herauskomme?

»… und dann lade ich sie auf eine Schiffsreise ein. Mein fester Vorsatz war, ihr hier einen Heiratsantrag zu machen. Oder mindestens die Liebeserklärung des Universums.«

»Und jetzt sitzt du hier mit mir. Kein guter Tausch«, versuche ich die Stimmung ein wenig aufzuheitern. Aber er scheint mich nicht zu hören.

»Im öffentlichen Dienst verdient man nicht so berauschend, aber sie war es mir wert. Eine wunderbare Frau.« Ich hatte mir deutsche Beamte immer weinrot und beige vorgestellt. Mit Pullunder und Gesundheitsschuhen. Vielleicht ist er Lehrer oder Uniprofessor? Ja, ganz sicher, er ist Professor für Psychologie und Philosophie oder lehrt irgendeine ausgefallene Sprache. Zum Beispiel vergleichende walisische Lliteraturwwyssenschafttt! Genau! »Arbeitet sie auch an der Uni?«, frage ich, mir und meiner Vermutung total sicher.

»An der Uni? Wie kommst du darauf?«

»Ich dachte …«

»Nein, sie arbeitet in der Forensik. Kripo.« Er macht eine Pause, und mir kommt es vor, als würde er gegen Tränen ankämpfen. »Man muss sich das mal vorstellen, ich habe einfach nicht gemerkt, dass sie lesbisch ist. Kann nicht mit Männern. Und dann kommt raus, dass sie seit Jahren mit einer aus der Exekutive zusammen ist.«

Er schluckt und ich muss schnell was erfinden. Da sitze ich neben der Kripo, eine gestohlene Brioche in der Hosentasche, und suche fieberhaft nach dem Fluchtweg vom Schiff. »Sie hätte doch was sagen müssen! Du machst ja die Geschenke nicht einfach so, unter lieben Kollegen!«, empöre ich mich.

»Sie dachte, dass es allgemein bekannt ist. Ich habe mich erst einmal eine Woche krankgemeldet. Konnte nicht mehr. Konnte einfach nicht mehr.«

Die Stimmung ist jetzt am Gefrierpunkt und mein limbisches System hat endlich Zeit, eine Großpackung Angsthormone auszuschütten. Kripo! Wussten Helene oder die Bordpolizisten von seinem Beruf? Weiß Robert von dem Raubzug an Bord? Hat er vielleicht sogar eine Liste mit dem Diebesgut? Er hat mich schon so weit gebracht, Dinge auszuplaudern, die ich normalerweise nur den engsten meiner Freunde erzählen würde. Wenn er mich konsequent *professionalmente* deformieren würde, dann säße ich im Kittchen! *Finito*, Angelo!

Ich registriere wohltuend, wie Robert sich die Augen reibt, mit den Händen auf die Schenkel haut und mir seine Pranke auf die Schulter legt: »Bier! Ich lad dich ein!«

Ich zögere. Er wird mich sicher weiter ausquetschen, und am Ende werde ich auspacken. Im wahrsten Sinne des Wortes. »Okay.« Zu mehr bin ich gerade nicht zu bewegen.

»Angelo! Komm! Erzähl mir, wie man richtig kocht!« Das lasse ich mir nicht zweimal sagen – der Herr Kriminalbeamte weiß, wie man einen um den Finger wickelt. Er steht auf, und als ich mich ebenfalls strecke, merke ich, dass ein Meter und achtzig für einen Italiener vielleicht groß sein mögen, sich neben diesem deutschen Goliath allerdings lächerlich ausnehmen. »Danke fürs Zuhören«, sagt er und drückt mich an sich. »Wird nicht wieder vorkommen.« Ich lasse ihn gewähren, aber …! Als er von mir ablassen will, passiert das Unmögliche: Die Nadel der Brioche, die sich inzwischen schon seit Ewigkeiten in meiner Hosentasche befindet, macht sich selbstständig und sticht Robert ins Bein. Er schreit auf und versucht verzweifelt, mit der Hand die imaginäre Wespe, Biene oder Hornisse wegzuscheuchen. »Ah! Scheiße, mich hat was gestochen! Ah! Ah!«

Ich tue so, als würde ich auch ein Insekt verscheuchen, was angesichts des Windes und der Dunkelheit natürlich unsinnig ist, aber jede Möglichkeit, von der verhexten Brioche abzulenken, muss ich einfach wahrnehmen!

»Scheiße, was war das?«, schreit er. »Eine Wanze?« Robert schüttelt sein Hosenbein und pult mit Fiebereifer sämtliche Knöpfe auf, um sich sein Wakame-Beinkleid von der Hüfte zu schälen. »Eine Kakerlake? Stechen die?«

Er schaut mich mit aufgerissenen Augen panisch an und brüllt mir ins Gesicht: »Stechen die, verdammt noch mal?«

Ich blättere gedanklich durch mein verstaubtes Biologiewissen und weiß mitnichten, wie ich auf diese Frage reagieren soll. Ich entscheide mich, den Kopf zu schütteln: »Ich glaube nicht, dass ich weiß, ob ...«

»Allergie! Ich muss zum Arzt! Sofort! Wo ist der verdammte Arzt hier?«

Ich blicke mich um und stelle erschrocken fest, dass sich eine kleine Menschentraube gebildet hat. Ein paar Leute tuscheln, einer zückt schon sein Handy, um dann festzustellen, dass man ja mitten auf dem Meer meistens gar keinen Empfang hat. Zum Glück! Das gibt mir ein bisschen Aufschub und Zeit zum Nachdenken.

Okay. Ich werde sofort und auf der Stelle diese Unglücksbrioche ins Meer werfen. Im Augenblick schauen alle Leute auf den tanzenden Robert, der sich windet, als wäre er – jetzt weiß ich endlich, was das Sprichwort bedeutet – von der Tarantel gestochen worden. Keiner nimmt mich wahr, also werde ich mich jetzt hinter die große Rettungsbox schleichen und das Ding einfach mit Schwung über die Bordwand werfen. Es tut mir zwar um den rechtmäßigen Besitzer leid, aber er dürfte genug Geld haben, um den Verlust zu verkraften. Weg ist weg, ob in Diebeshand oder auf dem Meeresboden. Wer nimmt schon so etwas auf eine Schiffsreise mit? Ein Angeber, ein Snob. Keiner tut mir im Moment mehr leid als Robert. Wenn er wüsste...

»Hey, Angelo!« Roberts Stimme überschlägt sich fast. »Die Leute sollen weggehen. Weg!«

Ich stehe schon halb hinter der Kiste. »Ich suche einen Arzt!«, schwindle ich, die Hand im Hosensack. »Einen Moment!« Und dieser Moment ist jetzt gekommen. Unbeobachtet hinter dem großen unbeleuchteten Quader, ziehe ich vorsichtig die diamantenglitzernde Preziose aus der Tasche. Sie sieht, nur vom Sternenlicht beschienen, verdammt wertvoll aus. Verdammt teuer wäre wohl angemessener. Was könnte man sich davon alles kaufen? Ein Auto? Was für eine Schnapsidee, in Berlin braucht man kein Auto. Meinetwegen eine neue Küche. Mit dicken Kupfertöpfen, einem AGA-Six-Four-Herd und Doppeltürkühlschrank. Blödsinn. Ich bin so gut wie nie zu Hause, wofür brauche ich so was? Neue Schuhe? Einen Kaschmirpulli? Noch einen Kaschmirpulli und ... ich habe überhaupt keine Bedürfnisse, für die es sich lohnen würde, ein solches Risiko einzugehen.

Weg damit!

Als ich zum finalen Wurf ansetze und den Arm gerade wie ein Speerwerfer ausfahre, kommen wie aus dem Nichts – das Nichts ist in diesem Fall eine Treppe, die direkt vor mir an der Reling endet – zwei Männer mit grellen Taschenlampen gerannt, die mir direkt ins Gesicht leuchten. Leuchten? Sie flambieren mir die Augäpfel, es ist unerträglich.

»Wo ist er?«, fragt mich der eine und *»Sono medico«*, stammelt der andere.

Meine Hand mit der Brioche deutet nach hinten. »Dort! Schnell!« Die beiden rennen los und stoßen mich beinahe um. Jedenfalls fällt mir das vermaledeite Ding aus der Hand und ich denke: Das war's. Ich bin auf immer erblindet, man findet morgen bei Tageslicht das Schmuckstück, der Arzt identifiziert mich bei einer Gegenüberstellung. Dann kommt raus, dass Herr Robert von der Kripo ist, und es wird gemutmaßt, dass ich ihn aus dem Weg räumen wollte. Man braucht eigentlich nur eins und eins zusammenzuzählen, schon bin ich als Räuber und obendrein als Mörder überführt. Auf See gelten keine Gesetze: Ein schnell zusammengewürfelter Haufen Geschworener tagt im Speisesaal, und obwohl Helene von meiner Unschuld überzeugt ist, können die restlichen acht gar nicht anders, als mich schuldig zu sprechen. Sie werden mich baumeln sehen wollen, aber meine Zimmergefährtin wird sich immerhin fürs Kielholen verwenden. Bereits übermorgen werde ich auf einer morschen Holzplanke dreißig Meter über dem Ozean mein letztes Stoßgebet sprechen, während Helene tränenüberströmt »Nein, nicht!« ruft und Hajek-Schnarrenberger mir ein letztes Mal hämisch seine Zigarettenschachtel hinhält.

Ich kann immer noch nichts sehen und habe keine Ahnung, wo ich bin. Wenn ich nur einen einzigen falschen Schritt mache, könnte ich auch schon heute über Bord gehen. Ein unwürdiger Tod. Vorsichtig gehe ich in die Knie, setze mich dann auf meinen Achtern und warte darauf, meine Sehkraft wiederzuerlangen. Hinter dem Quader höre ich, wie sich das Stimmengewirr langsam beruhigt.

Eine tiefe Stimme sagt heiser: »Danke, kein Grund zur Beunruhigung. Vielen Dank, danke, falscher Alarm.«

Eine Frau sagt: »Geht's Ihnen besser?«

Helene! »Setzen Sie sich erst mal. Ist wirklich alles okay?«

Ich höre, wie sich zwei Leute schnaufend auf die Bank fallen lassen und wie sich die Versammlung auflöst.

»So was aber auch«, keucht Robert. »Es tut mir leid, ich wollte nicht so einen Aufstand machen, aber Sie wissen schon: Allergie. Panik.«

»Das kann doch jedem passieren«, beruhigt Helene. »Was ist denn genau geschehen?«

Ich pirsche mich vorsichtig auf Knien an die Ecke der Box, um besser hören zu können. Ein Sioux-Krieger könnte es nicht besser machen.

»Sie kennen doch Colagrossi?«

»Colagrossi? Was hat er damit zu tun?«

»Wir wollten ein Bier trinken gehen, und dann habe ich beim Aufstehen einen Stich genau hier gespürt.« Er deutet auf seinen Oberschenkel. »Ich habe ihn umarmt, müssen Sie wissen«, und wieder gluckst sein Schiffshornlachen, »kleine sentimentale Anwandlung.«

»Ja«, säuselt Helene.

Mir rutscht das Herz in die Hose. Wie ist das denn jetzt gemeint? »Er ist wirklich nett, nicht wahr?«

»Ein ganz reizender Mann. Zum Glück war ich selbst der Leidtragende. Schauen Sie mal: Das ist das Corpus Delicti.«

Und dann höre ich Helene laut auflachen, ohne zu wissen, worüber. »Entschuldigen Sie, aber… das ist typisch Angelo! Wo ist er denn eigentlich hin?«

Hallo? Sie kennt mich gerade mal ein paar Stunden, und dann ist irgendwas »typisch ich«? Langsam kommt es mir vor, als wüssten alle anderen besser über mich Bescheid als ich selbst.

»Er wollte einen Arzt holen und dann …«

»Vielleicht ist er in der Bar?«

»Das kann sein! Schauen wir kurz nach? »

»Gerne!«

Sie stehen auf und verschwinden in der Ferne. Ich darf mich endlich wieder bewegen. Wo ist die verdammte Brioche? Auf allen vieren taste ich über den harten, kalten Metallboden. Überall sind irgendwelche Ablaufschlitze und Fugen. Das Mistding könnte überall sein! Meine Hand streicht unter einem Rohr entlang und ja! Da ist etwas. Es fühlt sich vertraut an. Warm, hohl, leicht. Eine Zigarettenschachtel. Meine Lieblingsmarke! Ich öffne sie: keine Zigarette mehr drin. Meine ehemalige Lieblingsmarke. Weitersuchen! Siehe da: Keine zehn Zentimeter weiter liegt mein Carpaccio Delicti. Die Brioche. Unversehrt! Das war ein Zeichen. Eindeutig! Und das Zeichen besagte: erst mal eine rauchen, dann ab mit der Brioche ins Meer!

Zum Rauchen braucht man allerdings Feuer, das hatte ich leichtsinnigerweise zu Hause gelassen, und eine Zigarette. Oder es ist eine Art Versuchung, ein

Test meiner Standhaftigkeit? Was passiert mit mir, wenn ich den Meeresgott enttäusche? Besser, ich lege es nicht darauf an. Noch besser, ich trotte in die Kabine, als wäre nichts gewesen, und lege mich schlafen. Damit kein weiteres Unheil passiert, stecke ich die Brioche in die Schachtel und diese in meine Hosentasche. Genau wie zu meinen Raucherzeiten.

Ich verschwinde durch eine schwere Tür ins Innere des Schiffes. Oh, Mamma mia, hoffentlich ist der Kripomann nicht sauer auf mich. Nur gut, dass hier mindestens dreitausend Passagiere an Bord sind, da ist die Wahrscheinlichkeit zum Glück eher gering, dass ich ausgerechnet ihm noch einmal über den Weg laufe.

Endlich finde ich einen Fahrstuhl, der mich hoch auf Deck acht bringt. Als sich die Lifttür öffnet, überlege ich, wo Bug und Heck sind. »Heck mit H wie hinten«, buchstabiere ich leise. Allerdings hilft mir das bei der Orientierung nicht wirklich weiter. Nachdem ich den langen Flur erst mal in die falsche Richtung gehastet bin, mache ich kehrt und schließe nach weiteren fünf Minuten frohen Mutes die Kabinentür zu meiner Suite auf. Wie auf Katzenpfoten trete ich ein und knipse nur die kleine Tischlampe an, um meine Mitbewohnerin hinter dem Vorhang zum Schlafzimmer nicht zu stören.

Doch die Rücksichtnahme ist unnötig, denn sie fragt flötend von nebenan: »Angelo? Bist du das?«

»Ja, alles in Ordnung. Schlaf weiter.«

»Wo warst du denn?«

»Ich habe einen Arzt gesucht, und dann war da niemand mehr.«

»Bis jetzt?!«, entrüstet sie sich und schaltet ihre Nachttischlampe ein. »Du suchst fast zwei Stunden lang einen Arzt?«

»Ist es schon so spät? Na dann, gute Nacht.«

Bevor ich mich schlafen lege, nehme ich die Schachtel mit der Brioche aus meiner Tasche und will sie zusammen mit meinem Hausschlüssel in den Safe verbannen. Ich schließe vorsichtig die kleine Tresortür auf und notiere mir auf einem Zettel die PIN-Nummer neun-acht-sieben-sechs-fünf-vier-drei-zwei-eins, um sicherzugehen, dass niemand den Tresor knacken kann. Außerdem nehme ich mir selbst das Versprechen ab, morgen unbedingt Frau Merkel das Schmuckstück zu geben. Sodann hole ich meinen Lieblingspyjama aus dem Koffer und springe hinein.

»Dir ist schon klar, dass du abgehauen bist, anstatt Robbie zu helfen«, bohrt Helene, während ich mein Bett ausschüttle.

»Was glaubst du, für wen ich einen Arzt gesucht habe? Für mich?«

»Wir haben in der Sky-Bar auf dich gewartet«, sagt sie vorwurfsvoll. »Du wusstest, dass wir da sind.« Sie scannt mich von Fuß bis zum Kopf und lächelt leicht dabei.

»Morgen entschuldige ich mich bei ihm. Okay?«

»Okay.«

Ich stelle erleichtert fest, dass Helenes Stimme etwas freundlicher klingt.

»Gute Nacht«, sage ich zögernd.

»Okay. Gute Nacht.« Sie verschwindet bühnenreif hinter dem Vorhang.

Zehn Minuten darauf habe ich aus der Couch ein Bett gebaut, die Zähne geputzt, meine Kontaktlinsen herausgenommen und mich hingelegt. Nachdem ich die Nachttischlampe ausgeschaltet habe, lehne ich mich zurück und stelle fest, dass mein Behelfsbett ausgesprochen bequem ist. Nebenan hat Helene inzwischen ebenfalls das Licht ausgemacht. Wenig später höre ich ihre gleichmäßigen Atemzüge. Dann dreht sie sich geräuschvoll um und stöhnt leise auf.

Ich starre in die Dunkelheit und lasse die vielen bunten Eindrücke des Tages noch einmal Revue passieren, all die Menschen und Gespräche, den blauen Himmel. Ach, Mist, meinen Thermobecher habe ich unter meinem Sitz vergessen, aber egal, Mann, bin ich stolz auf mich, dass ich auch heute nicht geraucht habe. Na, bitte, geht doch! Als ich an die Rettungsübung denke, murmele ich leise vor mich hin: »Sieben Pfiffe – Notfall …«

Aber was ist, wenn ich die Pfiffe im Schlaf nicht höre? Ich habe einen Bärenschlaf. Von einer Sekunde auf die andere klopft mir das Blut in den Schläfen. »Helene?«, flüstere ich. Keine Reaktion. »Helene?!«, versuche ich es noch mal wie ein Ferrari mit angezogener Handbremse.

»Was ist denn noch?«, knurrt sie verschlafen.

»Wenn es siebenmal pfeift, weckst du mich?«

»Was? Wer pfeift?«

»Na, das Notsignal! Sieben Pfiffe – Notfall!«

»Ja, ja …«

Ich warte einen Moment, doch sie schnauft schon wieder leise vor sich hin. Hoffentlich weckt sie mich rechtzeitig. Denn wenn es jemanden gäbe, der mir in einem Rettungsboot nicht so schnell auf die Nerven gehen würde, dann wäre sie das.

Ich versinke in einen Traum, in dem Helene, Robert und ein knallgelbes Rettungsboot für zwei Personen die Hauptrolle spielen.

Kapitel 10

»... die Küste schon zu sehen. In rund zwei Stunden werden wir im Hafen von Neapel anlegen«, säuselt die sonore Kapitänsstimme durch den Lautsprecher. Ich strecke und recke mich in den nikotinfreien Tag hinein. Es ist still in der Suite, keine unter der Dusche trällernde oder im Zimmer quatschende Mitbewohnerin – ich lächle zufrieden. Gedämpft höre ich von nebenan ein zufriedenes Schnarchen.

Neapel soll so schön sein, dass man nach einem Besuch ruhig den Löffel abgeben kann. Auf Italienisch klingt das fast romantisch: »*Vedi Napoli e poi muori*« – »Neapel sehen und sterben«. Vielleicht ist das der Grund, weshalb ich die Stadt am Vesuv noch nie gesehen habe. Bisher stand mir noch nicht die Laune nach einem verfrühten Ableben und auch heute, spüre ich in meinem Inneren nach, ist mir trotz Nikotinentzug und Schreibblockade nicht danach. Während ich noch darüber nachsinne, ob mein mulmiges Gefühl nicht etwas kindisch ist, tippen mir zwei kalte Finger auf die Schulter. Ich schrecke hoch und wirble herum. Da steht Helene wie ein Flaschengeist, schlaftrunken und mit verquollenem Gesicht.

»Na... gut genächtigt?«, erkundige ich mich. Sie sieht nicht so aus, als ob ich mit ihr sprechen sollte. Ob sie überhaupt schon wach ist?

»Nein, ich hab praktisch die ganze Nacht wach gelegen«, grummelt sie. Ja, sie ist wach. Und hat eine Bombenlaune. »Du schnarchst! Megalaut! Du knirschst mit den Zähnen! Wirfst dich hin und her. Und wenn endlich mal Ruhe bei den Geräuschen ist, redest du im Schlaf! Ich habe praktisch kein Auge zugemacht. Sieh dir mal an, wie ich aussehe! Als hätte mich ein Laster überfahren.«

»*Scusa* ...«

»Ja ja, *scusa*. Davon schwillt mein Gesicht auch nicht ab. Warum reden die Leute immer so einen Stuss im Schlaf? Wie wäre es mal mit den Lottozahlen von morgen? Aber die ganze Zeit geht es nur ›Rauchen hier, Nikotin da ...‹. Schreibblockade. Nix anderes hast du im Kopf! Silviooooo! Hast du gebrüllt! Wer ist das? Dein neuer Lover?«

Ich schenke ihr mein schönstes Lächeln. Aber sie ignoriert meine freundliche Miene komplett. Stattdessen schnappt sie: »Meine Badezimmerzeit!« Und knallt die Tür hinter sich zu.

Na, ganz toll. Jetzt mache ich diese Frau schon im Schlaf verrückt. Silvio... Ich werde sie nicht aufklären. Ich wüsste gar nicht, wo anfangen, wenn ich ihr von Silvio und Reinhard erzählen wollte ... und wo aufhören ... und ob es jemals ein Ende hat mit den beiden? Vielleicht bringe ich sie einfach nach Neapel, mache mich schnell aus dem Staub und lasse sie dort zum Sterben. Ruhet gemeinsam in Frieden, Reinhard und Silvio! Hier, in der schönsten aller Städte. Ich bemühe mich, an mein Kochbuch zu denken, während Helene sich aufhübscht.

Auf dem Weg ins Bad und unter der Dusche probiere ich wohlklingende Sätze aus. Durchforste anschließend das Frühstücksbüfett nach Inspiration und setze mich später auf den Balkon unserer Suite. Laptop auf dem Schoß, Orangensaft auf dem Tisch. Ich rede mir ein, dass ich total motiviert bin. Ich rede mir ein, dass ich lostippen werde. Ich klappe den Bildschirm hoch – öffne das Intranet und lese Helenes Bordblog.

Die heutigen Wetteraussichten versprechen ein stabiles Hochdruckgebiet mit ... Sehr interessant, ich lese mir den Wetterbericht genau durch und scrolle mich weiter zu den »Breaking News«: Diebstahl! »Gestern wurde auf der fünften Etage der Tresor einer Suite geknackt und komplett geleert. Die Täter entwendeten mehrere Tausend Euro Bargeld sowie folgende Schmuckstücke: zwei Paar goldene Ohrringe, drei Armbänder, zwei Perlenketten sowie eine goldene Armbanduhr. Insgesamt ergaunerten die Diebe einen Betrag im unteren fünfstelligen Bereich. Von den Tätern fehlt bislang jede Spur.«

Merkwürdig. Ich lese den Text noch einmal, diesmal genauer. Tatsächlich, kein Kommentar zu einer gestohlenen Brioche. Wie kann das sein? Oder ist das einer dieser Ermittlungstricks? Man gibt nicht alle vorhandenen Informationen preis, damit sich der Täter sicher fühlt, leichtsinnig wird und selbst verrät. Zum Beispiel indem er versucht, eine Brioche zu verscherbeln, oder einen auf ehrlich macht und zur Polizei geht. »Ich habe da was gefunden. Finderlohn her!« Dann heißt es: *arrivederci* italienische Küste, *benvenuto* schwedische Gardinen. Dort hätte ich dann wirklich Zeit, mein Buch zu schreiben. Ich hätte einen Skandal mehr, topaktuell aus der Yellow Press, mit dem ich Herrn Hübner erfreuen könnte ... und vor allem hätte ich: keine Ablenkung!

Einzelzelle vorausgesetzt. Schluss, Herr Blunagalli! Konzentrierte, fokussierte Fantasie: Kochbuch schreiben ist jetzt angesagt!

Ich zwinge mich, das Dokument mit meinem Manuskript anzuklicken, und lese, was ich über die erste Episode auf Capri geschrieben habe. Die letzten Sätze erfreuen meinen Gaumen: »… die Spaghetti al dente und mischt die dampfenden Nudeln mit der Soße. Dann streut sie noch etwas von dem Pecorino-Käse darüber und richtet das Essen an. Das wird wieder eine köstliche Mahlzeit …« Also weiter. Was passiert als Nächstes? Wo habe ich in meiner Studentenzeit gelebt? Ärmel hoch und in die Tasten hauen, bevor wir in Neapel anlegen.

DER GROSSE PARMASCHINKEN

»Erst kommt das Fressen – dann die Moral.«
(Bertolt Brecht, 1898–1956)

Bologna

Ich wollte unbedingt noch einmal nach Bologna fahren. Noch einmal sehen, wie ich als Student gelebt hatte. Bologna ist im Winter fast ebenso schön wie im Sommer. Ich schlendere durch die mittelalterlichen Arkaden, besuche die Universität und die Studentenkneipen in der Gegend. Ich liebe die Stadt, sie liebt mich und wir beginnen von vorn. Nach einer gewissen Zeit finde ich auch das Haus wieder, in dem ich als Student wohnte. Damals lebte ich Tür an Tür mit einem Ehepaar. Frau Enza und Herr Domenico waren echte Bologneser. Ging ich um die Mittagszeit an ihrer Wohnung vorbei, strömte mir ein Duft nach Gewürzen, Tomaten, Fleisch und Fisch und einem gut gedeckten Tisch entgegen. Seit zwei Jahren sind die Düfte verschwunden. Sie verschwanden mit Domenico. Die Küche der Witwe Enza bleibt seitdem kalt. Mittags geht sie lieber in die Trattoria Trebbi in der Via Solferino und abends reicht ihr eine Scheibe Brot mit Käse oder Salami. Den Herd schaltet sie nur noch ein, wenn ihr Sohn zu Besuch kommt. Marco. Er ist ihr erstes Kind, ein Kind der Liebe. Mit Marco war es immer anders als mit den beiden Töchtern. Marco war schon als Kind nicht wie andere Kinder. Jetzt ist er erwachsen, gut aussehend und erfolgreich. Und anders. Die Leute haben irgendwann aufgehört zu fragen, wann Marco endlich heiratet. Enza weiß, dass er nie heiraten wird. Er lebt seit Jahren in Mailand und kommt nach langer Zeit mal wieder zu Besuch. Er bringt einen Freund mit, hat er gesagt. Immer denselben Freund seit fünfzehn Jahren. Stefano. Sie mag ihn. Aber vor allem sieht sie, dass er und ihr Sohn sich gerne haben. Am Anfang hatte sie wechselnde Freunde ertragen müssen. Jedes Mal brachte er einen neuen Bekannten mit. Aber irgendwann kam Stefano. Sie hatte gehofft, dass Stefano bleiben würde. Egal, was die Leute denken.

Die Nacht hat es durchgeschneit und die weißen Flocken fallen noch immer. Es ist ein Tag für die Portici-Arkaden. Enza läuft die Via Castiglione hinunter zum Markt, Richtung Via Pescherie Vecchie. Sie weiß, was sie kaufen will. Sie weiß, was Marco gerne isst. Die Auberginen sehen himmlisch aus. Sie sind klein genug. Nicht so wie die aus Holland: groß, aufgepumpt und voller Samen. Enza wählt vier schöne, lilafarbene

Auberginen und lässt sie sich zusammen mit einem Kilo Tomaten, einem Bund Petersilie, einem Bund Minze und einer Knolle Knoblauch einpacken. In Salz eingelegte Kapern dümpeln in einem Fässchen zu Hause. An der Käsetheke kauft sie einen großen frischen Büffel-Mozzarella. Nudeln braucht sie selbstverständlich nicht, wenn sie an ihren Vorratsschrank denkt, doch zur Sicherheit nimmt sie eine Packung ›Penne Rigate Nr. 73‹ mit. Die werden nicht schlecht. Bei ihrem Lieblingsmetzger lässt sie sich ein mageres Stück Rindfleisch zusammen mit einem Stück Schwein durch den Fleischwolf drehen. Sie will gerade heimkehren, als ihr Blick auf die Artischocken fällt. Spontan lässt sie sich vier Stück einpacken. Mit dem Wind im Rücken schleppt sie ihre vollen Einkaufstaschen in die Via Castiglione und hinauf in ihre Wohnung. Dort angekommen, wäscht Enza zunächst das Gemüse, zerkleinert zwei Knoblauchzehen, nimmt die große Pfanne aus dem Küchenschrank und gibt etwas Olivenöl hinein. Dann schneidet sie die Auberginen in gleich große Stücke. Das Telefon klingelt, aber sie geht nicht ran. Marco, nicht jetzt!

Nach einer knappen Ansage springt der Anrufbeantworter an. »Mamma, ich bin's. Bist du da ...? Wir sind auf dem Weg... Eine Stunde noch ...okay, bis gleich. Bacio!« Manchmal ruft er zweimal am Tag an. Sie erhitzt den Knoblauch in der Pfanne und wirft die in Stücke geschnittenen Auberginen dazu. Würfelt drei, vier Tomaten, und als die Auberginen etwas weicher sind, gibt sie diese mit ein paar Basilikumblättern hinzu. Inzwischen hat sie die salzig eingelegten Kapern unter fließendem Wasser gewaschen. Auf eine der übrigen Herdplatten stellt Enza einen Topf mit Wasser. Während das Wasser kocht, zerteilt sie den Mozzarella und stellt ihn beiseite. In einer Schüssel mischt sie die beiden Fleischsorten mit einem Ei, Paniermehl und dem Parmesan. Dann wirft sie die gehackte Petersilie mit der Minze in die Schüssel und zum Schluss streut sie noch etwas Salz und Pfeffer darüber. Sie formt das Fleisch zu kleinen Bällchen, die sie im Backofen bei 160 Grad für vierzig Minuten brät. Anschließend trennt sie die Artischocken in dünne Scheiben und gibt sie unter zwei verquirlte Eier. Danach wendet sie die Scheibchen in Mehl, um sie zu panieren und in heißem Sesamöl auszubacken. Als sie goldgelb frittiert sind, legt sie die Artischocken auf Küchenpapier und gibt etwas Salz dazu. Mittlerweile sind die Nudeln fertig und werden von Enza mit der Auberginensoße in der Pfanne vermengt. Jetzt fehlt nur noch der Mozzarella mit den Kapern und etwas Pecorino-Käse.

Die Penne alla ›Zia Norma‹ stehen heiß auf dem Tisch, als Marco und Stefano zur Tür hereinkommen.

Ich strecke die Arme in die Höhe. Das schrieb sich flott – und ist ein köstliches Gericht! Herrn Hübner wird es gefallen, vor allem die delikate private Geschichte, hoffe ich. Mir fällt ein deutsches Sprichwort ein: Ein guter Koch ist ein guter Arzt. Ja, so ist es. Ich drehe eine Runde durch die Suite, sammle die schmutzige Wäsche, also alles, was ich dabeihabe, um sie Frau Merkel mit der Bitte um eilige Reinigung auszuhändigen. Anschließend setze ich mich bestens gelaunt wieder an meinen Computer und surfe auf Helenes Blog.

»Das pikante Geheimnis des Tages

Unser Autor, Angelo Colagrossi, trägt im Bett einen Schlafanzug. Das allein wäre keine Meldung wert. Auch nicht, dass sein Pyjama aus einer kurzen Hose und einem kurzärmeligen Hemd besteht und er sehr niedlich darin aussieht.

Das pikante Geheimnis dreht sich heute um die Frage, welches Tier den sommerlichen Pyjama Colagrossis schmückt.

A: Ist unser Star ein Mann wie ein Löwe und bringt das durch seine Pyjamawahl zum Ausdruck?

B: Ziert ein Hase den Pyjama des beliebten Autoren?

C: Oder ist er ein Freund der Samtpfoten und schläft mit einem Katzenmotiv auf der Brust ein?

Unter allen richtigen Antworten verlosen wir einen tollen Preis: einen Gutschein für ein renommiertes Massagestudio in unserem nächsten Hafen – Palermo – für zwei Personen!

Und jetzt das Programm für den heutigen Tag …«

Irgendwann muss ich aufgesprungen sein. Ich tigere durch die Suite, mit Wut im Bauch und ohne passenden Spruch auf den Lippen.

Silvio: »Wie deutsch kann man eigentlich sein? Seide! Dunkelblau!« Reinhard: »Du weißt, wie teuer die Dinger sind.« Silvio: »Mamma mia, wann wirst du endlich erwachsen?«

Ich fahnde vergeblich in meiner Tasche, in der Jacke, selbst in der Hose nach Zigaretten, die ich dort vielleicht vergessen haben könnte. Nichts, nichts zu finden. Nicht mal ein Hauch von Tabak. Ich suche fieberhaft nach Ablenkung ohne Nikotin und mache mir eine Flasche Orangensaft auf. Gleich legen wir an.

Silvio: »Er sollte an Land gehen und vor Scham sterben. In der schönsten Stadt. Das hätte Stil. Im malerischen Licht von Neapel, mit Blick auf Capri. Meersalz in der Luft, Motorengeräusche und Hektik im Hintergrund …«

Kapitel 11

Sie muss ins Zimmer gekommen sein, während Silvio von Neapel schwärmte. Lautlos. Wie eine Katze! Und ausgesprochen fröhlich. Helene ruft mir ausgelassen zu: »Ich treffe mich in einer Viertelstunde mit den Lehmanns und Hajeks, wir gehen zusammen an Land. Kommst du mit?«

Meine Hände gestikulieren wild, als wollten sie Ungeziefer verscheuchen. Sie piksen auf den Bildschirm, zeigen auf Helene, schlagen auf die Tastatur und fassen den Monitor von beiden Seiten. Aus meinem Mund sprudeln Wörter wie: »*Vergognati. Ma tu sei Pazza. Tutta Pazza!*« Mein Körper ist eine außer Kontrolle geratene Marionette und sein durchgeknallter Marionettenspieler heißt italienisches Temperament.

Silvio dazwischen: »*Bravo. Tutta pazza!*« Reinhard: »Sie – versteht – kein – Italienisch! Bibidibabidi!« Meine Arme fliegen erneut gen Himmel, diesmal vor Erregung. Zeigefinger und Daumen meiner rechten Hand formen eine Pinzette und ich schüttele sie bedeutsam. Der Mittelfinger der linken Hand klopft wiederholt gegen meine Stirn. Der Zeigefinger zieht das Unterlid meines linken Auges herunter. Dann formt die rechte Gliedmaße eine Pistole, die geschüttelt wird. Zum Schluss wischen beide Hände unter dem Kinn herum.

Helene: »Ist das wieder so ein komisches italienisches Spiel wie Schnick, Schnack, Schnuck? Ach, Schnuck, Schnuck, Schnucki, für so was haben wir keine Zeit. Neapel wartet nicht auf uns. Und die Ösis und Ossis auch nicht.«

Meine Arme schießen noch einmal rauf und runter, vor und zurück. Die rechte Hand schnellt vor in Helenes Richtung, baut eine unsichtbare Wand auf, als wollte sie die Wörter abwehren … die linke gestikuliert Richtung Computer, schlussendlich zerrt die rechte die Verräterin Helene vor den Bildschirm. Da prangt ihr Artikel wie ein Werbeplakat und ich höre mich brüllen: »*Mi fai impazzireeeeeee!*«

Helene: »Schnucki, ich verstehe kein Italienisch. Red doch Deutsch mit mir und leiser. Ich bin nicht schwerhörig.«

Reinhard: »Sie meint damit: Sie versteht auch keine italienische Zeichensprache.« Silvio: »Papperlapapp, das ist italiano-internationalo!«

Reinhard: »Sie hat schöne Augen.« Silvio: »Ich glaub, die steht auf ihn und sein italienisches Temperament. Ihre Augen leuchten.« Reinhard: »Sie nennt ihn Schnucki, jetzt schon zum zweiten Mal.« Silvio: »Du musst mitzählen, um Zuneigung zu erkennen?« Reinhard: »Ja, und für dich Backpfeife übersetze ich das mal: Zweimal Schnucki heißt: Du bist ganz wunderbar, aber interessiert mich nicht.« Silvio: »Ach nee, zähl du ruhig an deinen Fingern ab, wie oft sie was sagt. Ich hab da ein sichereres Vorgehen.« Reinhard: »Zulabern, bis sie dich mit Küssen zum Schweigen bringt?« Silvio: »Du bist ein romantischer Pubertierender. Hör zu und lern was. Nein. Ich sehe ihr in die Augen. Dort nämlich erfährst du alles.« Reinhard: »Was für ein Kitsch.« Silvio: »Romantik und Kitsch, mein Freund, sind etwas Grundverschiedenes.« Reinhard: »Kitsch!« Silvio: »Und die Wahrheit, sieh ihr in die Augen, mein Gott, was ist sie romantisch.«

»Was ist?« Helene sieht mich erstaunt und fragend an. Es ist unfassbar ruhig mit einem Mal. Mir fehlen die Worte. Es ist so unsagbar still und ich fühle mich verlassen, gedemütigt, verletzt. Ich will wütend auf sie sein. Ich möchte auf Deutsch richtig böse Sachen sagen.

»Halte deine Fresse!«, versuche ich es und bemerke sofort, wie unhöflich das klingt.

»Wegen dem da?«, meint Helene und deutet mit einem Nicken auf das pikante Geheimnis des Tages. Sie strahlt mich an und ihre Augen... Mamma mia! Sie lacht: »Hey, du bist heute Morgen in aller Munde! Nicht einmal der Tresordieb ist so interessant.«

»Du spinnst doch!«, sage ich, atme tief durch und kämpfe darum, in die deutschen Sätze mehr Wut zu packen. »Wenn du noch einmal so was bringst, beschwere ich mich bei Merkel. *Capisce?* Ist das klar?«

Silvio: »Mamma mia!«

»Sorry, aber du siehst einfach toll aus in deinem Pyjama, echt. Ich schwöre!« Sie lächelt mich mit ihrem ganzen Charme an, hält zwei Finger zum Schwur in die Luft und ihre Augen sind voller Erwartung.

»Nimm den Artikel runter. Löschen. Lösch ihn!«

»Aber das ist doch ... den kennen doch schon alle.«

»Egal, lösch ihn. Jetzt!«

»Darf ich?«, flötet sie, sitzt im selben Moment schon vor meinem Laptop und lässt ihre Finger spielerisch über der Tastatur schweben. »Bist du dir sicher?«, fragt sie.

»Löschen!«, fordere ich.

»Ich schreibe einfach, das Gewinnspiel sei geschlossen oder so … was in der Art halt. Puh, du verlangst vielleicht Sachen von mir … Aber einsenden kann man noch, ja? Hab ja noch einen Gewinn zu vergeben.« Sie strahlt mich schon wieder an.

Silvio: »Schau an, schau an.« Reinhard: »Genau, mein Guter. Einmal verständlich Tacheles und sie macht, was er sagt.« Silvio: »Einmal unverständliches italienisches Temperament und sie frisst ihm aus der Hand, mein Freund. So sieht's aus.«

Wie ein Idiot trotte ich ein paar Minuten später hinter Helene her den Gang hinunter. Sie quasselt in Vorfreude von Neapel und wie toll das wird. Am Lift treffen wir auf Margot und einen verschlafenen Dieter Lehmann.

»Muff, muff«, grunzt es aus ihrer Tasche. »Haben Sie gehört? Unser blinder Passagier fragt, ob Sie gut geschlafen haben.« Margot kichert. »Herrliches Wetter heute, was?!«

Womit hat es begonnen? Wann fing es an, wann war der Zeitpunkt, an dem mir mein Autorenleben derart aus der Hand geglitten ist? War es der Moment, als ich die Brioche aufhob? Ich kam auf diese Kreuzfahrt, um in Ruhe mein Kochbuch zu schreiben, nun gehorche ich dem Zauber einer Frau und folge ihr, ich fürchte, überallhin. Meine Mitreisenden sprechen Deutsch auf ihre ganz eigene Art und tragen einen Mopswelpen mit sich herum, der mit mir redet. Irgendetwas ist passiert.

»Die Sonne hat mich um sechs geweckt«, grummelt Dieter. »Ich schwitze schon, wenn ich nur daran denke, dass wir gleich durch die Stadt hetzen.« Er marschiert voran, als wolle er die Stadttour so schnell wie möglich hinter sich bringen. Margot und Dieter sind ein faszinierendes Phänomen, sie schaffen es, Fragen zu stellen und diese selbst zu beantworten. Eigentlich unterhalten sie sich dabei nur miteinander. Ich folge ihnen durch die Menschenmasse, die sich hier zum Landausflug versammelt hat.

Da Dieter und Margot mit von der Partie sind, kann ich mich in meinem Selbstmitleid suhlen und versuchen, Helene zu umschiffen, sodass es nicht absichtlich wirkt, hoffe ich. Die Kreuzfahrtprofis wissen, wo man sich am besten hindurchquetscht. Hoffentlich wissen sie auch, wie wir in diesem Gewusel die Hajek-Schnarrenbergers finden, sorge ich mich, als ein lautes »Ciao, *ragazzi*!« zu uns herüberdringt, begleitet vom Wedeln eines weißen Panamahutes. Angie Hajek-Schnarrenberger steht schon an der großen Luke und der Treppe, die von Bord führt. Thereses trägerloses, pinkfarbenes Kleid weht in der leichten Brise. Ihre Hände fahren über das Gewebe, selbst- und stoffverliebt. »PRAADA«, prangt in silbernen Lettern auf dem breiten schwarzen Hüftgürtel. In China ist alles so günstig, dass man auch mit silbernen Buchstaben großzügig ist, drei As sind für den chinesischen Hersteller ein finanzieller Klacks.

Nach einer mehr als überschwänglichen Begrüßung zwischen den Lehmanns und den Hajek-Schnarrenbergers, als wären sie die einzigen Überlebenden einer Schiffskatastrophe, geht's an die Kontrolle unserer Ausweise. Wir werden als Landgänger in Listen eingetragen und in Touristenblöcke eingeteilt. Die Gruppenzugehörigkeit zeigen die Teilnehmer durch das Tragen einer farbigen Mütze an. Ich kann rot, grün und blau ausmachen. Das erinnert mich an Kinderklassen mit gleichen Badekappen. Wir sind mützen- und führerlos, weil wir die Stadt auf eigene Faust erkunden wollen.

Am Ausgang wartet Sabine Merkel, glitzernd und leuchtend durch ihre knallroten Lippen, in ihrer lilafarbenen Uniform und flötet den Gästen entgegen: »Einen schönen Aufenthalt, viel Spaß in Neapel, bis heute Abend, auf Wiedersehen, haben Sie viel Spaß, bis später, genießen Sie die Zeit …« und so weiter und so fort. Mich dünkt, sie hat ein Tonband verschluckt.

»Viel Spaß in Neapel!«, jubiliert sie auch mir zu, als ich an ihr vorbeilatsche. Sie lässt sich meinen Ausweis zeigen, notiert meinen Landgang und ich meine ein flüchtiges Grinsen über ihr Gesicht huschen zu sehen, als sie mein Passbild betrachtet. Ich feixe zurück: »Die Wäsche bringe ich morgen zu Ihnen, ja!?« und will mich gerade Richtung Ausgang davonmachen, da spüre ich, wie eine Hand meinen Hintern tätschelt. Merkels Hand?! Ich verharre eine Sekunde lang stocksteif, wie eine Maus, die gefressen zu werden droht, doch bevor ich entrüstet reagieren kann, werde ich von der Menschenmenge, die ungeduldig darauf wartet, endlich von Bord zu kommen, weitergeschubst. Mit größter Kraftanstrengung schaffe ich es dennoch, mich noch einmal zu Frau Merkel umzudrehen, um einen passenden Kommentar abzulassen, der mir sicherlich gleich einfallen wird, da zwinkert sie mir schelmisch zu. »Viel Spaß in Neapel! Bis heute Abend, Herr Angelo!«

Ich möchte unbedingt den Spruch loswerden, der mir noch immer nicht eingefallen ist, da zupft mich jemand am Ärmel. Genervt drehe ich mich zurück, um erneut ein gut aufgelegtes Gesicht zu entdecken. Angie. »Während du gestern Abend die Sterne bewundert host, hob'n mir in der Skoi-Bor den heutigen Tog gplant und a Wogn gmit. Zu Fuß kannst ja als Oisländer net gehen in Neopel. Wege der Mafia. Da hob i mol a Doku g'sehn, du, di klaun dir jo olles, ouch dei Inneroien, wenns net ofpasst«, erklärt er auf dem Weg von Bord. »I kenn deren Landessprache net und dann mochst oimal a folsche Handbewegung und dann hast sie zur Entnohme deiner Leber aufgfodert. Na, das is mir zu gfährlich. A großen Van kriegn ma – mit Klimaanlage. Wega der Hitze. Sonst zerfließen wa nur ineinond – und so guat kenne ma jo uns nonet.« Er wedelt wieder mit seinem Panamahut und unsere kleine Mannschaft folgt ihm brav. Ob die anderen mehr verstanden haben als ich? Mafia? 'n Opel? Ein Van? Klimaanlage? Innenohren?

Signore Angie hält die Schlüssel zum Wagen hoch in die Luft und fuchtelt mit ihnen herum, als gälte es, Mücken zu verscheuchen, statt den Wagen aufzuschließen. »Die Herren steck'n ihre Göldbörsl'n vorn in die Hosentoschn, die Damen trog'n ihre Haundtasch'n quer über der Brust! Und immer a Haund am Träger, damit sie net von den Bangieten auf ihre Vespas wegg'rissen wird'n kennan. Und immer schee z'sammbleiben. Und aufpass'n. Versuchts, net wie Touristen auszsehn. Neapel ist a heißes Pfloster. De Bangieten san olle do im Süd'n – dazua kumman de chinesische und de russische Mafia, Camorra, Cosa Nostra … Olle g'fährlich, perverse Taliban, Mörda! Oisa eißerste Vursicht!«

»Loss noch, Tiger, und entsponn di«, meint Therese, nicht ohne die Augen zu verdrehen. Angie zieht an seiner Zigarette, der Schweiß tropft ihm von der Stirn, George-Dieter stöhnt in der glühenden Hitze auf dem Kai. »I bin so wos von entsponnt. Abo wenn i di osm Straßngrab ziehn muss mit nur no oine Niere, donn konn i di net versprechen, dass i no entsponnt bin. Könnt schon sei, dass mi so a situation a wenig stressn tät.« Angies Augen sind zu kleinen Schlitzen verzogen, als könne er auf diese Weise spaciger in die Welt sehen. »I hobs dir gsogt, oder? Das wor dos, wasd so gor net gern von mir hörst. Stell dir vor, do liegst und i sog: Hobs dir do gsagt. Das tät di stressn, stimmt, ma Spatzl? Das tät di stressn.«

»Momentchen noch!«, flötet Margot. »Hast du fein Bächlein gemacht, Lilo-Schatz, ganz fein Bächlein gemacht, ja?!«

Gerade rechtzeitig kann ich dem Tsunami ausweichen, den Mops Lilo gegen den Vorderreifen gesetzt hat und der genau auf meine neuen Sneakers zuschießt. Der Hund blickt mich grunzend und japsend von unten an, und ich könnte schwören, dass er grinst. Ich sage doch, es läuft etwas gewaltig schief hier auf meiner Kreuzfahrt.

Mit einem beherzten Griff unter den Bauch, Mops Lilo hängt wie ein Mehlsack in ihrer Hand, befördert Margot das Tierchen zurück in die große Tasche. »So, steigt ma nu ei«, beschließt Angie und öffnet endlich die Türen. Ich will zu Helene auf die Rückbank krabbeln, als Signore Angie mich zurückhält. »Sie sind doch ein flinker junger Mann. Fahren Sie bitte. Sie haben doch einen Führerschein?«

»Jaaa? … Aber ich fahre sonst nur in Berlin …«, protestiere ich. »Für Neapel braucht man sicher eine Extraprüfung. All die kleinen, engen Gassen und der viele Verkehr, das Gehupe …«

»Ach, das schaffen Sie schon«, klopft Margot Lehmann mir aufmunternd auf die Schulter. Die anderen stimmen ihr murmelnd und umgehend zu. Ich ergebe mich seufzend in mein Schicksal und setze mich auf den Fahrersitz. Neben mir nimmt Angie Hajek-Schnarrenberger Platz und weist die anderen, die hinten einsteigen, an, kaum dass die Türen zuknallen: »Der Italienier schnollt sie bekonntlich net o, aber wir mochn dos. Alle! Und die Fenster imma gschlossn holtn.«

»Bei der Hitze?«, stöhnt Dieter.

»Koi Hitze, net hier drin, mir ham a EySi, a Klimoonlogn«, verkündet Signore Angie stolz und schaltet sofort auf Maximalstufe. Eiskalte Luft wirbelt um meinen Kopf, Brust und Beine. Um nicht sofort die Spanische Grippe zu bekommen und unter Fieberträumen meine Kochrezepte fantasieren zu müssen, drehe ich den Regler an den Luftschlitzen von mir weg, doch sofort ertönt Protest von hinten.

»So kommt hier überhaupt nichts an. Ich schwitze«, mault Signora Therese.

»*Cara mia*, dahinten sind doch noch Extraschlitze. Schalt da mal auf höchste Stufe.« Angie fummelt zwischen den Sitzen herum und schon pustet die gefrorene Luft mir von hinten an Rücken und Nacken. Ich fühl mich wie eine Gurke im Gefrierschrank.

»Ah!«, ertönt es im Chor von den Sitzbänken. »Herrlich!«

»Könn ma nu endlich losfohrn? Stoig ins Oisen, Angie«, weist Angie mich aufgekratzt an.

»Wo soll ich denn hinfahren?«, erkundige ich mich vorsichtig.

»City!«

»Stadt!«

»Innenstadt!«

»Zentrum«, rufen meine Mitfahrer vage, aber sehr ausgelassen. »*Centro*« ist also das Zauberwort, an dem ich mich nun orientiere, doch weit komme ich damit nicht. Kaum haben wir das Hafengelände verlassen, stehen wir auch schon im ersten Stau. Wild hupende Kleinwagen, Transporter, Motorroller, Mofas und Motorräder scheinen uns von allen Seiten einkeilen zu wollen. Vorsichtig und im Schneckentempo kriechen wir durch die durch unzählige Dauerbaustellen verengten Straßen. Ich konzentriere mich auf das Verkehrschaos, während meine Mitreisenden abwechselnd in »Ah«- und »Oh«-Rufe ausbrechen, wenn wieder eine Sehenswürdigkeit auftaucht, die Piazza Municipio, das Castel Nuovo oder Sant'Elmo.

Bei den endlos langen Wartezeiten an den zahlreichen Ampeln haben alle genügend Zeit, die malerischen Motive durch die geschlossenen Fenster zu fotografieren – das Öffnen der Scheiben hat Hajek-Schnarrenberger uns ja untersagt. Direkt vor der Kathedrale von Santa Maria Assunta, in der die Reliquie von San Gennaro, dem Heiligen der Stadt Neapel, liegt, bricht der Verkehr endgültig zusammen, und wir sitzen mittendrin fest. Ausgerechnet heute haben sich hier Tausende neapolitanischer Pilger versammelt, um das Wunder des Heiligen live zu erleben: Jedes Jahr, an zwei bestimmten Tagen, verflüssigt sich das getrocknete Blut von San Gennaro, das in einer kleinen Ampulle im Dom aufbewahrt wird, vor den Augen der staunenden Gläubigen und bedeutet ein Jahr Glück für die ganze Stadt. In unserem Auto bekommen wir von dem Wunder leider nichts mit, nur von dem Event drum herum. Meine Miteisenden fotografieren die schöne Kathedrale, als würden sie an einem Wettbewerb teilnehmen wollen.

»Boah, ich bin total ausgedörrt«, stöhnt George-Dieter urplötzlich auf und öffnet die Schiebetür des Vans. »Wollt ihr auch was trinken? Ich hol mal was.«

»Net hier!«, ruft Angie. »Such ma uns a ruhiges Plätzchen.«

»Genau hier«, ruft George-Dieter, »denn genau hier habe ich Durst.« Dieter ist nicht zu stoppen. Zielstrebig rennt er in ein Café auf der anderen Straßenseite.

»Do«, staunt Therese. »Do schauts ihn o, da is a mitten unta Italienern. Gonz alloin.«

»Neapolitaner!«, korrigiert Angie Hajek-Schnarrenberger. »Jetzt is a weg. Jetzt sehn ma ihn nimma.«

Meine Augen suchen im Rückspiegel nach Margot, die sorgenvoll das Trottoir auf der Suche nach der Mafia scannt, bereit, George-Dieter im Notfall zu Hilfe zu eilen.

»Vielleicht sollte ich mal ...«, sage ich vorsichtig und observiere dabei Margot, die mit einem dankbaren Lächeln reagiert, als wisse sie schon, was ich anzubieten beabsichtige. Den Türgriff in der Hand und die Melodie »Spiel mir das Lied vom Tod« im Kopf, will ich auf der Stelle mein heldenhaftes Angebot in die Tat umsetzen, da taucht Dieter wieder auf. Im Schlepptau jongliert ein junger Mann auf der Schulter ein Tablett durch die kreuz und quer stehenden Autos. Dirigiert wird er von George-Dieters ausladenden Gesten, bis die beiden an unserer Seitentür landen. Und mit ihnen Cappuccino, Kekse und Wasser für uns alle.

»Hier, der junge Mann war so nett, mir zu helfen«, ruft Dieter und bedeutet uns, die Verbarrikadierung zu lockern. Ich registriere die Anspannung in Angies Gesicht, als seine Frau die Tür aufzieht. Heiße dicke Luft strömt herein, als der Barmann die Getränke reicht.

Wir stehen noch immer eingekeilt im Stau wie Mikadostäbchen und noch immer wird rings um uns gehupt und geschimpft, während wir uns dank Dieter und Barmann für einige Minuten in eine kleine Oase zurückziehen dürfen: Mitten in Neapel trinken wir in einem vollklimatisierten Auto direkt vor dem berühmten Dom von Neapel »Santa Maria Assunta« den besten Cappuccino der Welt – aus Porzellantassen. Ich taste mein Hemd, meine Hosentasche nach Tabak ab, als ein Gebrüll von Tausenden mich erstarren lässt: *»SIIIIII MIRACOLO«*, tönt es aus der Kathedrale, in der zurzeit ein veritables Wunder geschieht, und die Glocken aller Kirchen in Neapel beginnen zu läuten. Das ist exakt der Moment, indem sich zum hundertzigsten Mal das staubtrockene Blut des heiligen San Gennaro mal wieder verflüssigen soll. Auf der Straße fallen sich wildfremde Menschen glücklich in die Arme und küssen sich auf die Wangen. Auch in unserem Auto ist das Wunder zu spüren ... Bester Laune beginnt Frau Hajek-Schnarrenberger zu singen: *»Azzurro il pomeriggio e troppo azzurro e lungo per ...«*

Beim Wort *»azzurro«* stimmen auch ihr Mann, Helene und die Lehmanns im Chor mit ein. Ich dagegen bekomme eine Gänsehaut und Platzangst ... und schmettere dagegen: »Zwei kleine Italiener, die fahren nach Napoli ...« Doch mein alter Schlager aus den Sechzigern zündet nicht. Die anderen überschreien mich laut und immer lauter in Megafonstärke.

»Azzurro …«

Der Barmann hämmert an die Scheibe und brüllt: »Möchtet ihr noch was zu trinken oder was essen?«, und wedelt mit der Speisekarte. »Wir haben heute Miesmuscheln in scharfer Weißweinsoße, Calamari fritti und gegrillte Dorade. Alles frisch aus dem Meer«, schreit er uns mit einnehmender Stimme an.

»No, grazie, prendi Import-Export«, erwidert der ebenso geschäftstüchtige Angie Hajek-Schnarrenberger und drückt dem überraschten Kellner eine seiner bunten Visitenkarten in die Hand. Der sammelt die leeren Tassen und Gläser wieder ein und verabschiedet sich, als ob sein Autoservierservice die natürlichste Sache der Welt sei. Wahrscheinlich ist sie das hier auch, bei den vielen Staus.

In unserem Minireisebus herrscht nach dem belebenden Kaffee beste Laune. Und nach einer Weile, wie an unsichtbaren Fäden gezogen, bewegen sich alle Autos wieder. Das Stauknäuel entwirrt sich wie von selbst, und wir können unsere Stop-and-go-Stadtbesichtigung fortsetzen. Im Rückspiegel bespitzele ich Helene, die sich die ganze Zeit Notizen auf einem kleinen Block macht. Vermutlich für ihren »Bordblog«. Soll sie nur, denke ich vergnügt, ich habe ja derzeit keinen Pyjama an.

Kapitel 12

Wir fahren ziellos in unserem klimatisierten Van durch Neapel. Im hinteren Teil des Gefährts sind alle still geworden und beobachten in schlaftrunkener Entspannung die Stadt. Die lange Promenade am Meer, San Francesco di Paola, Piazza Dante.

»Sag, Angelo, hast an Tipp zum Mittagess'n?«, lässt sich Therese nach einiger Zeit vernehmen.

»Aber wir sind doch gerade erst wieder losgefahren, Leute! Es wäre schade, Neapel nur durch die Fenster eines Ristorante zu erleben«, werfe ich ein.

»Ich habe aber auch langsam Hunger«, quengelt Helene.

»'ne kleine Stärkung wäre nicht schlecht«, stimmt Dieter Lehmann zu. In Städten wie Neapel weiß man nie, was einen gastronomisch erwartet. Auf der einen Seite sind kleine, familiäre Restaurants selten von schlechter Qualität, auf der anderen Seite können größere Gasthäuser, die für Touristen wenig einladend erscheinen, oft viel besser sein.

»Ich würde sagen, wir halten mal die Augen offen nach einem kleinen gemütlichen Restaurant. Nicht so ein gro…«

»Da!«, schreit die ehemalige Bordellbesitzerin, als zünde sie eine Feuerwerksrakete, und weist aufgeregt auf ein riesiges Plakat am Straßenrand: Ein attraktives Mädchen im knappen gelben Bikini mit langen schwarzen Haaren und großen, grünen Augen hält einen Teller mit Spaghetti in der Hand und lädt uns verführerisch in das Restaurant »Da Gianni« ein. Ein dicker roter Pfeil zeigt an, dass wir drei Kilometer geradeaus fahren sollen. Ich habe das Gefühl, das Mädchen schon mal gesehen zu haben. Drei Kilometer? Das ist nicht sehr weit und sicher leicht zu finden. Ich stimme zu, als die anderen beschließen, dass wir dort hinwollen. Drei Kilometer weiter entdecken wir das nächste Schild mit dem Bikinimädchen. Diesmal deutet der rote Pfeil nach links. Auf einmal sind es noch fünf Kilometer. Okay, das schaffen wir auch noch. Ich biege ab und träume davon, wie das Bikinimädchen mit der Stimme einer französischen Sängerin mir persönlich die Tagesgerichte aufzählt. Upps, ein Schlagloch! Ich höre besser auf zu träumen und steuere den Wagen tapfer in Richtung lecker Mittagessen. Langsam werden die Straßen breiter und die enge Innenstadt liegt hinter uns. Als das nächste Schild nach rechts zeigt und wir weitere sechs Kilometer folgen sollen, hört man außer enttäuschtem Stöhnen gar nichts mehr im Fond.

Ich lasse die Bombe platzen, die mich fast selber umhaut: »Ich weiß es!«

Einzig Angie Hajek reagiert: »Abkürzung?«, grummelt er kaum hörbar.

»Der gelbe Bikini hat mich verwirrt. Sonst ist er rot!«

»Bist du unterzuckert?«, fragt Helene mürrisch.

»Nein, nein! Mir ist nur gerade wieder eingefallen, woher ich das Bikinimädchen kenne«, erkläre ich ihr und grinse sie freudestrahlend aus dem Rückspiegel an. »Das ist doch das Mädchen mit dem hessischen Dialekt aus dem ›Mare Bello Cruises‹-Werbespot, der so schlecht synchronisiert ist.« Helene quittiert meine Eröffnung nur schmallippig mit einem knappen »Aha …«. Ein bisschen mehr Begeisterung ob dieser Erkenntnis wäre schon angemessen, finde ich.

»Habt ihr den Spot nicht gesehen?«, hake ich nach. Der Rest der Gesellschaft scheint nicht zu wissen, wovon ich spreche, und bevor ich mich um Kopf und Kragen rede, gebe ich lieber wieder Gas und fahre weiter auf der Ausfallstraße stadtauswärts, ohne zu wissen, ob wir jemals ankommen werden.

»Da ist es! Na bitte!«, ruft Therese Hajek-Schnarrenberger erleichtert aus und deutet auf ein Gebäude am Straßenrand, an dem in lichter Höhe ein großes Plakat verkündet: »Da Gianni«. Das Mädchen, diesmal in dem mir vertrauten roten Bikini und mit dem blauen Cocktail in der Hand, räkelt sich direkt über dem Eingang. Wir holpern auf den unbefestigten Parkplatz, auf dem zum Glück schon mehrere Autos mit italienischen Kennzeichen stehen. Die Chancen stehen also ganz gut, dass wir nicht in eine Touristenfalle getappt sind. Es ist die totale Steppenidylle. Kein Baum, kein Strauch weit und breit. Die Sonne brennt unbarmherzig auf die ausgedörrte Ebene rund um das Haus. Man fühlt sich wie in einem Western-Blockbuster. Gleich kreisen die Geier über uns.

Rechts und links von dem Restaurant stehen zwei hässliche vierstöckige Wohnblocks, auf deren Balkonen die Wäsche müde im warmen Wind flattert. Kein Mensch ist auf der Straße – ist ja auch kein Wunder bei der Hitze. Fehlt nur noch, dass ein paar Betrunkene aus der Saloontür torkeln. Bei näherer Betrachtung hat das Gebäude aber nicht die geringste Ähnlichkeit mit einem pittoresken Lokal. Meine Augen machen lediglich ein grau verputztes

Erdgeschoss aus, sonst nichts. Das aufreizende Plakat auf dem Dach verbirgt ein verrostetes Baugerüst – hier wurde schon lange nicht mehr gearbeitet. Alles in allem nicht sehr einladend, aber wenn man so hungrig ist wie meine Mitfahrer, schaut man nicht mehr aufs Detail.

Als wir eintreten, verstummen die Gespräche an den zu meinem Erstaunen voll besetzten Tischen wie auf Kommando. Die Leute glotzen einen Moment lang zu uns herüber und wenden sich dann wieder ihrem Essen und ihren Unterhaltungen zu.

Das Restaurant hat keinen großen Gastraum, sondern ist eher eine zum Lokal umfunktionierte Dreizimmerwohnung mit Küche und Bad. Wir verharren in einem langen, breiten Flur und sehen rechts durch die offene Tür in ein rustikal eingerichtetes Wohnzimmer. Über dem offenen Kamin hängt der ausgestopfte Kopf eines Keilers und an der gegenüberliegenden Seite prangt eine riesige bunte Wandmalerei, die den Golf von Neapel samt dramatisch berstendem Vesuv im Hintergrund darstellt. Der Laden macht tatsächlich einen sympathischen Eindruck.

Eine schwarzhaarige Kaventsfrau mit grünen Augen, die so gar keine Ähnlichkeit mit der Bikinischönheit auf dem Plakat hat, sondern von der Form her eher mit Cindy aus Marzahn, empfängt uns mit weit geöffneten Armen und teilt uns mit, dass es leider keinen freien Tisch mehr gebe. Als wir uns in dem Wohnzimmer umsehen, müssen wir ihr leider recht geben. Es könnte in zwei Stunden etwas frei werden, fährt sie fort, aber ob es dann noch was zu essen gäbe?

Ich setze zum italienischen Diskurs an und erkläre ihr weitschweifend, dass wir extra vom Kreuzfahrtschiff gekommen seien und den weiten Weg auf uns genommen hätten, um hier zu speisen. Ich frage in meinem höflichsten Italienisch, dessen ich fähig bin, ob es nicht vielleicht doch irgendeine Möglichkeit gäbe, jetzt schon etwas zu essen zu bekommen. Die ganz in Schwarz gekleidete Matrone zwinkert mir zu, schenkt meinen Mitreisenden einen mitleidigen Blick und bittet uns dann, einen Moment Geduld zu haben. Sie werde schon was organisieren. Na also, geht doch! Erstaunlich flink saust sie Richtung Küche und gleich hinter der Schwingtür hört man sie brüllen: *»Andiamo, Andiamo, svelto, svelto!«*

Wie auf königliche Weisung schleppen sofort zwei Jugendliche einen Tisch aus der Küche ins Nachbarzimmer. Cindy bedeutet uns lächelnd, ihr zu folgen. An den türkis gestrichenen Wänden prangen krakelige Zeichnungen von Micky Maus, Pluto und Minnie. Gut, essen wir eben im Kinderzimmer! Mit einer einzigen eleganten Bewegung lässt die Hausherrin eine karierte Tischdecke auf dem wackeligen Plastiktisch landen, an den die Jungs vier weiße Plastiksessel stellen. Amüsiert, noch ein wenig angespannt, aber froh und glücklich, uns nicht im ausgehungerten Zustand auf die Suche nach einem anderen Restaurant machen zu müssen, nehmen wir Platz. Ja, so sind die Italiener, konstatiere ich zufrieden. »Gibt's nicht« gibt es nicht. Eigentlich bietet der Tisch nur Platz für vier Personen, aber die schwarzhaarige Cindy stellt noch zwei Klappstühle dazu und dann geht's.

Dieter Lehmann klopft sich auf den Bauch: »Das ist ja ein richtiges Abenteuer! Nu bin ich aber gespannt, wie die Speisekarte aussieht!«

Unsere Gastgeberin schüttelt indessen entschieden den Kopf. »Also: Gegessen wird, was Gianni heute gekocht hat«, übersetze ich.

Angie Hajek-Schnarrenberger insistiert: »Nicht mal so was wie a Weinkart'n?« Doch er ist ihr keiner Antwort würdig. Einer der Jungen knallt zwei eisgekühlte Plastikflaschen auf den Tisch. Durch die glitzernden Wasserperlen des Kondenswassers erkenne ich, dass auf den Etiketten Apfelsinen abgebildet sind, doch der aktuelle Inhalt gefällt mir besser: In der einen ist frisches Wasser, in der anderen eisgekühlter Rotwein. Ich tausche einen Wimpernschlag mit Helene und muss grinsen, als ich den angewiderten Blick von Signore Lehmann sehe. Während Therese Wein und Wasser schwungvoll in die kleinen, stumpfen Wassergläser schenkt, wird auch schon die Vorspeise serviert. Cindy stellt einen riesigen dampfenden Teller voll frittierter Leckereien mitten auf den Tisch. Sie balanciert zwei Schüsseln, eine mit Wasser und eine mit Futter für den Mops zu unseren Füßen. »*Fritture miste di Carciofi, Fiori di Zucca, Romanesco, Sardelle*«, rattert sie herunter und wünscht uns einen guten Appetit. Der vertraute aromatische Duft steigt mir in die Nase und erinnert mich an die familiären Festgelage bei Tante Antonia.

Großartig! Das ist es! Mein Buch muss unbedingt einige der bodenständigen, alten Rezepte meiner Oma und meiner diversen Tanten enthalten! Ich greife nach dem Besteck, um mich wie alle anderen am Tisch über die Köstlichkeiten herzumachen.

»Einen Moment noch bitte«, stoppt uns Helene, bevor wir zugreifen können. Sie holt ihre Kamera aus der Tasche und macht mehrere Fotos von dem einfachen, aber appetitlich gefüllten Teller. »Für den Bordblog, aber lasst uns auch ein Selfie mit uns allen zusammen machen«, weist sie uns an und feixt zufrieden. Wir stellen uns vor ihr Handy. »Und cheeeeessss!« Endlich dürfen wir zuschlagen, und außer abwechselndem »Mmmmhh« und »Aaaaahhhh« und »Ooooohhhh« ist eine Viertelstunde lang buchstäblich nichts von meinen Mitreisenden zu hören. Wir verständigen uns nur noch durch Blicke und nicken uns überrascht und begeistert zu. Es ist so köstlich! Auch der kalte Rotwein aus der Plastikflasche ist nicht ohne, jedenfalls scheinen einige am Tisch schon ein bisschen zu viel intus zu haben.

»Kennt ihr den schon?«, setzt Margot nach der Vorspeise grinsend an und blickt in die Runde. Ich frage mich, warum so viele Witze mit diesem sinnlosen Satz anfangen. Wie soll ich wissen, ob ich den Joke schon kenne, bevor ich ihn gehört habe? Mal ganz abgesehen davon, dass ich mir die meisten Witze nicht merken kann.

Deswegen habe ich seinerzeit den Spitznamen »Blunagalli« von Heinz Schenk bekommen. Bei den Dreharbeiten von »Kein Pardon« war Heinz am frühen Morgen schon immer bestens gelaunt gewesen und hatte Lust, seine Gags zu erzählen – und das ausgerechnet mir. Aus Höflichkeit habe ich selbstverständlich immer zugehört. Leider nur erschloss sich mir die Pointe nie, da er immer in breitestem hessischen Dialekt gesprochen hat. Das hat sich für mich als »Neudeutschen« eher wie ein gestörter Radiosender und nicht wie eine Sprache angehört. Weil ich nicht lachen konnte, war er beleidigt und beschimpfte mich allmorgendlich im Spaß: »Herr Blunagalli hat keinen Humor«, was ich wiederum sehr erheiternd fand. Da war er wieder glücklich.

Um meinen Namen verständlich zu machen, erkläre ich ihn noch heute so: mit »Cola«, wie das amerikanische Getränk, und »grossi« wie »groß« mit »i« am Ende. Die meisten verstehen das. Nur Heinz war mit meiner Erklärung nicht zufrieden und taufte mich in Blunagalli um. »Bluna« wie die Orangenbrause und »galli«, weil das sehr italienisch klingen soll. Danach war ich für das ganze Team während der Dreharbeiten zu »Kein Pardon« und später auch privat »Herr Blunagalli«.

Während ich noch der Vergangenheit nachsinne, fordert Therese Hajek-Schnarrenberger Margot begeistert auf, ihren Witz zu erzählen.

»Also …«, beginnt diese, um eine gewisse Spannung aufzubauen. »Eine Österreicherin und eine Deutsche versuchen, sich gegenseitig zu übertreffen. Sagt die Deutsche: ›Bei uns sind sechs Kondome in jeder Packung.‹ – ›Oh‹, sagt die Österreicherin, ›und warum?‹ – ›Na, eins vor dem Frühstück und eins danach. Eins vor dem Mittagessen und eins danach. Eins vor dem Abendbrot und eins danach.‹ – ›Nun, bei uns …‹, sagt die Österreicherin, ›… sind es sogar zwölf pro Packung!‹ – ›Oh‹, sagt die Deutsche, ›und was macht ihr damit?‹ – ›Na, eins für Januar, eins für Februar, eins für März …‹«

Margot haut sich auf die Schenkel, dass die stumpfen Gläser wackeln, während Signore Angie betreten ein Stück Zucchini auf seinem Teller hin und her schiebt. Doch seine Frau setzt mit einem anderen Witz sofort zur Verteidigung der österreichischen Ehre an.

»Pass auf: Es is' Ladies' Night in ana Disco in Berlin. A Russin, a Deitsche und a Österreicherin sitzen in da ersten Reih'. Vur eahna auf da Bühne strippt a muskulöser junger Mann. Nur no in an winzichen Tanga tanzt er recht verführarisch vur die grölende Frau'n. Da züacht de Deitsche a Gödbündl aus da Toschn und steckt an Stripper tausend Euro vurn ins Hoserl. De Russin züacht noch und gibt zwaatausend Euro hinein. Die Österreicherin … jetzt pass auf, des is super … hoit ihre EC-Kortn aussa, draht den Burschen um, zerrt den Tanga owa und züacht die Kart'n zwischen seine zwa knackigen Orschbock'n durch. Dann draht sie eahm wieda um und greift si des Göd aus sein Slip.«

Jetzt schnaubt Therese wie eine Stute, die grad auf die Weide entlassen wurde. Margot ringt sich ein müdes Lächeln ab, und bevor es auffällt, dass wir anderen betreten schweigen, kommen zum Glück Cindy und ihre jungen Helfer mit einer weiteren Plastikflasche Rotwein und dem zweiten Gang: Pasta. Sie stellen drei große dampfende Schüssel mit unterschiedlichen Nudelgerichten in die Mitte, während Cindy mir einen Stapel flache Teller in die Hand drückt und mit einer energischen Kopfbewegung anzeigt, ich möge diese doch bitte schön verteilen.

Uns läuft das Wasser im Mund zusammen, als die Chefin dann die Gerichte herunterrattert. »*Spaghetti cozze, Risotto alla pescatora, Penne al nero di seppia. Buon appetito!*«

Nachdem Helene das Foto für ihren Blog geschossen hat, auf den Selfie verzichten wir einstimmig, und Angie eine weitere Runde Wein eingeschenkt hat, nehmen wir uns von den Köstlichkeiten. Sekunden später wird es wieder still und man hört nur noch genießerisches leises Schmatzen, als würde der Mops gefüttert werden. Dafür geht es jetzt im angrenzenden Wohnzimmer geselliger zu. Bei den Italienern nebenan steigt die Stimmung, sie sind uns ja auch schon mindestens einen Gang und eine Plastikflasche Wein voraus. Lautes Geschnatter verrät, dass bereits Grappa zum Espresso gereicht wird. Dann fängt auch noch eine Männerstimme an zu singen. Die anderen fallen lauthals mit ein. Wie für die Bühne einstudiert, sehen wir im selben Moment einen Mann mit einer kleinen Küchenhandtuchschürze vor einem mächtigen Bauch aus der Küche stürmen. Gianni, der Koch, hat nicht nur Ähnlichkeit mit Luciano Pavarotti, sondern ist auch ein sehr hörenswerter Tenor. Mit kräftiger Stimme, begleitet von seiner eigenen Gitarre, stimmt er ein altes Lied an: »*Lu nun sugnu profeta né nduvinu, dicu ca lu briganti Giuliano fici lu iocu chi fa lu pallinu, ca di na manu passa a n'autra manu.*« Ich übersetze für meine Mitreisenden: »In dem Lied geht's um den Banditen Giuliano, eine Art italienischer Robin Hood.« Die Runde wippt im Takt mit und klatscht frenetisch, als das Lied zu Ende ist.

Ein leeres Rotweinglas vor sich und von der allgemeinen Sangesfreude angesteckt, stimmt Margot ein Lied aus ihrer Jugendzeit an: »Voran, du Arbeitsvolk, du darfst nicht weichen, die rote Fahne, das ist dein Zeichen!« Lehmann versucht, sich nichts anmerken zu lassen, aber sein zuckender Oberkörper verrät uns, dass unter dem Tisch ein Lehfrau'sches Schienbein angetippt wird. Sie scheint immun dagegen, da sie völlig unbeeindruckt weiterträllert: »Voran mit frischem Mut auf neuen Bahnen, die roten Fahnen weh'n dir voran!« Dieter Lehmann legt ihr die Hand auf den Arm und säuselt, so gut man es mit gepresster Stimme eben noch hinbekommt: »Nu, jetzt ist aber gut, Margottchen.« Aber Margottchen schmettert jetzt wie eine Fanfare: »Blutrote Fahnen grüßt das Sonnenlicht, blutrote Fahnen rufen zum Gericht! Blutrote Fahnen werden Sieger sein, sie tragen neue Hoffnung in die Welt hinein.«

Ich bemerke, wie alle stur ihre Teller fixieren und Helene Margots Glas mit Wasser auffüllt. Angie Hajek-Schnarrenberger legt demonstrativ eine Schachtel Zigaretten auf den Tisch. Er mustert mich fragend. Ich schaue in den Laden: wie die Italiener wohl auf das Lied reagieren? Silentium.

Doch in die Stille ertönt plötzlich eindringlicher Gesang – die gleiche Melodie, nur diesmal auf Italienisch: »*Bandiera rossa la trionfera', bandiera rossa la trionfera', bandiera rossa la trionfera' evviva il communismo della liberta'.*« Applaus und herzhaftes Gelächter verbindet jetzt das ganze Wohnzimmerrestaurant, und Gianni persönlich bringt uns sehr vergnügt noch eine Flasche Rotwein aufs Haus, bevor er wieder in der Küche verschwindet.

Lehfrau hat in der Zwischenzeit ihr Wasserglas geleert und füllt es mit Rotwein auf. »Die Partei, die Partei, die hat immer recht ...«

Lehmann kann es nicht länger mitanhören und hält ihr demonstrativ sein Glas zum Anstoßen hin: »So, nu trinken wir mal auf diesen schönen Ausflug! Prösterchen!«

Bevor Margottchen widersprechen kann, schieben sich Cindy und Gianni mit dem Hauptgang an den Tisch. Die verführerischen Düfte verschlagen uns den Atem. »Sagenhaft!«, staunt Dieter mit offenem Mund.

»*Ecco qui. Da mangiare per tutti*«, verkündet Gianni stolz und deutet auf die verschiedenen Teller. »*Polpette alla menta, Saltimbocca alla Romana.*«

»Bravo!«, ruft Therese begeistert.

»Fantastisch, ganz fantastisch«, stimmt Helene ein und zückt ihre Kamera. »Momentchen!« – Klick!

»*Sembra molto gustoso*«, muss auch Signore Angie zugeben, und mein Kochherz macht Luftsprünge angesichts der herrlichen vor uns ausgebreiteten Speisen. Auch wenn wir von den beiden Vorspeisen schon gesättigt sind, stürzen sich ausnahmslos alle fast schon obszön auf die unglaublichen Leckereien. Und während wieder gefräßige Stille einkehrt, mache ich mir unter dem Tisch eine lange Liste mit all den Rezepten für mein Buch.

Wir sitzen nun seit fast zwei Stunden in diesem bunten Kinderzimmer auf unseren Plastikstühlen und haben mittlerweile das Gefühl, dem Explosionstod nahe zu sein, aber Cindy und Gianni kennen kein Erbarmen. Zum Dessert aus frischen Früchten, Pannacotta und Pistazieneis gibt's natürlich den obligatorischen Espresso. Dieter bestellt sich einen Apfel. Auf den hausgemachten Grappa verzichtet unsere Gesellschaft einstimmig, denn bis auf meine Wenigkeit haben schon alle einen mächtigen Schwips. Als Fahrer durfte ich am Rotwein leider nur nippen – ein Manko, das heute Abend korrigiert werden sollte. Gespannt warten wir schließlich auf die Rechnung für unser opulentes Mahl und die diversen Weinflaschen.

Als Helene von dem kleinen handgeschriebenen Zettel aufblickt und verblüfft verkündet: »Nur fünfunddreißig Euro pro Person …«, ist jeder in der Runde mehr als erstaunt. Alle legen zusammen, und wir packen noch ein dickes Trinkgeld obendrauf.

Hocherfreut verabschieden uns Cindy und Gianni mit herzlichen Umarmungen und Wangenküsschen. Ab sofort gehören wir zur Familie. Während wir durch den Flur zur Haustür begleitet werden, brennt mir noch eine essenzielle Frage unter den Nägeln: »Wer ist denn das Bikinimädchen auf dem Schild da oben?« Ich deute auf das riesige Plakat über der Tür.

Cindy lächelt geschmeichelt, als Gianni in seinem schnellen Neapolitanisch stolz verkündet: »Aber das sieht man doch! Meine Carla!« Damit deutet er wie ein Freibeuter auf die glückselige Matrone Cindy, also Carla, mit den pechschwarz gefärbten Haaren und den leuchtend grünen Augen an seiner Seite. »Sie haben sie für einen Werbespot gefilmt. Vor ein paar Jahren. Na ja, so dreißig Jahre muss das wohl schon her sein. Für diesen Cocktail, der in Flaschen verkauft wurde, Mare Blu. Den Drink gibt's schon lange nicht mehr, aber das waren tolle Dreharbeiten damals! Auf einem großen Schiff! Den fertigen Spot hat man nie zu sehen gekriegt, keine Ahnung, was aus dem geworden ist. Aber das Foto haben wir bekommen und vergrößern lassen. Toll, oder?!«

Ich überlege, ob ich den beiden sagen soll, dass Cindy-Carla inzwischen auf Hessisch für ein deutsches Kreuzfahrtunternehmen wirbt, aber bevor ich etwas sagen kann, scheucht mich Angie zum Auto.

So, wie es aussieht, werden wir nicht in Neapel sterben. Aber ein anderes Sprichwort bewahrheitet sich: Wer nach Neapel fährt, der weint zweimal. Mindestens einmal bei der Ankunft, wie Hajek-Schnarrenberger, und einmal bei der Abreise, wie wir alle jetzt.

»Los, los, Signore Angelo! Wir haben's eilig! Grazie, Signor Gianni, nehmen's sich eine. Oder zwei! Bitte. Da, schau.« Er hält dem verblüfften Koch seine Schachtel unter die Nase. »So, jetzt aber zack, zack! In zwei Stunden wartet das Abendbüfett! Das dürfen wir auf keinen Fall verpassen.«

Bei den Worten schüttelt es ihn selbst vor Lachen. Befriedigt zündet er sich einen Glimmstängel an und hält mir mit den Worten »Jo, I waß, du hast aufg'hört« zum zigsten Mal die Schachtel vor die Nase. Mir dreht sich der Magen zwischen Heck und Bug bei dem Gedanken, so bald schon wieder etwas essen zu müssen.

»Ach, war das reizend«, schnalzt Helene mit der Zunge.

»Und lllustig!«, lallt Margot ihr zu.

»Der Italiener als Gattung ist ja ein begnadeter Sänger, der saugt die Opern schon mit der Muttermilch auf. Bei uns allerdings …«, grinst Dieter. »Schwamm drüber.«

Hinter mir schlurft Hajek-Schnarrenberger mit schwerem Schritt über den Kies und seine heisere tiefe Stimme versucht sich in so was Ähnlichem wie Gesang: »*Azzurro il pomeriggio e troppo azzurro e lungo per me* – da dip da dap.«

Ich gefriere, den Schlüssel in der Hand, bei dem Versuch, die Schiebetür für meine Passagiere zu öffnen.

»Na, wos is? Geh ma, geh ma!« Er haut mir mit seiner Pranke auf die Schulter und meine Starre löst sich.

»Bitte nicht dieses Lied. Es ist …«

»Gfoit's da ned? Na, auch gut. Bitte sehr, der Herr. Avanti, geh ma!« Und zu Margot, die sich im Türrahmen festhält: »Er is so unentspannt, der Herr Angelo. Vielleicht is' ihm ja zu vü Italien hier, haha!«

Wortlos schließe ich die Tür hinter meinen Mitfahrern, steige ins Auto und hupe einen traurigen kurzen Gruß zum Restaurant, zu Starkoch Gianni und zum Bikinimädchen Carla hinüber.

Kapitel 13

Heute ist Erholungstag. Das heißt, wir werden wie James Cook auf offener See herumschippern und den Meereshorizont genießen. Kein Hafen und kein Landgang. An Bord ist eine Menge Programm für die Gästeschar geplant, damit auch niemandem langweilig wird. Vom Yogakurs über Basteln bis zum Tanzkurs ist für jeden etwas geboten. Auf dem Gang hängt sogar ein überdimensionierter Werbeflyer, auf dem zur Wahl des »Mister Kreuzfahrt« eingeladen wird – mit Wettkämpfen im Tanzen, Küssen und Sex-Appeal. A nightmare! Nicht nur, dass meine nächtlichen Albträume schon schlimm genug sind – der Verbleib der Brioche liegt mir obendrein noch im Magen. Damit nichts Unvorhergesehenes passieren kann, sollte ich sie mitsamt ihrer Zigarettenschachtel im Safe verschließen. Punkt. Ich ziehe also meine Karte durch den Leseschlitz und der Tresor springt, von einem blinkenden Lämpchen assistiert, auf. Ich bin offensichtlich nicht der Erste, der ihn seit meiner Ankunft benutzt. Drinnen liegen ein paar A4-Seiten mit – ist das Helenes Handschrift? – Listen. Das eine Blatt trägt die markante Überschrift: »Nicht vergessen«, ein anderes »Mitbringen«, ein drittes »To-do«, ein weiteres »To-do 2«. Dann entdecke ich noch »To-do-4« und, ausgedruckt, »Pflegehinweise«. Aha! Meine süßsaure Mitbewohnerin ist also vergesslich. Oder nur gewissenhaft? Vielleicht meint sie ja auch nur, Listen machen zu müssen, weil sie ... Deutsche ist. Und Deutsche lieben nun mal Register, Tabellen, Verzeichnisse. Könnte sein. Ich jedenfalls brauche keine informelle Akte, um mir zu merken, dass die verhexte Brioche von nun an, als tabuisierte Tabakware getarnt, ihr Dasein im Tresor fristen wird und von dort aus kein Unheil mehr anrichten kann. Sie ist sozusagen endlich, wie einst Machiavelli aus Florenz, verbannt. Was für ein befreiendes Gefühl! Meine Fantasie beginnt förmlich zu sprudeln – ich werde schreiben, schreiben und schreiben. Bis Sonnenuntergang. Und nach Sonnenuntergang werde ich eine Flasche Wein öffnen und ein, nein, zwei weitere Kapitel in die Tastatur hacken! Das ist der neue, selbstbestimmte Angelo Colagrossi, jawohl!

Ich setze mich mit dem Laptop auf die Terrasse und lasse mir zur Einstimmung erst einmal den warmen Wind um die Nase wehen. Die Gardine zum Schlafzimmer ziehe ich hinter mir zu, weil dort Helene immer noch tief und fest schläft. Wahrscheinlich hat sie in der letzten Nacht wegen des vielen Essens in Neapel wieder keine Ruhe finden können. Nach den ersten Kapiteln muss jetzt etwas Aufregendes, Verrücktes passieren. Aber was? Ich beschließe, eine Gliederung mit allem, was ins Buch hineinmüsste, zu erstellen! Ein guter Plan, der jedoch nur halb so gut ist ohne Zigar…, oh nein, Signore! Wie sagt Hübner immer? »Man muss die Leser abholen«, und ich glaube, endlich zu verstehen, was er damit meint. Nicht ich muss mich bemühen, wie sie zu denken, sondern sie sollen anfangen, wie ich zu fühlen.

Ich tippe:

- über Rezepte nachdenken
- einkaufen gehen
- Wäsche endlich waschen lassen
- die richtigen Zutaten suchen
- auf den Punkt zubereiten

Reicht das? Wissen die Leser nun, wie ich ticke? Weiß ich selbst, wie ich ticke? Gibt es »mich« überhaupt? Oder gibt es den Listenschreiber und den Leib-und-Seele-Autor? Ich lösche die Aufzählung. Nein – »Rückgängig«. Vielleicht braucht man sie noch zur Inspiration. Nein, warum? Kreatives Know-how kommt bestimmt nicht durch eine profane Gliederung. Weg damit! »Entf«! Mir fällt ein spaßiges Zitat ein. *Das* nenne ich Inspiration! Und los geht's!

DER GROSSE PARMASCHINKEN

»Wenn ein Mann für dich kocht, und der Salat enthält mehr als drei Zutaten, meint er es ernst.«
(Penélope Cruz, geb. 1974)

Leipzig

Mein bester Freund Ludwig verliebt sich alle zwei Jahre neu. Ludwig liebt seine Arbeit als Texter in einer großen Werbeagentur sehr und glaubt jetzt auch, Susanne zu lieben. Gut für ihn. Ich habe andere Probleme. Das Finanzamt will die Steuern der vergangenen drei Jahre prüfen. Ich bin ganz entspannt, habe immer alles korrekt abgerechnet. Also mein Steuerberater. Im Keller sortiere ich alles hin und her. Packe alle Ordner, die zu Frau Hacke ins Amt gehen sollten. Zwölf Kartons sind das. Viel Spaß dabei.

Heute will Ludwig das erste Mal bei sich zu Hause für seine Susanne kochen und ihr einen unvergesslichen Abend bereiten. ›Haaaatschi!‹ Das heißt, wenn ihn nur diese Erkältung nicht immer wieder zum Niesen bringen würde. So schnell wie heute Abend ist er noch nie aus dem Studio gesaust. Zum Glück gibt es in Leipzig Supermärkte, die die ganze Nacht aufhaben.

Er parkt seinen Scooter direkt vor dem Eingang in der Zschocherschen Straße. Es ist Freitagabend und jede Menge Halbwüchsige warten vor dem Laden auf nicht viel ältere junge Typen, die stolz mit ein oder zwei Flaschen klarem Schnaps aus dem Kassenbereich kommen. Ludwig holt sich einen Einkaufswagen und rollt los. Ein Sack Kartoffeln wird als Erstes hineingelegt, zusammen mit einem Bund frischen Rosmarin und einer Knolle Knoblauch. Es folgen eine Packung weißes Mehl, geräucherter Lachs, zwei Flaschen Weißwein. Mozzarella und eine Dose Tomaten landen ebenfalls im Wagen. Ich hatte ihm in weiser Voraussicht einmal drei Gläser Kapern, die in Salzlake schwammen, geschenkt. Erst als er seinen Einkauf auf das Band an der Kasse ablegt, merkt er, dass die Hefe fehlt. Schnell läuft er unter dem Gemecker der anderen Kunden zurück in den Laden, sucht und findet den Schlauchpilz. Im Vorbeilaufen nimmt er noch eine dritte Flasche Weißwein mit. Man kann ja nie wissen. Gerade noch rechtzeitig, als die Kassiererin gerade den Preis der Mehltüte einscannt, absolviert er den Boxenstopp.

Zu Hause angelangt, schickt er sofort eine Whats-App-Message an Susanne. ›Bin erst jetzt zu Hause. In 2 h bin ich mit dem Kochen fertig und du kannst kommen. Kuss. L.« Senden. ›Haaaatschi!‹ Susanne soll nur nicht glauben, er könne nicht einmal einen Salat zubereiten, der mehr als drei Zutaten hat Er würde ihr eine fulminante Überraschung bereiten. Die Hi-Fi-Anlage schluckt eine Compact Disc von Sade und die ersten Töne erklingen.

Jetzt ist die Zeit gekommen für das letzte Weihnachtsgeschenk seiner Mutter. Eine Knetmaschine. Er muss sich durch den gesamten Küchenschrank arbeiten, bevor er sie ans Tageslicht befördern kann. »Mit dieser Maschine kannst du jeden Teig der Welt zubereiten«, waren die stolzen Worte seiner Mamma zum Heiligen Fest gewesen. Hoffentlich behält sie recht. Ludwig will Susi mit einer Pizza beeindrucken, die einmalig sein wird. Selbst gemacht. Ein Unikat. Zu ›Hang On To Your Love‹ wirft er 400 Gramm Mehl, zwei Esslöffel Öl, einen Viertelliter Wasser, eine ganze Packung Hefe, Salz und Zucker in die Maschine und startet sie. Während der Teig geknetet wird, verfeinert er die Tomatensoße mit etwas Salz, Zucker, Öl und einer Handvoll Kapern, in der Hoffnung, dass Susanne sie auch mag. Dann schält er zwei Kartoffeln und zerteilt sie in dünne Scheiben. Er würzt er sie mit Salz, Pfeffer, Rosmarin und Knoblauch und schneidet den Mozzarella in kleine Stücke. Sein Handy piept. Mit dem kleinen Finger öffnet er vorsichtig eine SMS: »Freue mich :) Bis gleich. S« ›Haaaatschi!‹, niest Ludwig wieder, als würde ein Elefant seine Herde zusammentrommeln, und schüttelt den Kopf.

»Haaaatschi!« Vermutlich habe ich mich angesteckt. Oder hat mich das Jucken in meiner Nase dazu gebracht, den explosionsartigen Ausstoß von Luft aus dem Riechkolben in die Geschichte einzubauen? Ich hole mir ein Taschentuch, schnäuze mich und schreibe weiter.

Ein Paparazzo erwischt mich mit Dreitagebart, die Haare vom Wind zerzaust, wie ich einen schweren Karton aus dem Finanzamt hinaus zum Auto schleppe. Es gibt deutlich bessere Fotos von mir. Immerhin ist die Prüfung toll gelaufen, auch wenn man mir das nicht ansieht. Meine Sachbearbeiterin, Frau Hacke, findet allerdings, da seien zu viele Rechnungen, die ich nicht hätte einreichen dürfen. Sie wirft mir schlussendlich vor, zu viele Geschenke abgesetzt zu haben. Vor allem die von mir so geliebten, in Salz eingelegten Kapern, gerade die will sie gar nicht akzeptieren.

Als Ludwig mit dem Teig fertig ist, heizt er den Ofen auf 220 Grad vor. Den Klumpen teilt er in zwei Portionen und rollt ihn auf zwei Backblechen aus. Mit einer Gabel piekt er mehrmals in die platte Masse, sodass sich in der Hitze des Ofens keine Blasen bilden. Auf der ersten Hälfte verteilt er zunächst die Tomatensauce, darauf den Mozzarella und schiebt sodann das Blech in das heiße Backrohr. Zehn Minuten später holt er die Pizza wieder raus und breitet darauf den Lachs aus. Nach zehn bis fünfzehn Minuten weiterer Backzeit ist diese Pizza fertig und macht Platz für die nächste. Ludwig verteilt auf der anderen Hälfte Mozzarella und die dünnen Kartoffelscheiben und schiebt sie dann für fünfundzwanzig Minuten in das Heizgerät. Gerade als Susanne an der Tür klingelt, kann er die knusprige Pizza aus dem Ofen ziehen.

»Haaaatschi!« Ich tippe und tippe. Die Geschichte fließt nur so aus mir heraus, aus meinem Kopf und über meine Finger direkt in den Laptop. Dann halte ich inne: Soll ich wirklich das mit dem Finanzamtfoto erwähnen und die alte Geschichte noch mal aufwärmen? Nee, das lasse ich lieber raus. Autobiografisch heißt ja nicht, dass man über jeden Skandal schreiben muss. Andererseits ist ja nichts Schlimmes passiert. Die Geschichte bleibt drin.

Mein Tastaturgeklapper stört Helene so gar nicht. Sie schlummert noch immer. Ich sitze in der Sonne und kann nicht verstehen, wie man einen derart herrlichen Tag komplett verschlafen kann. Mitten in der Überlegung über eine bestimmte Formulierung fällt mir auf, dass meine Schultern vom angestrengten Tippen ziemlich verspannt sind. Ich strecke mich und fühle schier unglaubliche Lust auf Schwimmen. Kurz in den Pool, das wäre was! Allerdings bräuchte ich eine Badehose – vielleicht gibt es ja in der Bordboutique ein Sonderangebot.

Im Bad schlüpfe ich wenig später in meine funkelnde, sexy, neue Badehose, ziehe mir ein T-Shirt über, schnappe mir ein großes Handtuch und gehe auf Deck fünf. Hinterlasse dort schon mal meinen Koffer mit der schmutzigen Wäsche bei Frau Merkel im Büro (da sie nicht da ist, kann sie nicht protestieren) und fahre auf Deck vierzehn. Als ich die Tür nach draußen öffne, hämmert mir Musik entgegen. Fröhliche Passagiere, wohin das Auge blickt. Falls die alle am Pool sind, war die Badehose ein Fehlkauf. Ich bahne mir meinen Weg Richtung Heck, da ich mich erinnere, dort den großen Pool gesehen zu haben. Doch ich stakse keine fünf Meter weit: Sabine Merkel, mit einer hawaiianischen Blumengirlande um den Hals, breitet die Arme aus und jauchzt. »Angelo! Super, super, super! Da geht's lang.« Sie packt mich an den Schultern, dreht mich wie eine Roulade um hundertachtzig Grad und schiebt mich zurück durch die Menschenmenge. »Das ist die beste Publicity, die wir kriegen können«, flüstert sie mir in Ohr und posaunt den Bruchteil einer Sekunde später: »Platz da, hier kommt Mister Kreuzfahrt! Hey, hey! Platz da!« Wie meinen bitte? Ich kämpfe um meine gute Erziehung.

»Frau Merkel, Sabine ...«, setze ich an, doch da stehe ich schon vor einer ziemlich imposanten Bühne. Ein wackeliges Treppchen vor mir. Wild die Arme schwenkend, brüllt die Bordentertainment-Managerin wie ein Zirkusdirektor: »Das Supermodel unter den Superautoren! Live und in Farbe!«

Sie zeigt auf mich und will mich auf die erste Stufe schieben, aber noch zögere ich. Den Fuß gehorsam erhoben, springt mich eine zündende Idee an, wie ich aus der Nummer wieder rauskomme! Ich betrete schwungvoll die Bühne, schnappe mir frech das Mikro der Ansagerin und renne am Spalier der Kandidaten vorbei. Einem jungen Herrn mit Sixpack klopfe ich anerkennend auf den Bauch, dann drehe ich mich zum Publikum.

»Liebe Freunde! Wen würdet ihr lieber mit nach Hause nehmen? Unseren Adonis hier?« – ich bitte ihn, einen Schritt nach vorne zu machen –, »der sich von Mineralwasser und Knäckebrot ernährt oder ...?« Hier lasse ich eine Kunstpause, bevor ich einen kleinen Dicken mit Glatze ebenfalls bitte, einen Schritt ins Rampenlicht zu vollführen: »Diesen sympathischen jungen Mann, der zu genießen weiß? Wie heißen Sie?«

Der kleine Dicke wird rot und flüstert mir ins Ohr: »Karl.«

»Wählen Sie Karl, meine Damen und Herren, liebe Genießer! Und kommen Sie zu meiner Leseshow heute Abend ins Casino!... Karl!!!«

Ich drücke der verblüfften Moderatorin das Mikrofon in die Hand, winke und zelebriere einen Bühnenabgang, wie ihn die Welt noch nicht gesehen hat. Die Leute jubeln, als feierten sie einen Olympiasieger oder mindestens einen Oscarpreisträger, und Karl reißt die Arme zur Muskelprotzpose hoch. Dann verbeugt er sich grinsend.

Stolz auf meine reife Leistung, steige ich die Treppe hinunter, an deren Fuß mich Sabine Merkel erwartet. Sie mustert mich anerkennend. »Sie sind ein Schlingel, Signor Angelo!«, zwinkert sie mir zu, und während ich mein Handtuch um meine Hüften wickle, spüre ich ein Kneifen an meinem Hinterteil. Oder habe ich schon Wahrnehmungsstörungen? Wie ein Adrenalinjunkie?

In meinem Selbstbewunderungstaumel stürzt Helene mir entgegen, packt mich grob am Handgelenk und zerrt mich erneut Richtung Bühne. Ihre Stimme hat denselben Klang, vergleichbar mit dem meiner Eltern, wenn sie gestritten haben und nicht wollten, dass der kleine Angelo es mitbekommt. Frauen pflegen in solchen Situationen durch die Zähne zu zischen, und das tut sie: »Und du gehst jetzt da rauf und machst mit, du Feigling!« Mir haut es glatt die Sprache weg bei so viel Unverfrorenheit. Wortlos glotze ich dümmlich Richtung Arena. »Du feiges Ding! Ich will, dass du gewinnst! Geh jetzt da rauf, sonst …« Sie stockt, und nach einem kurzen Augenblick dreht sie sich schmollend weg. Mir fällt auch nichts ein, was dem »sonst« noch hätte folgen sollen. Wahrscheinlich hat sie wieder mit Merkel ein Glas Sekt zu viel gekippt.

»Wir sehen uns später«, sage ich ein wenig zu steif und mache mich endlich auf den Weg zum kühlen Inhalt des Poolbeckens.

Ich nehme die Menschen in den Liegestühlen in Augenschein. Viele lesen. Und die meisten lesen dasselbe. Krimis scheinen der letzte Schrei in der Poolbuchbranche zu sein, vielleicht hätte ich besser einen Krimi geschrieben. Es wäre eine Überlegung wert. In derlei Gedanken versunken, steuere ich meinen Schattenplatz an und achte dabei mitnichten auf die gefährlichen Pfützen, die hier überall lauern. Prompt komme ich kurz vor meinem Ziel in einer von ihnen ins Rutschen, verliere das Gleichgewicht und lande unsanft auf meinem Gesäß. Ich ernte nicht etwa Mitleid. Stattdessen das Prusten einer Frau, neben deren Liege ich hart gelandet bin, die für einen winzigen Moment ihr Buch sinken lässt, bevor sie sich erneut darin vertieft. Ich rapple mich so schnell wie möglich auf, als großer Beifall aufbrandet. Ich sehe mich irritiert um, ob der meiner akrobatischen Einlage gilt, doch da übertönt schon eine dröhnende Stimme aus den Lautsprechern den anhaltenden Applaus. »Hier ist er! Unser frischgekürter ›Mr Kreuzfahrt‹! Adriano aus Rimini.«

Ich blicke in die Richtung, aus der die Stimme kommt, und mit mir sämtliche Bikinidamen. Alle haben ihre Bücher vergessen und beklatschen jetzt einen athletischen jungen Mann, der auf einer Art Podium am anderen Ende des riesigen Pools steht und das Mikro ergreift. »Grazie, Grazie. Vielen Dank an die Jury und natürlich an meine Mama und meinen Papa!«, triumphiert der Gewinner des Schönheitswettbewerbs mit ergriffener Stimme. Und da er Italiener ist, tut er das einzig Logische – er fängt an zu singen. »*Volare, oh oh! Volare nel blu dipinto di blu …*«

Ich beobachte, wie meine potenziellen Leserinnen sich verzückt im Takt des Liedes bewegen. Adriano hat eine gute Stimme, aber das haben praktisch fast alle Italiener, bin ich überzeugt, und singe leise mit.

»Scht!«, zischt mich die Frau, neben deren Liege ich dahingeglitten bin, mit einem kurzen Seitenblick an und nickt Richtung Podest. Alles klar, sie möchte lieber »Mr Kreuzfahrt« zuhören. Beleidigt wie eine Bergzicke, verstumme ich und überlege, ob ich endlich ins Wasser hopsen oder mich eventuell zurückziehen sollte, bevor ich mir die Haut verbrenne.

Nach dem hysterischen Beifallsgeschrei für den Sänger lässt sich wieder der Lautsprecher vernehmen. »Der Zweitplatzierte ist Karl aus Freiberg am Neckar!« Ohne sich bei seinen Eltern zu bedanken, stimmt auch Karl ein Liedchen an: »Komm mit ins Abenteuerland …«, aber er merkt recht schnell, dass sein Lieblingssong einfach nicht das Format eines »Volare« hat. Vielleicht liegt es auch an seiner mäßigen Stimme. Stumm verbeugt er sich. Ich warte nicht mehr auf den Drittplatzierten – womöglich stimmt der noch »*Azzurro*« an! Ich lasse Handtuch und T-Shirt in schönster Strippose auf den Boden fallen und springe in den Pool. Welch kluge Entscheidung! Ich schwimme ein paar Bahnen wie ein Barrakuda auf Jagd und umsteuere geschickt die menschlichen Hindernisse. Erquickt und voller Tatendrang entsteige ich den Fluten, trockne mich zügig ab und laufe beschwingt zurück zu meinem privaten Terrassenarbeitsplatz über dem Wasser.

Ich sollte öfter schwimmen. Am besten jeden Tag. Im Moment habe ich nämlich keinerlei Verlangen nach einer Zigarette, und ohne Nikotin im Körper fühle ich mich irgendwie glücklicher, entspannter und leichter. Ich tänzele auf die Terrasse und bleibe wie versteinert stehen. All meine Sachen sind vom Tisch verschwunden. Jemand hat die Terrasse gründlich aufgeräumt. Unverschämtheit! Der Roomservice oder Helene? Grummelnd richte ich meinen Outdoorarbeitsplatz wieder ein und versuche weiterzuschreiben. Ohne großen Erfolg. Die nikotinlose Leichtigkeit ist wie weggeblasen. Ich hole mir den Rotwein, den ich aus Berlin mitgebracht habe, und trinke einen guten Schoppen.

Kapitel 14

Abends um kurz nach neun finde ich mich im »Blauen Salon« ein. Alles ist für meinen ersten Auftritt »Lesung und Kochen« vorbereitet: Ein Herd der neuesten Generation, gesponsert und mit dem protzigen Logo der Herstellerfirma auf der Rückseite, posiert auf der kleinen Bühne – umrahmt von einer mediterranen Küchendekoration aus hellem Holz. Ich lege meine geliebten Schneidutensilien – die Japaner sagen, ein Koch ist nur so gut wie sein Messer – auf die Arbeitsplatte und überprüfe die Zutaten. Alles da, was ich zur Zubereitung meiner beiden heutigen Gerichte benötige: »Originale frittura mista alla Gianni« und »Original »Königsberger Klopse alla Berta«. So mögen Italiener und Deutsche die traditionelle Küche des jeweils anderen Landes kennenlernen und probieren. Daneben stehen ein kleiner Holzschreibtisch mit Leselampe und ein hübscher, aber nicht sonderlich bequemer Stuhl. Auf dem Tisch drapiere ich meine drei bislang erschienenen Bücher mit den italienischen Rezepten.

»One two, one two, check, check«, so habe ich gelernt, mein »Headset«-Mikrofon zu überprüfen, und gehe noch einmal meine Programmpunkte, die ich mir auf einem Zettel aufgelistet habe, durch. Was sollte schon schiefgehen? Schließlich bin ich bestens trainiert – doch das Lampenfieber überkommt mich trotzdem jedes Mal aufs Neue. Um halb zehn sind erst neun Zuhörer im Saal und noch keiner meiner Bekannten, obwohl ich sie vorhin beim Essen noch um pünktliches Erscheinen gebeten und extra Plätze in der ersten Reihe für sie reserviert habe. Es würde ihnen ähnlich sehen, dass sie in der »Happy Hour« in der Sky-Bar versackt sind. Meine Nervosität steigt. Eine Zigarette würde helfen, aber ich rauche ja nicht mehr. Stattdessen knabbere ich eine Salzstange und trinke dazu Orangensaft. Doch das macht die Nervosität auch nicht besser. Ich beschließe, draußen kurz Luft zu schnappen, vielleicht noch einmal sicherheitshalber die Toilette aufzusuchen.

Zurück im Saal, registriere ich zu meiner Freude, dass sich das Auditorium aufgebläht hat. Die Sitzreihen sind etwa zur Hälfte gefüllt. Beim Eintreten erspäht mich Sabine Merkel und nickt mir aufmunternd zu – die Lesung-Koch-Show kann beginnen. Sie betritt elegant die kleine Bühne und begrüßt die Gäste mit den Worten: »Guten Abend und herzlich willkommen zu unserer Koch-Lesung! Sie alle kennen unseren Autor, ich sage nur ›Ein Mann, ein Fjord‹ oder ...« – ihre Stimme schwingt um ein paar Resonanzen höher –, »›Herr Blunagalli hat kein Humor‹! Lassen Sie sich darauf ein! Auf fantasievolle Rezepte und seinen italienischen Charme. Aber natürlich wird er nicht nur für Sie kochen, sondern auch lesen. ›Kartoffeln al dente‹, so der Titel seines letzten großen Erfolgromans. Ich freue mich riesig – und Sie sich sicher ebenso – auf ...« Sie macht eine Kunstpause, zwinkert mir zu und schmettert meinen Namen ins Mikrofon.

Einatmen, ausatmen. Nervös zappelnd, betrete ich die Bühne, postiere mich neben ihr und mache eine artige Verbeugung zum Publikum. In diesem Moment – das gibt's doch nicht! – gibt sie mir wieder einen kleinen Klapps auf meinen Achtern und geht süffisant lächelnd zu ihrem Platz, meinem Herd direkt gegenüber. Vor allen Zuschauern liebkost sie mein Hinterteil! Sie kann es nicht lassen, mich zu begrabschen, und ich kann nichts tun. Noch in voller Aufruhr wegen derartiger Unverfrorenheit, entdecke ich in der ersten Reihe jetzt all meine Tischnachbarn. Helene sitzt zwischen Signore Angie und Lehmann und schaut mich erwartungsvoll an. Etwas links hinter ihr sitzt auch Robert. Hoffentlich hat er gute Laune mitgebracht, überlege ich etwas besorgt. Stärker noch als die Gewürze auf meiner Arbeitsplatte riecht das süßliche Parfüm der beiden blonden Ostdamen. Mittlerweile lächeln mich alle an. Ich lächle zurück, gehe mutig in die Mitte des Saales und fange einfach an.

»Buona sera und guten Abend! Meine Name isse Angelo Colagrossi. Mag es sein, dass mein Name fremd klingt, aber ich bin ein Italiano und ein deutscher Jung. Kann man sagen, ich verkörpern in gleiche Maße beide Seele.« Mit voller Absicht spreche ich mit starkem italienischen Akzent und bewege dazu kräftig meine Hände. Das kommt immer gut an und bedient jedes Klischee. »Und wenn wir jetzte die beide Seele eine Name geben wollen, sie würden heißen ... Ja, wie denn? Haben Sie eine Idee?« Ich mache eine Pause und fixiere das Publikum.

»Heino und Bruno«, ruft jemand und alle brüllen ausgelassen.

»Auch gut, aber nein. Ich nannte sie Silvio und Reinhard. Und die streiten immer bei Kochen, wegen die Zutaten oder die Rezepten – in meine Kopf.« Die Zuschauer kichern bei der Vorstellung und ich fahre fort: »Wie Sie wisse, ich hab inzwischen noch mehre Bücher geschrieben – mit Rezepte aus meine Heimat Italia. Vielleicht kenne Sie, oder?« Ich hebe die Bücher hoch, sodass jeder sie sehen kann. »Kennen Sie nichte? Ich sehe in eure Augen, dass euch das alles unbekannte iste. Nun, das wird sich heute Abend ändern, denn ich bin hier, um euch meine neues Buch vorzustelle und für euch was zu koche.« Ich schnappe mir ein Messer und wetze es wie ein Serienkiller. Ganz nebenbei, in Wirklichkeit habe ich das natürlich geübt, sage ich flapsig wie unter guten Freunden: »Man sagt immer, ich würde Italienische spreche, auch wenn ich Deutsche spreche.« Ich schaue zum Publikum und sehe, wie Hajek-Schnarrenberger mir mit einer mehrfachen Kopfbewegung zustimmt. »Stimmt, gell? Danke. Das gibt mir eine Menge Mut. Sie sind der Herr?«

»Du kennst mi doch!«, entgegnet er brüsk.

»Ja, aber die andere Leute nicht.«

»Hajek-Schnarrenberger, Angelo. Fünfter Bezirk, Vienna, Austria«, erklärt er stolz.

Ich lege die Tatwaffe aus der Hand und begrüße ihn mit Handschlag, wobei ich fast vom Podium kippe. »Sorry, meine Hände sind etwas feucht von der Aufregung. Ihre Frau?« Ich zeige auf Helene, die rot im Gesicht wird.

»Ja ja, das wär schön. Nein, nein, bitte, das is meine Frau«, grinst er und zeigt auf Therese. Er gibt ihr ein Küsschen auf die Wange. Diese ignoriert die Frechheit ihres Gatten und himmelt mich aufmunternd an.

»Ihnen erspare ich das Handschlag. Aber eine Handküsschen bekommen Sie allemal von mir. « Kichernd lässt sie es geschehen, und ich wende mich wieder dem Saal zu. »Das Ringen mit der deutschen und italienischen Kultur sowie das Essen habe mich meine Leben lang begleitet. Hallo, Silvio, hallo, Reinhard! Oder auch: Hallo, Heino und Bruno, wahrscheinlich trägt jeder eine Silvio oder eine Reinhard in sich. Also, ich gebe mir Muhe, deutlich Deutsch zu spreche, glaube Sie mich. Denn heute Abend ist es wichtig, dass Sie mich verstehe. Falls nicht, sage Sie Bescheid, und wenn Sie wolle, wiederhole ich es auch auf Italienisch, das kann ich nämlich auch sehr gut.«

»Auch«, schreit einer im Publikum und die anderen applaudieren erfreut.

Das Eis scheint gebrochen und ich lege los: »Also: Heute koche ich für euch aus meine neue Buch. Na ja, fast neu, ›Kartoffeln al dente‹. Aber vorher muss ich euch noch erzählen, wie es überhaupt dazu gekommen ist.« Ich setze mich leger auf die Tischkante. »Als mich der Verlagshaus kontaktiert hatte, um zu frage, ob ich habe Lust und Zeit, zu schreibe eine Kochbuch, habe ich gelacht. Ich habe gesagt: ›Lust? Zeit? Das fragt ihr mich?‹ Wissen Sie, wie viel Rezepte ich habe gesammelt? Wie viele Geschichten ich habe aufgeschriebe in meine Word? Ich kann zehn Jahre lang Kochbücher mache, wenn ihr wollt. Das hab ich denen gesagt.«

Ein paar Leute klatschen.

»Moment: Der Problem kommt noch!« Ich grinse. »›Gut und schön‹, sagte der Lektor – genau so: ›Gut und schön‹, musste ich übrigens erst einmal googeln unter die Tisch, ›aber ist das irgendwie geordnet? Rezepte bringen nix, wenn alles Kraut und Ruben ist.‹ Das hat er gesagt und ich dachte ›Isse mag Kraut, und isse mag Ruben‹, ja. Und jetzt kommt der Silvio und der Reinhard und sagt: ›Was redest du fur eine Quatsch? Du hast gar nix. Du bist ein leerer Angeber!‹ Sagen Sie's nicht weiter, aber das war die Wahrheit! Ich hatte gar nichts bis auf ein paar Notizen von meiner Tante Antonia« – ich schicke einen Kuss in die Ferne – »und eine leere Datei in meine Laptop. Jedenfalls sage ich: ›Ich habe eine Ordnung in einer Woche, okay?‹ Und der Lektor ist begeistert. Madonna!, dachte ich, als ich in der U-Bahn nach Hause saß. Ich muss total verruckt geworden sein …«

Ich schiebe mir eine Scheibe Speck in den Mund, und die Leute murmeln kollektiv: »Mmmmmh.«

»Ich brauche immer zuerst den Titel. Dann weiß ich, um was es geht in die Buch. Ich wollte einen, der die kulinarische Beziehung zwischen den beiden Ländern ausdrückte. Ich wollte Worte, die jeder Italiener – auch wenn er nie in Deutschland gewesen ist – kennt, und bin am Ende auf diese Wörter gekommen: Kartoffeln, ›Lufthansa‹ und ›Lecker, Lecker‹. Also ›Lufthansa‹ darf man aus juristische Grunde nicht benutzen. Außerdem ist das Essen bei der Lufthansa … na ja, lasse wir das. Dann: ›Lecker, Lecker‹ wollte der Verlag nicht haben, weiß der Geiervogel, warum. Bleibt also nur ubrig: Kartoffeln. Okay. Aber eine Kartoffeln macht keine volle Mahlzeit und vor allem: dass isse keine Titel fur eine Buch! Ich habe also weiter gesucht, meine Freunde gefragt. Deutsche Freunde. Da kam dann das raus: ›Spaghetti‹, ›Bunga Bunga‹ oder ›Mozzarella‹. Hm, war mir alles zu kompliziert, und so bin ich auf ›al dente‹ gekommen. Wie in eine Rezept habe ich bisschen verschiedene Gewurze kombiniert und voilà: Da war der Titel. ›Kartoffeln al dente‹. Die beiden Worte verbinden irgendwie beide Kulturen.«

Das zustimmende Gelächter meiner Zuhörer motiviert mich und so erzähle ich einfach weiter: »Als ich anfing zu schreiben, holte ich alle die alte Deutschbucher aus dem Regal und legte sie auf den Boden in meine Wohnzimmer. Ob Sie glaube oder nicht: Das Zimmer war voll. So viele Bucher habe ich gebraucht, um so bisschen Deutsch zu spreche. Dann habe ich mich hingesetzt und alle meine Lieblingsessen aus meiner Kindheit aufgeschriebe. Die von meiner Mama, von Onkel Peppe, von Tante Antonia und naturlich die von meine Oma, lecker!«

Hin und wieder schaue ich zu Sabine Merkel hinüber. Sie amüsiert sich prächtig und auch Helene und die anderen in der ersten Reihe haben ihren Spaß. Margot und Dieter kringeln sich, zeigen Enthusiasmus mit dem Daumen nach oben. Nur Robert hinter ihnen wirkt, als ob er gerade geprügelt wird. Ich räuspere mich.

»Innerhalb eine Woche hatte ich eine große Auswahl von tolle Sachen aus beide Länder. Ich habe alles selber probiert, Freunde zu Hause eingelade und gefüttert. In der Zeit hab ich drei Kilo zugenommen, aber auch eine schönes Kochbuch. Das hier, *eccolo!*«

Ich nehme das Buch von dem kleinen Holzschreibtisch und zeige es mit stolzgeschwellter Brust in die Runde. Ich bekomme freundlichen Applaus und trinke einen Schluck Wasser. So viel zu reden ist für einen Autor nicht gerade das tägliche Brot. Aber jetzt habe ich einen guten Lauf und bin nicht mehr zu stoppen.

»Sicherlich fragen Sie sich: Wie kann eine Italiener ein Buch auf Deutsch schreiben? Ganz einfach – so wie er spricht, mit Herz... und mit den Händen. Nachdem ich das Kochbuch in meinem Neudeutsch, so nenne ich meine Sprache, fertig habe, schicke ich es an mein Verlag und dort wird es dann korrigiert und alles verbessert, was den deutschen Leser verwirrt oder nicht so richtig deutsch klingt.«

Endlich schmunzelt auch Robert. Ich zeige die Zutaten, erkläre kurz, was ich heute zubereiten werde, und beginne zu kochen: »Wir brauchen gekochte Eier, dafur natürlich gekochtes Wasser«, ich stelle die Herdplatte auf »10«, »und fur die Artischocken, wir brauchen Wasser mit Zitrone drin. Sonst wird die Artischocke braun beim Schneiden.« Ich lasse Wasser in einen kleinen Topf und in eine große Schüssel laufen. Als ich Salz in das Eierwasser streue, schmeißt sich ungefähr die Hälfte der Zuschauer beinahe von den Sitzen. Ich kenne die Reaktion und habe die Antwort schon parat: »Ihr lacht, aber das hat durchaus einen Sinn, Leute! Man kann auch Essig nehmen, denn wenn die Ei platzt: Ohne Salz hat man sofort eine Sauerei im Topf und die Ei kannst du wegschmeißen. Aber mit Salz stockt die Eiweiß sofort und die Ei bleibt ganz.«

Ich gebe dem Auditorium die Chance, das Gehörte zu verarbeiten, dann nehme ich mir die Artischocke vor. Ich schneide eine Menge von den Spitzen ab. »Die sind bloß hart, kann man nicht essen!«, beruhige ich die erstaunten Zuschauer. Dann spreize ich sie auf und hole mit einem Esslöffel das Heu heraus. »Man braucht ein bisschen Übung dafür – vielleicht, meine Damen, lassen Sie das den Herrn des Hauses machen, denn mit Gewalt geht das viel besser.«

Nach einer Stunde Brutzeln und Erklären ist alles fertig, der Saal bebt vor Vergnügen und ich ernte tosenden Applaus. Ich verteile kleine Portionen *fritti misti* und Königsberger Klopse auf die bereitstehenden Tellerchen und lasse sie zum Probieren herumgehen. Während mein Publikum es sich schmecken lässt, signiere ich die Bücher, die Frau Merkel inzwischen an einem Büchertisch verkauft.

Ich bin immer noch ein wenig verunsichert, ob ich die Erwartungen der Entertainment-Chefin erfüllt habe. Mit einem Strahlen im Gesicht kommt sie auf mich zu und umarmt mich, als hätten wir uns seit Jahren nicht gesehen.

»Toll haben Sie das gemacht, Angelo! Den Leuten scheint's ja ganz dolle zu schmecken, und: Ich habe vierundzwanzig Bücher verkauft! Alle Achtung! Sie sind der erfolgreichste Autor unserer Reederei!« Sie reicht mir ein Glas Sekt und prostet mir zu. »Ich freue mich jetzt schon auf Ihre nächste Lese-Koch-Show.« Vertraulich tätschelt Sabine Merkel meine Schulter. Unwillkürlich drehe ich meinen Rücken von ihr weg, bevor ihre Hand weiter nach unten wandern kann!

Zum Glück kommen jetzt auch Helene und meine Tischnachbarn dazu und gratulieren mir zu der gelungenen Vorstellung. Sogar Robert funkelt mich begeistert an. »Du bist ja eine ganz schöne Rampensau!« Er gluckst, weil ich das Wort nicht kenne. »Ein geborener Entertainer! Und hey, das war richtig, richtig lecker! Danke dir!«

»Super, Angelo«, lobt mich nun auch Helene und schlägt vor, am Abend gemeinsam mit den anderen in der Sky-Bar anzustoßen. Diesmal habe ich keine Ausrede und folge der kleinen Gruppe gehorsam hinauf auf Deck vierzehn.

Kapitel 15

»George! Es geht auch leiser, Schnuckiputzi«, weist die ehemalige Bordellbesitzerin ihren Lehmann zurecht, nur um ganz entspannt in etwas gedämpfterem Ton zu ergänzen: »Alles war ganz legal und sauber und hygienisch. Wie ein gutes Hotel. Also auf gar keinen Fall so schmuddelig, wie du dir das jetzt vielleicht vorstellst, Angelo«, errät Margot meine Gedanken.

Wir sitzen an der Bar am Heck. Über uns der freie Himmel. Unter uns die tiefschwarze See. Wie eine Halbkugel spannt sich darüber ein Meer aus funkelnden Sternen von einem Horizont zum nächsten. Einige bekannte Gesichter haben den Weg an die Bar gefunden. Die ostdeutschen Damen, Karl, Mister Zweitkreuzfahrt und natürlich meine Bordgenossen. Sabine Merkel hat sich mir gegenübergesetzt. Womöglich werde ich sie alle für den Rest meines Lebens nicht mehr los. Egal, wo ich mich hinbegebe, sie sind meistens schon da.

Silvio: »Man kann sich seine Freunde nicht aussuchen.« Reinhard: »Na, komm, sie sind amüsant und auf jeden Fall genau die Typen, zu denen er sich normalerweise nicht an den Tisch setzen würde. Ich finde, das tut ihm mal ganz gut.« Silvio: »Aber das sind… (flüstert) *papponi* …« Reinhard: »Und?« Silvio: »Sie kommen in die Hölle. Ich weiß nicht, ob ihm das auch guttun würde.«

»Ich war noch nie in einem Bordell, meine Liebe.« Obwohl ich meine Worte buchstäblich gehaucht habe, hat sie mich sehr wohl verstanden. Ich unterstreiche meine Unerfahrenheit mit einem Schulterzucken und sehe fragend in die Runde. Als mein Blick Angie Hajek-Schnarrenberger trifft, greift er sofort in seine Mappe und dreht unzweifelhaft eine Schachtel in den Händen. Ich wende mich ab und tue so, als hätte ich nichts bemerkt. Dabei entdecke ich auf einem Sofa die richtigen Stars. Der Dschungel-Held Julian Stoeckel und Max Schautzer mit ihrem Management. Alle trinken stilles Mineralwasser oder Pfefferminztee. Erstaunlich.

Helene hat es sich mit Robert auf einem Sofa unweit von uns bequem gemacht. Die beiden sind in eine intensive Unterhaltung vertieft. Er putzt sich öfter die Nase und stopft die benutzten Taschentücher in die Hosentaschen.

Ich vermute, dass er jetzt Helene von seiner Lesbenvorgeschichte berichtet. Ob sie ihn interessant oder charismatisch findet? Immerhin ist er ein Beschützertyp. Das mögen die meisten Frauen. Aber Helene? Sie findet seine wirren Locken sicher »süß«. Ich finde sie gar nicht süß, ich finde, sie gehören mal wieder geschoren. Und diese Hosen … Moment, worüber mache ich mir hier Gedanken? Bin ich etwa eifersüchtig? Auf diesen Bären mit Triefnase? Lächerlich! Und überhaupt: wegen Helene? Ich bitte dich.

»Oooohho!«, schreit mir da jemand ins Ohr und ein Glas Schnaps versperrt mir die Aussicht. George-Dieter Lehmann hält es freudestrahlend vor meine Nase und erklärt sogleich den seiner Ansicht nach korrekten Ablauf: »Einhaken, Schnaps kippen und küssen! Dann sind wir alle verbrüdert.«

»Du, Lehmann, tut mir leid, ich muss noch was arbeiten heute«, wiegle ich ab, und das ist ja auch die Wahrheit. Ich hatte mir vorgenommen, heute noch acht Seiten zu schreiben.

»Schnaps beflügelt das Gehirn, wirste schon sehen! Komm, außerdem ham wir noch nicht Brüderschaft getrunken, wird doch wirklich Zeit!«

Ich werfe einen Rundblick hinüber zu Helene und Robert und mir ist ein bisschen mulmig zumute. Während er am Philosophieren ist, schmachtet sie ihn die ganze Zeit so komisch an. Ich brauche einen Schnaps. »Richtig!«, rufe ich und hake Lehmann ein. Das Zeug brennt, als hätte der Teufel selbst es gebrannt. Was mir aber ziemlich schnuppe ist. »Der Nächste bitte!«

Und so geht es reihum, bis ich mit allen verbrüdert, verschwestert oder mindestens verschwägert bin und mein Pegel an der kritischen Marke von einem Promille angekommen ist. Ans Schreiben brauche ich heute nicht mehr zu denken.

»Schau mal da, Angelo.« Dieter zeigt mit einer dezenten Kopfbewegung auf die beiden blonden, stark geschminkten Frauen rechts hinter mir. »Die beiden Hennen sind auf Tour hier. Die sind frei, bezahlen sich mit dem Gewerbe ihre Kreuzfahrt und ganz nebenbei machen sie auch ein paar ältere Hähne glücklich.« Da mein Sehvermögen etwas eingeschränkt ist, drehe ich mich in die genannte Richtung und sofort blinzelt mir eine zu. »Auf dem Festland haben die fast keinen Freier mehr, aber hier an Bord läuft das Geschäft wie geschnitten Brot«, konstatiert Dieter weiter und es klingt fast ein bisschen wehmütig.

»Also, unser Club …«, setzt Margot dazwischen und rülpst. Sie gackert hysterisch. »Okay, okay … Also, der hieß ›FKK-Club‹«, fährt sie nun decrescendo fort. »So musste man das nennen. Alle waren ja immer gerne nackt – am Strand, beim Camping und auf der Datsche.«

Voller Begeisterung berichtet Margot von den kleinen und größeren Freiheiten damals in der DDR, und ein jeder hört gebannt und interessiert zu. Vor meinem geistigen Auge ist die nackte, hagere Margot geschäftig unterwegs. Und empfängt elegant mit hochtoupierter Frisur und Doppelperlenkette die Gäste in ihrem FKK-Club. Um Schlafstörungen vorzubeugen, vermeide ich es allerdings, mir auch Dieter als scharfen George hüllenlos vorzustellen. Eine der blonden Damen, die Nichtraucherin, hat den Platz gewechselt und sitzt nun unvermutet neben Angie Hatschi-Scharrenzberger und bestellt sich ein Glas Sekt. Eine gelbe Wolke süßen Parfüms, die mein Riechkolben als bekannt erschnuppert, umringt uns alle. Therese schaut sie feindselig an und legt demonstrativ ihren Arm auf die Schulter ihres Mannes.

»Unser ›Elite-Club‹ – das war unser erster Laden, nicht wahr, Georgie – war so 'ne Art Hotel. So nannte man das damals. Es war immer gut was los, aber so richtig ging die Post ab, wenn die Messe war. Die Leipziger Messe!«

»Genau!«, lallt Sabine ins Glas. »Wegen der Westkontakte ist man gerne während der Messe nach Leipzig gefahren, aber der Feind war immer schneller. Die Stasi hat ja ganz genau gewusst, was da gemauschelt wird«, seufzt sie, schließt die Augen und legt ihren Kopf dann auf der Theke ab.

Lehmann klärt uns auf: »Ja, Leipziger Messe, das war für die Stasi natürlich ein gemachtes Nest. Jeder, der rübermachen wollte, hat sich da schon mal umgehört. Aber! Bei uns haben die nichts ausspioniert. Nie-mals!«

»Er hatte einen Bekannten, ein hohes Tier beim Ministerium«, wirft Margot stolz ein.

»Ein Oberstleutnant von der Volksarmee«, ergänzt ihr Mann.

»Genau. Der war andersrum, der stand auf Männer. Und die hat er bei uns auch gekriegt. Dafür hat er den Mund gehalten, es war ja nicht nur alles schlecht damals. Im Gegenteil: Im Sommer ham wir im Garten gegrillt. Mein Kartoffelsalat mit Spreewaldgurke war berühmt!«

»Und ihre Bouletten!«, stammelt Dieter im Alkoholwahn und leckt sich genießerisch die Lippen.

Plötzlich brechen Helene und Robert in Gelächter aus. Die anderen interessieren sich offenbar nicht die Bohne für die beiden. Als ich mich nach ihnen umdrehe, stelle ich fest, dass sie inzwischen noch ein Stückchen näher zusammengerückt sind. Und Robert schnieft gar nicht mehr. Als Helene meinen skeptischen Blick auffängt, winkt sie mir fröhlich zu. Ich lächle gequält zurück. Eigentlich sollte ich mich für die beiden freuen, wenn sie sich so gut verstehen.

»Genau. Manche Mädchen haben nur bei uns gearbeitet, weil sie mein Essen so gern mochten«, plustert sich Margot Lehmann gerade auf. »Das musste man natürlich unter der Hand organisieren. Metzger Paul hat Fleisch herangeschafft. Fritz war Chef der LPG, der war fürs Gemüse zuständig. Im Gegenzug durften die ab und zu so richtig ran an die Mädels. So lief das damals. Tauschgeschäfte mit Naturalien. Das sollte man mal wieder einführen, der Kapitalismus is nicht in jeder Hinsicht das Nonplusultra.«

»Aber der eigentliche Boom kam erst nach der Wende«, gestikuliert Lehmann, schon schwer gezeichnet, und holt tief Luft.

Doch bevor er Näheres ausführen kann, schaltet sich Therese Haiduk-Schambrg dazwischen. »So, des wor jo sehr nett, aber mir san dann jetzt miad. Net, Angie?«

Mit einem Blick, der keinen Widerspruch duldet, pinnt sie ihren Mann an die Thekenwand. Der hat mit offenem Mund der Bordellgeschichte gelauscht und zugleich ganz offensichtlich das Bedürfnis unterdrückt, die blonde Frau neben ihm in eine Nebenschauplatzkonversation zu locken. Ob ihn die Tatsache, dass sie die Nichtraucherin ist, verschreckt hätte? »Ah, jo… sicha, Schatzi. Mir san miad. Moag'n ist jo a no a Tog«, babbelt er mit einem Nicken in die Runde. Die Enttäuschung ist ihm deutlich anzusehen, als er schwankend hinter seiner Gattin hermarschiert.

Auch Sabine Merkel schnellt jetzt wie auf ein Signal hin in die aufrechte Position. Irritiert zupft sie ihre Uniformjacke zurecht und rutscht ein wenig unbeholfen von ihrem Barhocker. »Ich muss dann auch mal los. War sehr nett mit Ihnen, äh, euch.« Leicht verwirrt, als hätte sie sich in einem ihrer Programmpunkte vertan, steht sie wie ein Großmast vorm Spannen der Schratsegel und starrt meinen Po an. Doch sie vermag sich loszureißen und nach einem unbeholfenen Gute-Nacht-Gruß stöckelt sie wackelig von dannen.

Ich bin nunmehr der einzig verbliebene Zuhörer, aber Margot und Dieter stört das mitnichten, solange überhaupt nur irgendwer zuhört. Die Erzählung der Lehfrau samt der Einwürfe ihres Mannes, die immer an der korrekten Stelle erfolgen, wirkt wie ein einstudierter Vortrag.

»Und nach der Wende haben wir dann im ganz großen Stil losgelegt. Mit Mädchen und Jungs aus aller Welt. Alles freiwillig, versteht sich. Die haben …«

Ich kann und will nicht mehr zuhören. Ich erweitere mein Gesichtsfeld vorsichtig hinüber zu Helene und ihrem wuscheligen Begleiter. Soweit ich das aus meiner Position beurteilen kann, sind sie mittlerweile bei Gin Tonic angelangt. Oder ist es doch nur Mineralwasser mit Zitrone? Die Seeleute in vergangenen Jahrhunderten führten ja immer ganze Fässer voller Zitronen mit, um gegen den Sor... den Skal... den Korb... Sk-sk-skorbut – es fällt mir mittlerweile schwer, das Wort auch nur im Kopf zu artikulieren.

Zeit, ins Bett zu gehen. War ich bislang von der grausigen Seekrankheit verschont geblieben, so werde ich heute Nacht sicher von ihr heimgesucht werden, ungeachtet dessen, ob das Schiff nun schwanken sollte oder nicht.

»Ich muss ins Sk-skorbett«, kann ich gerade noch formulieren, bevor ich mich ruckartig hochdrücke, am Tisch krampfhaft Halt suche und tief durchatme. »Gunacht zusammen!« Meine Füße setzen sich ferngesteuert, einer nach dem anderen, in Bewegung. Sie werden mich schon in meine Sabine, in meine Skabine, in meine Suite führen. Mein Skortex hat ohnehin skeine Ahnung, wo ich hinmuss. Ich höre mich selbst wiehern wie ein Pferd. Achtung, eine Säule! Geschafft.

»He, Angelo, setz dich doch zu uns!«, höre ich eine Stimme wie die von Helene neben mir tirilieren. Mein Orientierungssinn ist komplett hinüber. Ich bleibe einfach mitten im Raum stehen und versuche, den sich in meinem Kopf abzeichnenden grammatikalisch leichten Satz zu äußern. »Ich bin betrunken, ich muss sofort ins Bett.« Helene vernimmt stattdessen wahrscheinlich etwas wie: »Imstrunkn imussfort nbett.«

»Hört, hört! Signore muss ins Bett.«

Ich winke mit einer meiner Hände ab, welche, ist mir nicht ganz klar, mein rechter Fuß setzt sich vor den linken und immer so weiter. Ich übersetze mir folgenden Morsebericht an Robert: »Ich glaube, ich gehe besser mal mit. Er fällt mir sonst noch über Bord.«

Und der Lockenbär meldet süffisant: »Sag ihm viele Grüße. Und dass ich auch in einem kurzärmeligen Pyjama schlafe. Wenn er was gegen die Kopfschmerzen braucht – du weißt, wo ihr mich findet. Gute Nacht!«

Was sollte das nun heißen? In meinem Kopf stürze ich kommentarlos über die Bordwand und beim Vorbeisegeln an Roberts Kabine sehe ich eine Hundertstelsekunde lang Helene und Robert eng umschlungen auf dem Bett liegen, bevor ich in das eiskalte Wasser eintauche. Splosch! Und tiefer und tiefer in den kalten Fluten versinke ...

Aber was ist das? Vor mir steht eine aufreizende Helene, ich muss in unserem gemeinsamen Bad sein, genauer: in der Duschkabine, und hält einen Duschkopf wie ein Maschinengewehr auf mich gerichtet. Ich pruste und spucke entsetzt: »Stopp! Genug!«

Tatsächlich schaltet sie das Wasser ab. »Besser?«

»Gibt es Kekse und Kakao?«

»Wie bitte?«, kichert Helene. »Kekse und Kakao? Soll ich Kekse und Kakao besorgen?«

Langsam beginnt mein Gehirn, sich wieder an die Realität zu gewöhnen. »Schon gut, ich dachte nur …«

»Denken ist was für Menschen ohne Fantasie. Kannst du aufstehen?«

»Ja sicher, mir geht's glänzend! Glllläänzenddd!« Ich halte mich an einer Stange fest und ziehe mich zitternd hoch. Ich muss wahrlich ein armseliges Bild abgeben. »Wie konnte das geschehen? Ich erinnere mich nur, wie mir Lehmann einen Schnaps gegeben hat – was danach passiert ist: Sendepause.«

»Wärst du besser mal bei mir geblieben. Wir hatten Mineralwasser, wie aufregend.«

»Das hätte ich mal auch tun sollen.«

»Ins Bett mit dir«, kommandiert Helene und deutet auf eine frisch aufgeschüttelte, einladende Bettdecke.

Aber ich schleppe mich ins Wohnzimmer und lasse mich aufs Sofa fallen. Auch im volltrunkenen Zustand, Prinzip ist Prinzip! Doch ich fahre noch einmal hoch. »Gute Nacht«, brülle ich groß- und kleinhirngestört, bevor alles um mich herum dunkel wird.

Kapitel 16

Als ich in der Früh erwache, oder besser gesagt, da ich spüre, wie so etwas Unbestimmtes wie Bewusstsein in mein Hirn zurückrieselt, beschließe ich, zunächst die Funktion meiner Finger und Zehen zu checken. Bewusst verzichte ich vorerst auf das Öffnen meiner Lider, da mich sonst die Sonne blenden würde, die durch die offene Terrassentür schon warm hereinscheint. Ich überlege, indem ich langsam bis zehn zähle, wo ich mich befinde, während meiner Wahrnehmung das sanfte Schaukeln des Schiffs, das in der Nacht im Hafen von Palermo angelegt hat, nicht entgeht. Ich inhaliere tief die Meeresluft und das, was von der Stadt herüberweht, und überlege. Die Matratze ist schief! Nervös drücke ich auf der Fernbedienung herum. Mit einem tiefen Brummen bewegt sich das Kopfende holprig nach oben. Sofort versuche ich es mit einer anderen Taste und prompt sinken meine Füße wieder in die Waagerechte. Mein Kopf ist erstaunlich schmerzfrei.

Von dem durchdringenden Bärenpups und dem nicht ganz geräuschfreien Motor erwacht Helene. Sie wälzt sich hoch und kommt ins Wohnzimmer getapert. Verschlafen reibt sie sich die Augen und sieht mich verwirrt an. Augenblicklich höre ich auf, auf der Fernbedienung herumzudrücken, und schaue, vermutlich nicht besonders intelligent, zurück. Helene lächelt unsicher. »Hallo«, meint sie schüchtern.

»Hey«, antworte ich einfallsreich und fühle mich dabei, als hätte man mich beim Marmeladeklauen erwischt. Ich lege die Fernbedienung auf die Sofadecke.

»Na?«, kokettiert sie.

»Ja«, entgegne ich diesmal nicht wesentlich geistreicher.

»Wach?«

»Tja.«

»Und nun?«

»Nix.« Wenn wir so weitermachen, liegen wir in drei Tagen noch hier und haben nichts gesagt. »Also dann …«, versuche ich es und springe mutig auf.

»Ja, dann …«, beschließt Helene die Konversation und stapft zurück in ihr Bett.

Als ich aus dem Bad komme, liegt sie immer noch da. Ich schlüpfe in Badehose und T-Shirt und rufe ihr vergnügt zu: »Ich hüpfe in den Pool, sehen wir uns später beim Frühstück?«

»Mal sehen.«

BRUUMMBRUUMMBRUUMMBRUUMMBRUUUUUUMM. Schwerlich hört man durch den Bärenstöhner ihr zartes Stimmchen.

Die Tür fällt leise hinter mir ins Schloss. Am Ende des langen Flurs zoomt Robert eilig auf mich zu.

»Hey, Angelo, gut, dass ich dich hier treffe.« Wie ein gut gelauntes Emoji schwenkt er einen bunten Flyer in der Hand.

»Guten Morgen! Was gibt's denn so Wichtiges?«

»Ich habe mit mir selbst gewettet.«

»Mit dir selbst gewettet?«

»Der Erste, der mir begegnet, soll mit mir da hingehen. Oder ›die‹ Erste.« Er zwinkert, wedelt mit dem Papier vor meiner Nase herum und grinst mich blöde an.

»Wohin? Was ist das?«

»Ein Gutschein für zwei Personen!«

»Freidrinks?«

»Freidrinks, pfff …«

Robert drückt mir die Broschüre in die Hand und ich lese, dass es sich um den kostenlosen Besuch einer schicken, neuen Massagepraxis namens »Saweda Spa« im Zentrum von Palermo handelt.

»Okay«, sage ich ohne allzu große Begeisterung. Ob er mit Helene in das Spa gehen wollte? Es dünkt mich, als hätte er hier im Flur seinem Opfer aufgelauert und seine Wette dann leider doch verloren.

»Hab ich beim Preisrätsel im Bordblog von Helene gewonnen. Du weißt doch: Pyjama und so …« Er grinst schon wieder von einem Ohr zum anderen, und ich erinnere mich mit Grummeln im Magen an diese Unverfrorenheit. »Ich hab dir doch gesagt, dass ich auch Pyjama trage. Das hat meine Exfreundinnen immer genervt, aber ich finde das angenehm. Vielleicht auch wegen der Muster. Aber das Verrückte …« Er sieht mich erwartungsvoll an und ich ahne schon, was kommt. »Auf meinem sind so kleine Löwen drauf! Genau das habe ich getippt und damit den ersten Preis gewonnen! Bingo! So nen Zufall gibt's doch gar nicht.«

Ich bemühe mich redlich, die Vorstellung von Robert und mir im Partnerlook zu verdrängen.

»Bist du dabei?«

»Hm, ich weiß nicht. Eigentlich wollte ich ja erst mal schwimmen und dann in Ruhe frühstücken und dann mal sehen ...«

»Das wird dir guttun! Ich freu mich total. Komm, wir treffen uns in einer Stunde.« Ohne meinen Widerspruch abzuwarten, stürmt er weiter, und ich glotze ihm unentschieden hinterher. Dann beschließe ich kurzerhand, den direkten Weg zum Frühstücksbüfett einzuschlagen und mir erst mal einen starken Kaffee zu genehmigen. Das Schwimmen lasse ich heute ausfallen.

Helene schläft immer noch, als ich mich einige Zeit später für die Stadt umziehe. Sie wird wohl später mit den anderen einen Ausflug nach Palermo machen. Ich hinterlasse ihr eine kurze Notiz, dass ich mit Robert losziehe, um den Gewinn einzulösen. Sollte sie deshalb sauer sein, ein wenig Genugtuung sei mir gestattet. Sie hat mich zum Gespött der Leute gemacht mit ihrem komischen Preisrätsel. Oder beinahe. Zumindest. Geräuschlos öffne ich den Tresor, um zu sehen, ob alles noch da ist. Ich zähle die Messer, begutachte mein Schlüsselbund und die Brioche in der Schachtel. Als ich die Klappe einen Spalt aufmache, leuchtet die »Titanic-Perle« im Dunkel des Safes. Helene dreht sich im Bett um und ich stecke die Schachtel schnell in meine Tasche. Besser, wenn ich sie bei mir habe. Ich weiß einfach nicht, wie neugierig Helene ist, wenn ich nicht im Zimmer bin. Und jetzt gehe ich Palermo erkunden.

Kapitel 17

Nachdem das merkwürdige Duo, das wir beide darstellen, der Kriminalist und der neugierige Italo-Deutsche, gemeinsam die Stadt durchforstet hat, fragen wir uns zum Spa durch. Wer auch immer sich diesen fürchterlichen, schlecht zu merkenden Namen ausgedacht hat, gewinnt mit Sicherheit kein Preisausschreiben. Wir landen schließlich in einer kleinen Seitenstraße und wissen sofort, dass wir hier richtig sein müssen. Hier reiht sich Spa an Spa, wie die Samen einer Bohnenschote. Alle bieten sie die »Original Thaimassage« an.

»Fast da«, sage ich zu Robert. »Wo müssen wir denn rein?«

»Na, da drüben!« Er deutet auf ein großes, rot-goldenes Schild, das alle anderen überstrahlt.

»Sasawee? Bist du sicher? Schau doch noch mal auf die Tickets.«

»Nee nee, Sasawee, das stimmt schon. Hab ein gutes Buchstabengedächtnis, ist wichtig in meinem Job«, deklariert Robert und ich marschiere hinterher.

»Und was bedeuten diese drei Buchstaben da am Fenster? ›WHE‹... Ist das Thailändisch?«, murmele ich skeptisch, als wir eintreten und von zwei netten Damen mit einem Knicks empfangen werden.

Zehn Minuten später sitzen Robert und ich erwartungsfroh, die Hose bis zu den Knien hochgekrempelt, auf einer kleinen Holzbank vor der Rezeption. Unsere nackten Füße stecken in einem Bottich mit warmem, nach Seerosenfrühling duftendem Wasser. Zudem wird uns durch eine hübsche Thailänderin in traditioneller Tracht, ebenfalls barfuß, mit asiatischem Lächeln und aufmunternden Kopfnicken ein kalter Zitronentee kredenzt. Hinter uns an der Wand ziert eine idyllische, fernöstliche Strandlandschaft den Eingangsbereich. Wir fühlen uns in eine andere Welt versetzt. Der Raum ist in ein sanftes rosarotes Licht getaucht. Dicke Vorhänge sperren die Außenwelt aus. Die Luft riecht etwas muffig, als wenn hier seit Längerem nicht mehr gelüftet wurde, aber die Atmosphäre ist ruhig und angenehm.

»Sag mal, was bedeutet denn nun dieses ›WHE‹ am Fenster?«, frage ich Robbie noch mal.

»Keine Ahnung. Vielleicht Wade, Hüfte, Ellenbogen? Das werden wir sicher gleich herausfinden.« Mein Kompagnon plantscht zufrieden mit seinen Füßen im Wasser. »So herrlich!«

Ich bin nicht so befriedigt, jedenfalls nicht mit seiner Erklärung, und grübele eine Weile vor mich hin. Doch ich kann keinen Sinn in der Buchstabenkombination erkennen. Vielleicht ist es wirklich Thailändisch, dann kann ich mir lange den Kopf zermartern, ohne auch nur ansatzweise das Rätsel zu knacken. »Sagen Sie mal«, rufe ich der jungen Frau am Tresen zu, »was bedeutet denn ›WHE‹? Das, was da an der Scheibe steht. WHE? Wofür steht das?«

Die reizende Dame lächelt und bewegt dabei den Kopf auf und ab. Wieder und wieder.

»Mein Freund hier meint, es steht vielleicht für menschliche Körperteile«, versuche ich es erneut. »Er hält sich für eine Dechiffriermaschine. Verstehen Sie?«

Die smarte Junge Frau schaut belustigt, dann kichert sie. »*Yes, Sir. Mister fine. Fine. Good Mister. Massache, Massache … come, come! Very good, very nice, very cheap!*«

Wir trinken den Tee aus, lassen uns akribisch die Füße abtrocknen und Robert überreicht ihr dann unseren Gutschein. Die freundliche Thai-Frau blickt auf den Zettel und augenblicklich verschwindet ihr Lächeln. *»No good, no good«*, ermahnt sie uns streng und wedelt mit ihrem kleinen Zeigefinger vor unseren verständnislosen Gesichtern herum. Als wir nicht reagieren, setzt sie erneut ihre Maskenmiene auf. Zerreißt mit hin und her wackelndem Kopf den Gutschein in tausend kleine Schnipsel, die sie daraufhin wie Konfetti mit einer anmutigen Bewegung in die Luft wirft. »Hihihi, this not good. Das nicht brauchen, nur fünfzig Euro cash«, lächelt sie. »*Good, good, very good,* Mister.« Robert starrt auf die Gutscheinkonfetti am Boden und ich in ihr Gesicht. »*Good Sir, Mister. Later, later. Come with me.*« Mit einer kleinen harmlosen Schwingung ihres Handgelenks weist sie uns an, ihr zu folgen.

Wir fühlen uns prächtig unterhalten, prusten um die Wette und klatschen uns auf die Schenkel. Was für ein Spaß! Wir tapern ihr also brav wie zwei Schulbuben hinterher, Schuhe in der linken und Socken in der rechten Hand.

Im hinteren Bereich des Spas hört man schon von Weitem Springbrunnen plätschern. Goldfarbene Lämpchen verbreiten heimelige Atmosphäre und gedämpftes Licht. Bunte, traditionelle Zeichnungen von Tempeltänzerinnen schmücken hier die Wände. Es ist sehr warm, und es herrscht eine hohe Luftfeuchtigkeit. Ich spüre, wie sich kleine Schweißtropfen auf meiner Stirn bilden. Die arme Person, die gleich meinen schwitzenden Rücken massieren muss! Bis auf die zarte Glockenspielmusik im Hintergrund ist es vollkommen still. Wir müssen die einzigen Kunden sein. Kein Wunder bei so viel aneinandergereihten Spas. Die Thailänderin zeigt auf zwei Kabinen, die direkt nebeneinanderliegen und nur durch eine dünne Stoffwand voneinander getrennt sind. Sie öffnet die mit goldenen Drachenmotiven bemalten dunkelroten Vorhänge.

»Komm hier, Mister. Auszieh, hinleg. Dann geht los. Massache! *Very good, very nice, very cheap.*« Ihre kleine Hand zeigt auf die ausgesprochen breiten Massagebänke, die mit flauschigen, rot-goldenen Handtüchern bedeckt sind. Ich plappere Robert aufmunternd zu: »Na, denn, viel Spaß. Genieß es. Bis später.«

»Ja, du auch.«

Ich husche in die kleine Kammer mit dem schummrigen Licht und drehe mich noch einmal um: »Hat er recht mit Wade, Hüfte, Ellenbogen? Sagen Sie nicht Ja, bitte nicht.«

Statt einer Entgegnung kichert die kleine Frau nur vergnügt und lässt den Vorhang zufallen. Ich ziehe meine Klamotten aus und lege mich in Unterhose auf die Liege. »Alles klar bei dir?«, flüstere ich in die Stille.

»Ja, ich liege auf dem Bauch«, höre ich Roberts Stimme auf der anderen Seite der Stoffwand.

»Ich auch«, raune ich unsicher.

»Einfach klasse hier, oder? Der Laden hat mehr Stil als die Massagesalons zu Hause.«

»Keine Ahnung. Ich war noch nie bei einer Thai-Massage«, überlege ich.

»Ich einmal in Karlsruhe. War klasse«, wispert Robert. »Lassen wir uns überraschen, was die hier zu bieten haben ...«

Schon öffnet sich der Vorhang und eine etwas ältere und ein wenig kräftigere Thailänderin in einer Art Sari aus lilafarbenem glänzenden Stoff, betritt meine Koje. »Massache, Mister?!«, begrüßt sie mich schmunzelnd und wedelt mit einer großen Ölflasche in ihrer Hand vor meinem Gesicht herum.

»Äh, ja... gerne«, gebe ich höflich Bescheid. Die sieht schon eher wie eine Masseurin aus. Mit diesen Oberarmen! Ich schließe die Augen und lege meinen Kopf in das dafür vorgesehene Loch in der Massageliege. Zum beruhigenden Klang der Glöckchenmelodie beginnt die Frau meinen Rücken, Arme und Beine zu kneten. Das warme Öl, das sie großzügig auf meinem Körper verteilt, duftet betörend, und ich entspanne mich allmählich. Ich liege am Strand unter Palmen, Sonne kitzelt meinen Rücken, Fischlein knabbern an meinen Fußsohlen. Unter den gleichmäßigen Knetbewegungen professioneller Hände dämmere ich langsam hinüber ... bis mir die Matrone plötzlich mit einer äußerst geschmeidigen Handbewegung die Unterhose wegzieht.

»Hey, was soll das?«, versuche ich mich zu beschweren, doch sie drückt mich mit der Kraft eines Bauarbeiters wieder nach unten. »*Good* für Massage, *Mister, relax* ...«

Doch meine Lebensgeister schlagen Alarm. Ich spüre entsetzt, wie sich die Hände meiner Masseurin besonders intensiv mit meinem Hinterteil beschäftigen und dann wie zufällig zwischen meine Beine gleiten. Unwillkürlich zucke ich zusammen, als wäre ich geschlagen worden. »*Like, Mister?! Very good?!... Now, turn!* Dreh um! Ja, ja... Komm, komm... *Äppi en!*«

»Äppi en?! Was ist das?«, empöre ich mich halbherzig.

»*But Mister, you know. ›WHE‹ wi äppi en*«, kichert sie in ihr Doppelkinn. Und bevor ich weiß, wie mir geschieht, hat die imposante Dame meine Füße gepackt und mich mit einer einzigen beherzten Bewegung auf den Rücken gedreht.

Im selben Moment höre ich aus der Nachbarkabine Robert aufstöhnen und dann protestieren: »Moment mal! Was ...? Nein, nicht da anfassen! Was machen Sie denn da?«

Ich versuche, mich aufzusetzen, doch die linke Hand der Masseurin drückt mich auf die Liege, als wäre ich ein zappelnder Fisch, während ihre rechte auf meinem Bauch ruht, von dem aus sie auf dem glitschigen Ölfilm unaufhaltsam tiefer rutscht.

»Stopp! Nein! Was soll das? Aufhören!«, schimpfe ich wie ein Waschweib. Schlagartig wird mir klar, was »WHE« bedeutet... »Robert, ich weiß es!«, brülle ich, als wäre der bengalische Tiger hinter mir her. »*With Happy End* ... und die will mir jetzt ... Ach herrje ... Aber ich wollte doch bloß eine Massage ...«

Noch während ich ihre zielstrebigen Hände abzuwehren versuche, dringt Lärm von draußen zu uns durch. Türen werden aufgerissen, kräftige Männerstimmen brüllen durch das Spa. »*Polizia! Fermi tutti!*«

Die Animierdamen blöken durcheinander und ich höre aufgeregte Schritte. Auch meine Masseuse schreit jetzt thailändisches Zeugs und lässt das Massageöl zu Boden fallen. Sie wirft mir meine Sachen, die über einem Stuhl neben der Liege liegen, ins Gesicht und bedeutet mir hektisch, mich sofort anzuziehen. Da taucht auch schon unmittelbar vor mir ein Polizist auf, als wäre er direkt dem Loch der Massageliege entstiegen. Beim verzweifelten Versuch, in meine Unterhose zu springen, packt mich der Uniformierte energisch am Arm und donnert: »*ALT... fermo!*«

Splitternackt, mit dem Eierbecher noch in den Kniekehlen, stottere ich: »*Voglio prendere solo i miei vestiti*«, und hangele nach meinen Klamotten.

Funken sprühend, dass ich seiner Aufforderung nicht augenblicklich nachkomme, macht der Polizist einen Schritt auf mich zu und kommt dabei auf dem ausgelaufenen Massageöl ins Rutschen. Er bemüht sich vergeblich, sich am Arm der Asiatin festzuhalten, doch die schüttelt ihn ab und schreit wie am Spieß. Mühsam rappelt sich der Beamte auf und gestikuliert mit ausgestrecktem Arm wütend Richtung Ausgang.

»Halt, was soll das?«, höre ich Robert nebenan kreischen. »Ich bin Polizist ... und wir haben doch einen Gutschein!«

»Alles okay, Robert, das ist nur eine Kontrolle. Bleib ruhig«, rufe ich hinüber.

»Ich will mich aber wenigstens in Ruhe anziehen ...«

»Nimm einfach deine Sachen und dann raus hier!« Im Laufen ziehe ich die Unterhose hoch, presse meine restlichen Klamotten vor meinen Körper und stolpere fast über Robert, der, wie ein Erdhörnchen und genauso schmuckvoll wie ich, Richtung Ausgang strebt.

»Was ist denn hier los?«, jammert er.

Im Foyer treffen wir auf drei weitere Männer, die ebenfalls halb nackt betreten auf den Boden blicken. Ich glaube, einen von ihnen vom Schiff zu kennen. Offenbar waren wir doch nicht ganz alleine in diesem Etablissement. Ein großer uniformierter Polizist mit jeder Menge Gold auf den Schultern brüllt uns auf Italienisch an. Diskret übersetze ich für Robert: »Sie wollen unsere Ausweise sehen. Dies ist eine Razzia. Wir sind hier in einem als Massagepraxis getarnten illegalen Puff gelandet ...«

»Oh, Scheiße«, stöhnt Robert. »Und das ausgerechnet mir ...«

»Hallo, Mister, du nicht gebucht *wi äppi en!*«, resümiert schulterzuckend die hübsche Empfangsdame und deutet auf Robert und mich.

»Was haben wir nicht gebucht?«, fragt mein Mitstreiter begriffsstutzig nach.

»*WHE – With Happy End*«, übersetzt der ebenfalls anwesende Polizist, als hätte er es mit einem Minderbemittelten zu tun.

»*Nee, we have in fact won the first prize at the board blog. A voucher*«, erklärt Robert stolz. »*But that woman has torn him.*« Entrüstet zeigt er auf die Papierschnipsel, die noch am Tresen und auf dem Boden liegen.

»Genau, wir haben gewonnen, weil er wusste, welche Tierchen auf meinem Sommerpyjama sind«, ergänze ich auf Italienisch.

»Wie bitte?!« Der Polizist blickt verwirrt wie eine asiatische Schaufensterkatze mit Winkeärmchen von Robert zu mir und wieder zurück.

»*Lions!*«, lärmt der Kriminalist triumphierend.

»*Leoni?*«, fragt der Uniformierte entgeistert.

»Ja, Löwen! Ich trage einen leichten Sommerschlafanzug in zartem Gelb«, versuche ich aufzuzeigen. »Mit einem sehr hübschen Löwenmuster. Und das hat er erraten«, zeige ich auf Robert, der eifrig zustimmt, obwohl er kein Wort versteht. Ich glaube nicht, dass es mir gelingt, dem Polizisten die Geschichte plausibel zu machen, doch zumindest führt es dazu, dass er die Lust verliert, uns weiter zu befragen. Mit einer unwirschen Geste deutet er zur Tür. »Ihr beiden komischen Vögel könnt gehen. Hier eure Ausweise. Das nächste Mal passt besser auf, wo ihr euch herumtreibt. Und jetzt raus hier!«

Das lassen wir uns nicht zweimal sagen. Eilig streife ich mir das Hemd über den Kopf, doch während ich meine Hose hochziehe, rutscht die Brioche raus und rollt direkt vor die Füße des Polizisten.

»Oh, was ist das? Das sieht aber wertvoll aus.« Mit erst halb hochgezogenen Beinkleidern hüpfe ich auf ihn zu.

»Nee, nee. Das ist nur eine Fälschung. Habe ich auf dem Markt für zwei Euro gekauft.« Ich halte ihm die flache Hand hin, während Adrenalin durch meinen Körper peitscht. Der Polizist zögert einen Augenblick und legt dann das Schmuckstück auf meinen Handteller, wo es wie ein Sterntaler glänzt. »Danke.« Ich lasse die Brioche in meine Hosentasche gleiten und atme aus. Als wir wieder vor der Tür in der ruhigen kleinen Seitenstraße stehen, sind wir mehr als erleichtert.

»Was für ein Chaos! Und ganz ohne ›Happy End‹ …«, schreie ich meine Anspannung hinaus. »Wir sollten schnell unsere Schuhe anziehen und dann nichts wie weg! Und dieser kleine Zwischenfall bleibt besser unser Geheimnis«, warne ich Robert.

»Na, klar!«, versichert er mir eifrig und erleichtert.

Kapitel 18

Zurück an Bord, werfe ich mich sogleich unter die Dusche, um den penetranten Zitronengeruch des Massageöls von meinem Körper zu schrubben. Ich stinke wie eine gequälte Limette und fühle mich auch so. Zitronenaroma erinnert an Reinigungsmittel, schließlich gibt es kaum ein Reinigungsmittel ohne Zitrone. Es sollte als Zusatz zu Massageöl verboten werden. Meine Wahrnehmung gaukelt mir dann immer vor, dass ich mich von der Schulputzfrau habe durchkneten lassen.

Als ich eine knappe Stunde später meine Mitreisenden in der Bar treffe, empfängt mich Helene mit angespannter Miene und einer hochgezogenen Augenbraue. Der linken. Ich tue so, als wäre nichts geschehen. Aber ich bin kein Meister im Vortäuschen falscher Tatsachen. Da knufft mir Dieter in die Seite: »Na, Happy End gehabt?« Um gleich darauf Robert in die Lenden zu boxen, als wären die beiden alte Buddys oder so was. Robert grinst verlegen, fährt sich mit der Hand durch seinen Lockenschopf und zuckt mit den Achseln. »Ist doch 'ne lustige Geschichte ...«

Helenes Augenbraue hängt immer noch steil wie eine dorische Säule über ihrem Auge. »Wer's braucht«, kommentiert sie abfällig.

»Wer's verschenkt«, kontere ich.

»Oh, nein! Von der Reederei hattet ihr einen Massagegutschein für ein Spa. Aber ihr seid ja zielstrebig ins Stundenhotel nebenan marschiert. Ein Stundenhotel nicht von einem Massagesalon unterscheiden zu können ...«

Ich hätte nicht erwartet, von Helene emotional durchknetet zu werden. Und sie belässt es nicht dabei, sondern straft mich den Rest des Abends mit Schweigen, sendet mir wahlweise Giftpfeile oder schleudert Funken in meine Richtung. Ich frage mich mittlerweile, ob sie auch die rechte Augenbraue hochzuziehen vermag. Gelegentlich ahndet sie mein Vergehen vorübergehend mit Nichtbeachtung. Sie sah auch schon besser aus, denke ich und frage mich, wie Robert das mit seinen Haaren macht.

Ich bin bedient und lege den Abend zu den Akten. Ein wenig schreibe ich noch am Kochbuch, dann schmeiße ich mich auf die Schlafcouch.

Zunächst ist es auffällig still in der Suite, dann surrt die elektrische Zahnbürste. Wasser läuft. Bettdeckengeraschel. Und wieder: Stille. Umso schwerer wiegen Helenes Worte in meinem Hirn, als sie aus dieser erneuten, ewig währenden Geräuschlosigkeit heraus sagt: »Und dann mit Robert. War ja klar, oder? Mit Robert ins Stundenhotel.«

»Ach du«, mümmele ich kleinlaut. »Wir waren nicht im Stundenhotel, also, wir waren schon da, aber wir wussten es nicht. Also waren wir genau genommen auch nicht richtig da. Wir wollten ins Spa. Weißt du doch. Hab ich ja schon gesagt. Und der Robert auch.«

Ich drehe mich wie ein beleidigtes Kind, dem der Wortschatz versagt, auf die Seite und überlege, mir mein Kopfkissen demonstrativ über die Ohren zu ziehen.

Redet eine Frau nach einer langen Pause, spricht sie erst einmal für eine Ewigkeit. Der Wortfluss als Deich brechendes Ereignis. »Aber das ist eine super Story. Nur *il signore* will sicher nicht, dass ich das in meinem Blog schreibe …«, verkündet Helene zu meiner Überraschung nur. Weil ich nicht reagiere, hetzt sie noch: »Pffffff …« Dann ist es wieder still, und ich schließe die Augen. Wenn es siebenmal pfeift, ist Notfall, rieselt es mir durch den Kopf, als ich schon halb im Traumland bin.

»Läuft da was zwischen euch?«, bombt mich Helene aus meinem Unterbewusstsein in die Realität zurück. Ich schrecke getroffen im Hier und Jetzt auf.

»Was? Zwischen wem?«

»Wem wohl? Robert und dir. Hatte da von Anfang an so 'ne Ahnung«, zeigt sie mit dem Finger auf mich.

»Ich habe keine Ahnung, was du meinst. Gute Nacht!« Ich stülpe mir jetzt doch das Kopfkissen über die Ohren und hoffe auf baldige Erlösung … Bis das Telefon durch die Suite schrillt. Ich springe auf und nehme den Hörer ab.

»Pronto.«

»Sutmirlaid …«

»Mhm«, stöhne ich.

»Sutmirlaid.«

»Robert?«

»Robert, Sutmirlaid. Verstehssu?«

»Ja, ja, ist ja gut, mein Lieber. Alles wieder gut. Wir sehen uns morgen. Und nun schlaf schön. Gute Nacht.«

Was hatte Helene noch bei unserem Kennenlernen gesagt?

»Mein Lieber«, äfft Helene mich nach. »Schlaf schön. Bussi bussiiii!«

Es fällt mir wieder ein. Das hier ist ein schwimmendes Irrenhaus. Ich lasse mich ins Bett fallen, ziehe mir nun endgültig Kopfkissen und Decke über den Kopf und will nur noch schlafen.

Silvio: »Sie ist eifersüchtig!« Reinhard: »Er steht aber auf Männer.« Silvio: »Sie ist eifersüchtig.« Reinhard: »Junge, er steht auf Männer, das weiß sie.« Silvio: »Mein Freund, sie steht auf ihn. Wenn Frauen auf Männer stehen und glauben, sie können nicht richtig landen, geht ihre Eifersucht in alle Richtungen. Frau, Mann, Mama, Papa, das Auto, der Fernseher… alles.« Reinhard: »Wenn es siebenmal pfeift, schleicht sie sich raus und lässt ihn ersaufen.« Silvio: »Sie wird um sein Leben kämpfen, mein Freund.«

Ich döse endlich weg. Das Land der goldenen Träume ist so nah und Helene schweigt oder ich kann sie zumindest nicht mehr hören. Ich rutsche tiefer und tiefer in einen Zustand der völligen Tiefenentspannung und erinnere mich an mein eigenes Outing.

Reinhard: »Mein Lieber, ich muss dir was sagen.« Silvio: »Pssst, lass ihn mal pennen. Er braucht seinen Schönheitsschlaf. Siehste doch.« Reinhard: »Ja, gleich. Ich glaube, es ist Zeit, dass du es weißt. Ich hab da 'ne Seite, die du noch nicht kennst.« Silvio: »Bitte …« Reinhard: »Ich bin nicht so, wie du denkst, dass ich bin.« Silvio: »Unsinn. Du bist nicht so, wie du denkst, dass du bist.« Reinhard: »Ich bin nicht wie du, Silvio.« Silvio: »Mamma mia … und ich komme also nie zum Punkt?« Reinhard: »Schwul! Ich bin schwul!« Silvio: »Waaaaaaaassssss?«

»Was ist los?«, brüllt Helene aus ihrem Zimmer.

»Wie, was ist los?«, schreie ich und sitze aufrecht im Bett.

»Na was, wieso hast du geschrien?«

»Ich … ich … hab geschlafen. Hab nur geschlafen. Schlaf du auch weiter. Ist nix, ist nix. *Scusi* …«

Reinhard: »Ja, genau. Nix!? Endlich ist es raus. Mein Coming-out mit über dreißig.« Silvio? Schweigt.

Oh mein Gott, ich habe drei verschiedene Ichs in mir. Oder zwei, und eins davon hat zwei Seiten. Sind das dann vier oder drei oder … auf jeden Fall sind es, ist es zu viel für mich. Ich plumpse zurück, schleudere energisch die Bettdecke über mich. Nach kurzer Zeit bin ich in einem tranceähnlichen Zustand, jedenfalls liege ich so da wie ein Maikäfer, einfach so auf dem Rücken und liege so da, auf dem Rücken liege ich da, einfach so … und … und fühle … und schlafe wohl tief und fest ein, als hätte mir jemand auf den Kopf geschlagen oder wenigstens K.-o.-Tropfen ins Glas geschüttet. Ich träume von einer Giraffe mit einem ganz, ganz langen Hals und einem See-Elefanten, sie heißen … Reinhard und Silvio. Und sie erzählen mir …

»Hey, Angelo, Angelo, schläfst du noch. Angelooo …« Helene schüttelt mich heftig und gibt mir einen leichten Klaps auf die Wange.

Ich weigere mich, dem neuen Tag ins Gesicht zu blicken. Ich will … oh Gott, nein, nicht weiterschlafen, dieser Traum, Reinhards Outing, es muss ein seltsamer Traum gewesen sein! Ich schlage die Augen blitzartig auf und sehe – auf Helenes Nase. Sie weicht brüsk zurück.

»Ich wollte nur hören, ob du noch atmest.«

Ich wünschte, jemand würde mir jetzt auf den Schädel prügeln. Auszeit. Koma. Einfach nix mitbekommen. Eine andere Welt, in der ich nur als Idee existiere. Exakt in diesem bewegenden Moment höre ich das Schiffshorn tuten. Wahrscheinlich schon das siebente Mal, warum sollte Helene sonst so angespannt verharren. Ich schnelle wie eine Sprungfeder hoch, greife ihre Hand und sprinte los. Helene fliegt wie ein Luftballon hinter mir her.

Es ist so weit, denke ich panisch, während ich die Tür der Suite aufreiße. »Mach dir keine Sorgen«, gebe ich den starken Mann, während ich sie auf den Flur zerre. »Ich habe bei der Rettungsübung gut aufgepasst.« Mitten auf dem Gang bleibe ich stehen, während mein Herz rast, als hätte ich gerade das Mittelmeer durchschwommen. Erst jetzt merke ich, dass nur das Geräusch des Staubsaugers zu hören ist. Außer dem Zimmermädchen ist kein Mensch unterwegs.

»Was ist?« Helene reibt ihr Handgelenk und schaut mich amüsiert an.

»Wie, was ist?«

»Wo rennen wir hin? Gemeinsam über alle Berge?«

»Hat es nicht siebenmal gepfiffen?«, frage ich und komme mir ziemlich blöd vor.

»Ja, in deinem Kopf.«

Sie hat recht. In meinem Kopf pfeift es. Wie ein Teekessel. Hin und her. See-Elefant und Giraffe. Schwul und hetero. Robert und Helene. Wuschelkopf und schöne Augen. Ich brauche Urlaub. Mein Kopf ist eine Bowlingkugel. Ich kann ihn nicht heben und so gehe ich mit gesenktem Haupt an der erstaunten

Helene vorbei, sehe ihr dabei in die türkisblauen Augen und schließe mich im Badezimmer ein.

»Ich wollte nur Bescheid sagen, dass wir in Lampedusa angekommen sind. Heute ist Picknick am Strand angesagt«, ruft sie durch die Tür. »Ich gehe schon vor. Kommst du nach?«

»Ja ja«, bemitleide ich mich selber. »Ja ja.«

»Da findest du bestimmt Inspiration für dein Kochbuch.«

»Ja ja«, brabbele ich und denke, sie hat keine Ahnung. Doch nicht beim Picknick.

Kapitel 19

Auf der Insel Lampedusa, in einer malerischen Bucht und an einem Strand mit feinsten weißen Körnern, dass sie nur so durch die Zehen rieseln, hat die Reederei ›Mare Bello‹ einen riesigen Stand aufgebaut. In der »Cala Coniglio«, in der Kaninchenbucht, reihen sich farbenfroh gedeckte Tische unter orangefarbenen Sonnenschirmen wie Mosaike aneinander. Liegestühle, so weit das Auge reicht. Grellbunte Tücher, die im Winde wehen und last, but not least ein üppiges Büfett mit einer Grillecke, in der frische Langusten zubereitet werden.

Es ist schön und es ist schlecht zugleich. Lampedusa ist für die einen das touristische Paradies, für die anderen der Hort enttäuschter Lebenshoffnungen. Hier landen illegale Flüchtlinge aus Afrika. Auch sie sehnen sich nach dem Himmel auf Erden, stranden auf diesem wunderschönen Flecken Erde, um schmerzlich zu erfahren, dass in das Paradies nur kommt, wer schon immer dort war.

Wir picknicken auf feinstem Quarzsand, dem Windrippeln eine schöne Zeichnung geben. In zarten Wellen züngelt das Meer türkisfarben ans Ufer. Der Himmelsbogen, durchzogen nur von einzelnen transparenten Wolkenfäden, wölbt sich wie eine Glaskugel und stülpt uns ein, als wären wir Gefangene eines bildgewordenen Traumes. Man mag kaum glauben, dass wir uns in Italien befinden. Man könnte eine Insel in der Karibik mutmaßen. Die mir an Herz gewachsene Gruppe und meine Wenigkeit lungern mit einem Glas Sekt in der Hand im Schatten eines dieser imposanten Sonnenschirme und plaudern weitschweifig darüber, wie schön das Leben sich präsentiert und wie unfair zu selben Anteilen. Wie schnell es vorbei sein kann und wie langsam bisweilen die Zeit vergeht. Es sind philosophische, melancholische und tiefsinnige Gespräche, die nicht zu diesem Ambiente passen wollen, aber das Leben ist ebendas, was in diesen Kulissen passiert. Meine Gedanken schweifen dahin, als flögen sie aus der Bucht hinaus. Plumpsen nur gelegentlich ins Sektglas, das ich um diese Uhrzeit normalerweise nicht vertrage.

»Pssss, hey pssssss.«

»Hab ihr das gehört?«, frage ich. Niemand reagiert. »Entschuldigt, habt ihr das gehört?«

Nun wenden sich alle mir zu und tun so, als wären sie erstaunt, mich hier zu sehen.

»Was denn?«, erkundigt sich Margot neugierig.

»So ein Pssss, Pssss«, wiederhole ich das Geräusch.

»Ihr solltet wissen, dass unser Angelo heute schon sieben Pfiffe gehört hat«, macht sich Helene über mich lustig. Sie ist wohl immer noch genervt.

»Pssss, psssssss.«

»A freili, jetzt hob is a gehört.« Therese spitzt die Ohren.

Wir schauen uns um und sehen einen jungen farbigen Mann hinter einem Busch, der uns eifrig zuwinkt. Alle sind ein wenig verunsichert und keiner traut sich so recht, mit ihm zu reden. Einer nach dem anderen drehen sie die Köpfe von ihm weg. Der Gesprächsfluss ist unterbrochen, man tut so, als wäre nichts gewesen. Aber der Mann, der sich nicht so leicht abschütteln lässt, kommt aus seinem Versteck mit einer jungen blonden Frau im Schlepptau.

»Lust auf 'n Bungee-Sprung?«, flüstert uns das Mädchen mit leiser Stimme und einem strahlenden Gesicht zu. »Alles ganz legal, die Reederei sieht uns nur nicht gerne hier. Die wollen ihre Leute hier unten am Strand wissen. Aber ich sag euch, ihr verpasst was. Der Sprung geht von da oben«, sie deutet in den Himmel. »Ihr habt eine irre Aussicht von da. Das lohnt sich allein schon deswegen.«

»Für nur achtzig Euro könnt ihr etwas wirklich Spannendes erleben«, behauptet der junge Mann.

»Na klar, Bungee«, schnaubt Margot. »Vor zwanzig Jahren war ich mir sicher, ich würde das mal machen. Aber heute …«

»Sie springen aus zweihundert Meter Höhe von diesem Berg, fest und sicher an ein Seil gebunden. Es ist wie Fliegen«, erklären uns die beiden enthusiastisch. »Sie müssen das probieren. Und wissen Sie was? Sie können sich noch dort oben überlegen, ob Sie springen wollen oder nicht. Kommen Sie einfach mit, schauen Sie es sich an – und wer nicht springen will, geht wieder. Zahlt natürlich auch nix. Also, Sie haben nix zu verlieren.«

»Ah geh, schleichts euch«, rüffelt Angie und zündet sich eine Zigarette an. »I will a mol a schöne Leich sein, aber des konnst vergessen, nach am Bungee-Sprung bist oise, aber net schee.«

»Momentchen!«, mischt sich Margot ein. »Ich mach das. Ich probier das aus. George, du doch auch, oder, mein Schatz?«

»Ha!«, macht George-Dieter. »Ha! Na jut, ich geh mal mit den Berg ruff, ne. Dann sehn ma weiter. Wozu haben wir denn die teure Krankversicherung? Sind ja immer jesund.«

Margot drückt ihm spontan einen breiten Kuss auf die Backe, wischt sofort mit den Fingern darüber und verreibt den Lippenstift, bis der Dieter aussieht, als wollte er sich gleich in Fummel schmeißen.

Angie bringt sich noch ein: »Was ihr bracht is a Lebensversicherung. Wenn's a tot seit, wollt's den Mops abgesichert wissen.«

Die Bungee-Instruktoren treiben noch fünf weitere todesmutige Kreuzfahrtgäste auf und gemeinsam machen wir uns auf den Weg. Nur Therese und Angie bleiben lieber am Strand unter ihrem Sonnenschirm.

»Konnst sogn was'd willst, i häng moin Leben net a son Fodn. Woran i häng, das is mai Leben und mai Frau. Die Therese bleibt hier. Machst a Versöhnungsreise und dann stirbt dir die Frau dabei weg, na, das mog i net hobn.«

»Lilo bleibt auch da, du hängst doch auch an ihr?« Margot drückt den Mops auf Angies Schoß. »Wir sind in ein paar Stunden wieder da ... Gell, Mama ist gleich wieder da. Sei schön brav, Schmusilein.« Sie drückt Mops Lilo genauso einen feuchten Kuss wie eben bei George Dieter auf den dicken, grunzenden Kopf.

Unsere Guides Luciano und Ester stapfen mit sicheren Schritten durch die Pampa voran, wir mit unsicheren hinterher. Mir geht's ganz ähnlich wie Angie, ich häng an meinem Leben und werde nicht an so einem Faden vom Himmel baumeln. Ich gehe mit wegen der Aussicht. Das rede ich mir jedenfalls ein.

Reinhard: »Und wegen Robert.« Silvio: »Guter Typ, der Robert. Aber Helene ist besser. Und besser ist besser.«

Robert springt auf jeden Fall Bungee, hat er verlauten lassen. Helene wägt noch ihre Möglichkeiten ab. Sie findet es »irgendwie voll cool, aber zweihundert Meter auch echt krass hoch«.

Die Lebensgefahr, in die wir uns begeben wollen, fängt lange vor der Bungee-Station an. Wir gehen einen schmalen, unbefestigten Weg direkt am Abgrund entlang. Als wäre das noch nicht genug, sind es gefühlte 35 Grad im Schatten, die auf uns niederbrennen. Wohlgemerkt, wir gehen bergauf. Jeder Schritt ist ein Schritt weiter in die Höhe, oder sollte ich besser Hölle sagen, und ein Schritt tiefer, den wir fallen würden, falls wir abrutschen sollten. Meine Beine zittern. Das ist unpraktisch und macht den Aufstieg noch mehr zu einer Tour des Wahnsinns. Wie es wohl Robert nach meinem plötzlichen Verscheiden ginge, überlege ich voller Selbstmitleid. Und Helene? Wird sie in ihrem Blog meiner gedenken?

»Der Wind ist heute zum Glück nicht so stark«, ruft Luciano uns zu.

»Das Wetter ist echt perfekt fürs Bungee-Jumping«, bestätigt Ester glücklich.

Je näher wir dem Gipfel des Berges kommen, desto mulmiger wird es mir. Trotz der Backofentemperaturen fröstle ich und stopfe die Fäuste in die Hosen.

Reinhard: »Der erkältet sich noch.« Silvio: »Bei einem Strandausflug …? Könnte dir so passen. Nee, der springt und kehrt wohltemperiert aufs Schiff zurück.« Reinhard: »Und gleich rutscht er ab und stürzt circa viertausend oder vierhundert oder vierzig Meter tief. Man sieht das von hier oben so schlecht.« Silvio: »Hände in den Taschen beim gefährlichen Aufstieg ist lässig.«

Ich ziehe die Hände wieder hervor, weil ich die kluge Entscheidung treffe, lieber halb erfroren oben anzukommen, als wohltemperiert in die Tiefe zu stürzen. Es ist eine Tatsache, wenn man einen Moment mal seine Angst hier oben vergisst, ist der Ausblick nicht nur Furcht einflößend, sondern atemberaubend und fantastisch: die Inseln, das scheinbar endlose Meer. Die tolle Naturbühne, die wir auch von hier oben mit allen Sinnen genießen … und unmenschliche Schreie, die in unseren Ohren schrillen.

Ein Mensch fällt vor unseren Nasen buchstäblich vom Himmel und wird ein paar Sekunden später von einer elastischen Gummileine am Fuß wieder nach oben geschleudert.

»Mamma mia«, rutscht es mir heraus. Niemand, der nicht mit mir lacht oder staunt.

»Unser Italiener«, neckt mich Margot.

»Heiliger Strohsack«, ringe ich mir ein Statement ab. »Das sieht gefährlich aus. Ich werde einfach nur die Aussicht genießen. Robert, Helene? Wir sollten wieder umkehren.« Helene verdreht die Augen und Robert hat mich gar nicht gehört, so sehr ist er von den schreienden Menschen fasziniert. Jeder Einzelne geht wie ein verurteilter und todgeweihter Seeräuber über eine Planke ins offene Nichts – und hops.

»Hier! Ich hab da was für dich!« Margot kramt aus ihrer Handtasche ein kleines Tablettenröhrchen heraus. »Nimm eine davon! Dämpft die Angst, ist für den Spaß …« Sie zwinkert mir zu. »So, Mund auf.«

»Was ist das?«, möchte ich wissen.

»Stimulation und Angsthemmer, du weißt schon … Es wird großartig, glaub mir. Richtig gutes Zeugs. Hab da 'ne super Quelle. Keine Sorge, ich nehm auch eine und George bleibt clean, der passt auf.«

Ist das der Hammer, der mir schmerzfrei eine verpassen könnte? Wenn ich die Pille schluckte, existierte ich dann für eine Weile nur noch als Idee? Gelange ich dann näher an mein Über-Ich oder weiter weg denn je?

»Willste nu oder was?«, drängt Margot.

Ich mache meinen Mund auf, strecke die Zunge heraus, lasse sie in den Rachen rutschen und weg ist sie. »Es ist wirklich tief …«, brütet Robert. »Ich handel mal.«

Ich setze mich unterdessen auf einen Stein und warte. Auf Robert, auf die Wirkung, auf eine Einsicht.

»Fünfundsiebzig statt achtzig, wenn wir alle springen«, freut sich Robbie.

»Wow, du bist ja ein geborenes Verhandlungstalent«, zieht Helene ihn auf. Giftspritze.

»Dann versuch mal, mehr herauszuschlagen, Fräulein.«

Macho.

Ich könnte Robert nicht küssen. Nee, das geht wirklich nicht. Herrje, ich habe ein Kochbuch zu schreiben. Worüber sinniere ich da eigentlich?

Nachdem wir den Bungee-Jumpern also fünf Euro pro Nase weniger gezahlt haben, reihen wir uns in die Warteschlange ein. Margot will unbedingt als Erste springen. Vielleicht denkt sie, dass sie dann schneller wieder zurück bei ihrem Mopshund ist.

Nachdem das unendlich lange, kräftige Gummiband sachgemäß an ihren Füßen befestigt worden ist, watschelt sie entschlossen auf das Sprungbrett, streckt die Arme über den Kopf wie ein Olympionike auf dem Zehn-Meter-Turm und ruft stolz: »Diesen Sprung widme ich meinem Mann, der mit mir immer alles geteilt hat. Dieter, du Mistkerl, ich liebe dich!« Mit einem letzten Aufschrei stürzt sie sich in die Tiefe. »Aaaaaaaaaaaah, ist das geilllllllll!«, brüllt sie, als sie im freien Fall auf die Meeresoberfläche zurast. Mit einer Seligkeit im Antlitz, als hätte sie den glücklichsten Tag ihres Lebens erfahren, wird sie, wie ein Fisch an der Angel, schließlich wieder nach oben gezogen. Angespornt von Margots Mut, springt jetzt einer nach dem anderen. Als die Reihe schließlich an mir ist, verharre ich ein paar Atemzüge und fluche, wie ich bloß in diese Situation geraten konnte. Doch urplötzlich spüre ich eine ungewohnte Leichtigkeit. Die Farben um mich herum werden intensiver, der Blick dreidimensionaler und mit einem Mal ist meine Angst wie weggeblasen. Ich fühle mich ultrastark, sorgenlos und befähigt, alles zu meistern. Auch mit Robert und Helene. Aufgeblasen, als wäre ich Superman, lasse ich mich am Gummiband festzurren und starre in den dunkelblauen Abgrund.

»Nun los!«, jubiliert Margot mir aufmunternd zu.

Der Instruktor raunt: »Ich helfe Ihnen, okay?«

»Null problemo.«

Er legt die Hand auf meinen Rücken und schiebt mich sanft nach vorne, bis ich kopfüber in den Abgrund stürze. Wenn ich jetzt sterbe, wird meine Tante Antonia nie mein autobiografisches Kochbuch lesen. Oh, mein Gott, wenn ich dort unten aufknalle, wird Robert nie erfahren, was für wunderschöne Augen er hat.

»Aaaaaaaaaahhhhhhh!«, krähe ich mich heiser. Gleich links von mir stürzt eine Giraffe mit dem Kopf voran in die Tiefe. Ihre kleinen Orecchiette flattern lustig. Die vom Fallwind aufgepressten Lippen entblößen ein großes Gebiss. Die Giraffe scheint sich über mich lustig zu machen, wie sie da so neben mir fliegt.

»Du machst ja komische Sachen, Herr Blunagalli«, ruft sie mir zu.

»Aaaaaaahhhhhhh!«, schreie ich mich leer.

»Was ist denn? Ich bin's doch, dein Schutzengel, Reinhard«, lächelt die Giraffe und blinzelt mir verführerisch zu.

»Aber Engel haben Locken und blonde Haare!«, brülle ich sie an.

»Nicht immer, Angelo … Nicht immer …« Die Engel-Reinhard-Giraffe grient mich breit an.

Ich drehe meinen Kopf von ihr weg. »Aaaaaahhhhhhhhh!«, blöke ich erneut, denn an meiner rechten Seite saust nun ein dicker, großer See-Elefant in die Tiefe. »Und wer bist du?«

»Ich bin dein Schutzengel Silvio«, grinst der See-Elefant mich an. Er trägt eine vermutlich sehr wertvolle Brioche an der Brust. Ich habe zwei Schutzengel? Warum dann stürze ich seit einer Ewigkeit in den Abgrund und niemand zieht mich herauf? Und was macht der See-Elefant mit der Brioche?

Unvermittelt spüre ich einen heftigen Ruck an meinen Füßen und federe wieder nach oben. Beidseits von mir schnellen Giraffe und See-Elefant ebenfalls ein paar Meter aufwärts. Sie feiern sich und haben Spaß miteinander wie nur beim »Karneval der Tiere«. Als ich endlich wieder auf das Sprungbrett gezogen werde, empfangen mich die anderen mit großem Gelächter.

»Mensch, Angelo, deine Angstschreie waren ja von einer anderen Welt. Als hättest du dem Tod ins Auge gesehen!«, amüsiert sich George-Dieter auf meine Kosten, während Margot sich das Gummiseil erneut um ihre unteren Extremitäten binden lässt.

»Sie bekommt aber einen Rabatt, oder?« Robert weicht dem Instruktor nicht von der Seite. »Wenn sie das zweite Mal springt, bekommt sie 'nen Rabatt, oder?«

Helene verdreht die lilafarbenen Augen. Inzwischen kann ich durch ihre Pupillen wie durch ein Fernglas sehen. Direkt in ihren Kopf! Mein Gott, ich kneife die Augen zusammen und wende mich ab. »Alles gut?« Helene legt ihre Hand auf meine Schulter. »Ist dir schlecht?«

»Gut, gut, gut«, murmele ich.

»Dann sieh mich doch mal an.«

Ich drehe ihr den Kopf zu und ihre Augen sind mir unvermittelt so nah, dass sie nun auch meine scannt. Ihre blonden Haare kräuseln sich wie Spaghetti im Wasser. Mein Kochbuch, ich muss doch das Kochbuch schreiben. »Was starrst du denn so?«, plappere ich ungeschickt. Mit wackligen Beinen, einem flauen Gefühl im Magen und knappem Gruß verabschiede ich mich.

»Hey, warte doch«, versucht Helene mich aufzuhalten.

Ich bleibe ihr eine Antwort schuldig und laufe wie ein Teenager davon. Als ich hastig den Berg verlasse, höre ich noch das laute Juchzen von Margot, während die Giraffe auf ihren langen staksigen Beinen neben mir herstürmt und einen großen grauen Stein mit sich rollt. Giraffe: »Immer schön vorsichtig, Schritt für Schritt. Nicht, dass wir uns noch die hübschen Gliederchen brechen.« See-Elefant: »Das Herz bricht er sich noch, das Herz.«

»Hey, nicht ohne mich!« Jemand hält mich am Arm fest. Ganz schön fest. Das kann doch kein Mensch sein. Mit einem Ruck dreht mich das Überwesen um. Es ist George Clooney! »Zurückkommen. Mitkommen«, er spricht mit mir wie ein General mit einem Kleinkind. »Wir gehen schön alle zusammen den Berg runter, ja? Wir warten noch auf die Margot. Die muss sich noch ein wenig austoben. Schön zusammenbleiben.«

»Bist du schwul?«, frage ich ihn deppert.

George Clooney röhrt im Basston, dann flattern weiße Tauben um ihn herum, fliegen in den blauen Sommerhimmel und tragen mich ein Stück weit den Berg hinauf. Es geht plötzlich alles so leicht, alles so leicht …

Kapitel 20

Als ich am nächsten Morgen in die sterbliche Welt zurückkehre, fühlt sich mein Kopf wie eine Abrissbirne an. Dennoch überwiegt Glückseligkeit. Die beiden Exbordellbesitzer sind in der Tat etwas Besonderes. Ob sie sich auch mal fürchten, Ängste kennen? War das gestern irre! Auf jeden Fall nicht wiederholbar …

Während der Nacht sind wir im Norden von Sizilien, in Catania, angekommen, vermute ich.

Ich räkle mich unter der weichen Decke und fühle mich rundum wohl.

Jetzt eine Zigarette …

Es war mein Entschluss, der Wille eines freien Menschen, ab sofort ein rauchfreies Leben zu führen. Vielleicht wiegt das Hochgefühl, meine Lungen nicht mehr mit Teer und Nikotin zu quälen, die Genusssucht eines Tages auf. In der fernen Zukunft. Hoffentlich …

Schon wieder steht ein spannender Ausflug an, auf den ich mich schon länger freue. Wir wollen den Ätna besteigen, einen der aktivsten Vulkane Europas. Wenn ich meinen Betonkopf vorsichtig hebe, kann ich von der Suiteterrasse aus sehen, wie aus dem über dreitausenddreihundert Meter hohen Berg eine dünne Rauchsäule emporschwebt.

Ich höre mich selber stöhnen, als ich mich mühsam hochwälze, um dann auf die Terrasse hinauszuwanken. Was gäbe ich für eine Zigarette! Fest umklammere ich mit beiden Händen die Reling meiner Terrasse, um das Verlangen, die Sehnsucht, den Trieb zu unterbinden.

Für den Landausflug haben alle Passagiere, die sich dazu angemeldet haben, Halstücher ausgehändigt bekommen, die uns einer von drei Gruppen zuordnen. Ich habe den Verdacht, dass diese Maßnahme lediglich dazu dienen soll, frei werdende Zimmer zu selektieren, sollten nämlich einige von uns in den Schlund des Vulkans stürzen wollen. Vom Kraterrand aus könnte man die Farben der Tücher sicher gut ausmachen und zählen. Mit den roten, blauen und grünen Stoffdreiecken um den Hals stehen wir jetzt in der Lobby und sehen aus wie Pfadfinder ohne Kompass. Meine Gruppe, die lieben Tischnachbarn gehören natürlich dazu – dafür hat Angie Hajek-Schnarrenberger gesorgt –, ist blau betucht. Er will seine Schäfchen wohl gerne unter Aufsicht haben.

Die Lehmanns winken mir schon von Weitem zu. Sie sind für die Exkursion gerüstet, als würden sie im Krüger-Nationalpark in Südafrika auf Safari gehen. Beide in den zeitlosen Camouflagetönen Olivgrün und Beige. Margot imponiert außerdem mit ihrer doppelstöckigen Föhnfrisur und der zweireihigen Perlenkette. Vor ihrem Busen baumelt ein kleines Fernglas. Mops Lilo schnauft angestrengt in der verschlossenen Tasche. Dieter sieht in seinem coolen Expeditionsoutfit dem amerikanischen Schauspieler in der Tat zum Verwechseln ähnlich. Er trägt zur naturfarbenen Hose, die mehr Taschen aufweist, als das Schiff Bullaugen hat, eine passende Weste, die in ihrer Multifunktionalität jeden Scout-Master der Welt neidisch machen würde. Seine Füße kleiden farblich passende, beige Wildlederschuhe. Auf seinem Haupthaar, das feine, graue Strähnen durchziehen, sitzt ein Canvas-Hut mit Lederriemen, den eine winzige Tasche mit Druckknopf ziert.

Während ich noch grüble, was man wohl in so einer Huttasche verstauen kann, tauchen die Hajek-Schnarrenbergers auf – von Kopf bis Fuß in Trekkingklamotten mit den großen Logos der Edelmarken im Sport- und Freizeitbereich. »Alles ›Made in China‹«, versichert Angie stolz und wedelt mit edlen Walkingstöcken. Nur auf ihren breiten Gürtel mit der silbernen »PRAADA«-Schnalle mochte Therese wohl nicht verzichten. Das trübt den Gesamteindruck ein wenig, aber die Wienerin macht das mit herzhafter Koketterie wieder wett.

»Puh, ganz schön warm hier, oder?« Demonstrativ fächelt Angie sich mit einem Taschenventilator Luft zu, während seine Gattin sich aus einer Sprayflasche einen feinen Wassernebel ins Gesicht spritzt.

Die haben wirklich alles dabei, sinniere ich beeindruckt und überlege, was sie wohl von meinem Auftritt in Jeans, T-Shirt, Basecap und stabilen Turnschuhen für die Bergwanderung halten mögen.

Heute soll es gegen Mittag derart heiß sein, dass wir voraussichtlich auf dem Vulkan geröstet werden. Und statt in einem klimatisierten Van zu fahren, werden wir zu Fuß auf den Ätna kraxeln. Aber immer noch besser, seufze ich ergeben, als bei achtzehn Grad und Regen auf den Fernsehturm in Berlin zu steigen – respektive zu fahren, motiviere ich mich.

Ich drehe meinen noch ein wenig taumelnden Kopf wie eine Eule auf der Suche nach Helene. Aber meine Mitbewohnerin ist nirgends zu sehen. Wo bleibt sie bloß? Als ich nach dem Frühstück ins Zimmer geschlendert bin, war sie auch schon nirgends zu entdecken. Ob sie immer noch sauer auf mich ist wegen des dämlichen Puffbesuchs?

Ich habe noch nicht zu Ende gedacht, da betritt Robert die Halle – mit Helene am Arm. Will er etwa auch mitkommen? Zumindest lässt das blaue Halstuch, mit dem er uns fröhlich zuwedelt, darauf schließen. Ebenso wie Robert scheint auch Helene bester Laune zu sein. Sie tänzelt an seiner Seite, dass einem übel werden kann, grüßt freundlich in die Runde und zwinkert mir neckisch zu.

Sie ist ganz in Schwarz gekleidet, wodurch ihre blonden Haare perfekt zur Geltung kommen. Und das kleine Halstuch passt genau zu ihren blauen Augen. Hoffentlich haben wir bei dem Ausflug mal Gelegenheit, in Ruhe miteinander zu reden. Ich will wissen, warum die Brosche nicht in dem Diebesgut verzeichnet ist. Wem gehört sie? Wieso vermisst niemand sie? Hat die Diebin mit den roten Handschuhen sie vielleicht bei unserem Zusammenprall verloren? Aber vor allem will ich sie nicht mehr haben. Ich muss das alles mit Helene besprechen, und wenn ich Robert dafür in den Höllenschlund stürzen muss!

Doch wenn ich mich in der riesigen Halle mit gefühlt dreitausend Passagieren beziehungsweise Zeugen, die ebenfalls alle auf den Ätna wollen, umsehe, dürfte es schwierig werden, mein Vorhaben umzusetzen.

»*Attenzione per favore*«, spricht ein junger Mann direkt neben uns in ein kompaktes Megafon, sodass ich Murmeln in meinem Schädel rollen fühle, doch die halstuchbewehrten Pfadfinder kümmert das so viel wie der Wasserstand der Spree in Berlin.

»*Attenzione, prego*«, versucht er es noch etwas lauter, ohne dass es irgendeine Sau interessiert. Ich überlege für den Bruchteil einer Zeiteinheit, ob ich ihm das Megafon einfach aus der Hand schlagen soll.

»ACHTUNG! ACHTUNG!«, brüllt er schließlich verzweifelt und bringt mich dem Hörsturz nahe. Augenblicklich kehrt Ruhe ein. Deutsche Erziehung.

»Bitte, wir müssen uns in drei Gruppen teilen. *Prego*, die grüne Gruppe auf diese Seite zu Paolo, die rote Gruppe dort zu Luigi.«

Eine Welle von Menschen bewegt sich augenblicklich in Paolos Richtung und kämpft dabei mehr oder weniger enthusiastisch gegen die andere Welle, die Richtung Luigi strebt. Warum ich mich ausgerechnet jetzt an meinen

Mathematikunterricht erinnere und die Folgen des Aufeinandertreffens zweier Kurven, weiß nur mein einstiger Pauker allein.

»... und die blaue Gruppe hier zu Enrico, das wäre dann ich.«

Der braun gebrannte junge Mann nimmt das Megafon vom Mund und lächelt uns an. Er bindet sich sein blaues Tuch lässig um die Stirn und sieht damit wie ein Indianer aus. Sehr cool! Ich verzeihe ihm sogar, dass ich für den Rest der Reise taub sein werde.

»Oh, sehr hübsch«, kommentiert Reinhard glücklich. »Ach, Quatsch! Jeder Italiener mit so einem Tuch um den Kopf ist lässig!«, wertet Silvio Reinhards Kommentar ab.

»Genau, und er sieht sogar geil aus mit dem Tuch. Während du einfach nur neidisch bist, mein Lieber!«, beendet Reinhard trocken seine Begutachtung.

In dem wilden Durcheinander dauert es eine Weile, bis jede der drei Gesellschaften sich zusammengefunden hat. Irgendwann haben sich rund fünfzig Passagiere mit dem azurnen Halsschmuck um uns und Enrico geschart. Es sind ausschließlich Italiener und Deutsche, stelle ich schnell fest.

»Oh, ich finde, wir haben den schönsten Reiseführer bekommen«, hält Reinhard fest. »Ich glaube, es ist wurscht, wie ein Reiseführer aussieht. Hauptsache, er beherrscht seinen Job«, ergänzt Silvio. »Ja, aber das Auge isst mit, finde ich, und der Mann sieht einfach toll aus«, zickt die schwule Seele in mir zurück. »Mach dir keine Hoffnung, der hat dich nicht einmal wahrgenommen«, untergräbt Silvio seine Stimmung. »Jetzt noch nicht, du Pessimist, aber abwarten, der Tag ist noch lang ...«, stänkert Reinhard.

Ich ignoriere einfach meine gespaltenen Persönlichkeiten und höre nur, was der schöne Mann, ich meine der Reiseführer, uns mitteilt.

»Die erste Etappe iste eine nette Spaziergang in die Tal ›Valle‹ gegenüber dem Hauptkrater, dem Hauptort der letzten Lavaausbrüche«, erklärt uns Enrico mit charmantem italienischen Akzent und unterstreicht seine Bemerkungen mit vielen kleinen Handbewegungen, als würde er ein Orchester dirigieren. Als ich mich umsehe, bemerke ich, dass sämtliche Frauen, und nicht nur die Frauen, ihm wie hypnotisiert an den Lippen hängen und keinen Augenblick aus den Augen lassen. Selbst Helene starrt unseren Reiseleiter wie einen Göttersohn, der gerade dem Olymp entstiegen ist, an, stelle ich mehr als genervt fest.

Mit Bussen werden wir nach Catania gekarrt, zum Sammelpunkt am Fuße des Vulkans.

Schon jetzt sind wir völlig durchgeschwitzt.

Bereits um neun Uhr morgens sind es gefühlte dreißig Grad im Schatten. Angie Schnarrenberger neben mir hat seinen Miniaturventilator auf maximale Stufe gestellt, vermutlich hebt er gleich ab mit dem Ding, und ich bin froh, dass ich etwas von dessen Gebläse abbekomme.

Endlich marschieren die drei Gruppen gleichzeitig los – zum Glück alle auf einem anderen Pfad. Hoffentlich haben wir nicht den längsten Weg zum Krater erwischt. Ich transpiriere bei jeder Bewegung und nehme erst mal einen Schluck aus der Wasserflasche, mit der jeder Naturfreund ausgestattet worden ist. Auch wenn wir hier mitten durch die Pampa laufen, lässt es sich Angie Hajek-Schnarrenberger nicht nehmen, uns sicherheitshalber noch mal vor sämtlichen hier ansässigen Gefahren zu warnen. Schließlich seien wir auf Sizilien, was nicht nur Mafia, sondern auch Räuber, Vergewaltiger und sowieso Verbrecher aller Art, die sich in dieser Gegend hinter jedem Stein verstecken, bedeutet. Natürlich fehlen in seiner Liste die perversen Taliban nicht. Amüsiert und heimlich Blicke tauschend, marschieren wir wie der Nachwuchs einer Entenfamilie hinter ihm her.

Um uns bei Laune zu halten, beginnt unser Tourguide Enrico im schönsten Sopran, was hätte ich auch anderes erwartet, zu trällern – erstaunlicherweise ein französisches Lied:

»*Alouette, gentille alouette, je te plumerai alouette …*«

Ein paar von uns scheinen das Lied zu kennen und singen mit. Ich schaffe es endlich, zu Helene aufzuschließen, und laufe beschwingt im Rhythmus und Takt der Melodie neben ihr her.

Irgendwann grinst Helene mich von der Seite an und stichelt: »Zum Glück singen wir nicht ›*Azzurro*‹, was, Angelo?«

»Wieso?«, frage ich harmlos zurück.

»Weil du das nicht magst.« Und singend setzt sie ihren Weg fort. »*Alouette, gentille alouette.*«

Ich grübele, wie sie das wohl gemeint hat.

»Hab ich letzte Nacht wieder im Schlaf gesprochen?«, hake ich sicherheitshalber nach.

»Nein, hast du nicht, nur ein bisschen mit den Zähnen geknirscht«, lacht sie mich an oder aus. »Aber daran kann man sich gewöhnen …«

»*Alouette, je te plumerai alouette.*« Falsettierend schwinge ich meine Arme und Beine neben ihr. Ich habe keine Lust mehr, über Probleme, Broschen und

Frauen mit roten Handschuhen zu sprechen, freue mich über den fröhlich kläffenden, eifrig schnüffelnden Mops Lilo, der zwischen uns umherspringt und nach Schmetterlingen schnappt.

Alles um uns herum glänzt in verschiedenen, sehr speziellen Schwarztönen, die Gebäude, die Brunnen, die Steine, sogar die Falter. Schwarz sind auch die Augen und Haare der Menschen, die wir auf dem *sentiero* treffen. Hier ist selbst das Bunte anthrazit. So etwas gibt es wohl nur an diesem Ort.

2002 war der letzte große Vulkanausbruch, der schlimme Verwüstungen angerichtet hat. Den Schaden kann man noch immer deutlich sehen. Wir haben rund tausendfünfhundert Höhenmeter erklommen und die Landschaft ändert sich auf Schritt und Tritt. Einmal sieht es aus wie in einer toten Wüste der Nacht. Ein paar Hundert Meter weiter bestaunen wir neben dem schmalen Pfad, auf dem wir uns immer höher nach oben schlängeln, tiefe Löcher in der Erde, in denen ewiger Schnee erschöpfter Wanderer harrt. Der Ätna hat wie alles im Leben seine zwei Seiten – eine von der Sonne liebkoste und eine dunkle und kalte, die einem die Schweißtropfen gefrieren lässt.

»Halt!«, ruft Enrico zu aller Erleichterung. »Wir sind da! Da drüben ist der Hauptkrater. Näher können wir nicht ran. Sie können jetzt Fotos machen, aber bitte nicht über den Zaun steigen.« Ein Zaun? Offenbar war ich nicht der Erste, der die Gunst der Stunde genutzt wissen wollte.

Aus dem Zentralkrater steigt kein Rauch auf, aber ein Gas, durch das die grelle Sonne alles in buntes Licht taucht. Das Schwarz der Lava bekommt blaue, grüne und sogar gelbliche Schattierungen. Ergeben und fasziniert betrachte ich das Farbenspiel der Natur.

Es ist höllisch heiß hier, aber die Leute drängeln sich möglichst dicht an das gewaltige Loch im Berg und schießen ein Foto nach dem anderen. Mops Lilo winselt, in Sicherheit gebracht, aus seiner Tasche.

Ich verspüre wenig Lust, mich den Schubsern anzuschließen, sondern genieße lieber die famose Aussicht auf Catania und das tiefblaue Meer. Von hier oben kann man unser riesiges Schiff gut erkennen. Herrlich!

Nach und nach lassen sich die meisten im Schatten eines hundertjährigen Olivenbaums nieder. Auch ich mache es mir neben Robert gemütlich und trinke beseelt mein Wasser, als wäre es der edelste Tropfen Rotwein. Meine Flasche ist fast leer, als Enrico zum Aufbruch mahnt.

»Die zweite Etappe führt uns in eine Lavagleithöhle.« Fröhlich pfeifend, stapft er voran, als würde ihm die Hitze rein gar nichts ausmachen.

Durchnässt und schnaufend erreichen wir schließlich die Grotte, doch bevor wir in den dunklen Tunnel hinabsteigen können, bekommt jeder von uns einen Schutzhelm und eine Taschenlampe in die Hand gedrückt.

»Das geht nicht! Ich kann diesen Monsterhelm nicht tragen. Prego, Signore Enrico«, jammert Margot und baut sich mit trotzig verschränkten Armen vor unserem Bergführer auf. Er betrachtet skeptisch ihre hochtoupierte Frisur, die unter der Hitze nur unbedeutend gelitten hat, und nickt verständnisvoll.

»Ja, das ist nicht sehr angenehm, aber die Sicherheitsvorschriften schreiben das nun einmal vor. Ohne Helm keine Grotte. Und der Hund muss wieder in die Tasche.«

Schmollend quetscht Frau Lehmann den weißen Helm auf ihr onduliertes Haupt und macht dabei ein Gesicht, als hätte sie mit dem Leben abgeschlossen, während sie die protestierende Lilo in die Tragetasche zurückstopft. Dann sind wir endlich bereit zum Abstieg.

Immer zu zweit nebeneinander geht es Richtung Erdmittelpunkt. Jules Verne würde vor Neid erblassen. Vor allem unserer Helme wegen. Anfangs können wir noch den aufrechten Gang zelebrieren, doch bald darauf senkt sich die Decke des engen Höhlenwegs immer mehr und ich bin froh, dass mein Kopf so gut geschützt ist. Ich kann mich des Gefühls nicht erwehren, in eine Kanalisation hinabzusteigen, denn je weiter wir zum Erdinneren vordringen, desto dunkler, kühler und feuchter wird es. Die Farbe der Wände wechselt von Dunkelgrau zu Weiß.

»Das sind Ablagerungen, die durch die Mischung von hoher Temperatur und prähistorischem Eis entstanden sind«, erklärt uns Enrico fachmännisch, und die Damen hängen an seinen Lippen. Er könnte auch von hundert rückwärts zählen.

Sodann zeigt er auf die kleinen schwarzen Hügel ringsherum, aus denen von Zeit zu Zeit weißer Rauch aufsteigt. »Durch diese Gänge ist früher das heiße Magma geflossen ...«

Ich drehe mich augenblicklich auf dem Absatz um, nur um auf Nummer sicher zu gehen, dass hinter mir keine Lava im Anmarsch ist. Doch da sind nur Dieter sowie Margot, die ihre Tasche eng an den Körper presst und mich ängstlich anstarrt.

Ein fernes Grollen, als würde der Vulkan nach einem ausgiebigen Mittagessen genüsslich rülpsen, lässt uns erschauern. In Margots Handbag jault Lilo anklagend und herzzerreißend, dass es bis in die hinterste Reihe zu hören ist.

»Keine Angst, liebe Leute. Das ist nur das Geräusch, das der immer noch aktive Vulkan macht«, versucht uns Enrico zu beruhigen.

Immer noch aktiv? Um Himmels willen! Helene ist an meiner und Roberts Seite, als das Grollen immer bedrohlicher wird. Reflexartig greift das holde Wesen nach meiner Hand und quetscht sie wie ein Schraubstock zusammen. Mannhaft halte ich stand und drücke dafür Roberts zu Brei.

Alle sind erleichtert, als wir nach einer Viertelstunde die Höhle auf der anderen Seite des Berges wieder verlassen. Die Sonne blendet uns, dennoch ist es kalt und ungemütlich. Ein kühler Wind pfeift uns um die Nase. Wir sind derart erschöpft, dass wir bei jedem vorbeiziehenden Wanderer den Eindruck hinterlassen, als würden wir nicht von einem lustigen Ausflug heimkehren, sondern wären nach einem harten Arbeitstag aus einer Mine emporgekraxelt.

Am Ausgang des Tunnels erwartet uns eine Fee mit einem üppig beladenen Souvenirstand. Sie verkauft neben dem Vulkan – die Idee hat sie sicher bei Spielberg geklaut – in allen mehr oder weniger kunstvollen Varianten Windjacken, Handschuhe und Mützen. Wir sind auf gut zweitausend Meter Höhe und das Klima bietet alles, was man sich vorstellen kann. Sonne, Wind und Schnee. Die angebotenen Klamotten sind nicht besonders schick und megamäßig überteuert, aber angesichts des kalten Windes bleibt uns nichts anderes übrig, als der jungen Dame etwas abzukaufen. Eine pfiffige Geschäftsfrau.

Als Dreingabe für den Deal bekommt jeder noch eine kleines Fläschchen mit einem blutroten Likör geschenkt – das sogenannte Fuoco dell'Etna, das Feuer des Ätna. Während ich vorsichtig einen Schluck probiere und feststellen muss, dass der hochprozentige Alkohol zwar augenblicklich meine Kehle wärmt, dafür aber meine Darmwindungen in Wallung bringt, ein Klo ist indessen nirgends auszumachen, verfolgt Angie anscheinend andere Ziele. Ich beobachte, wie er der Verkäuferin eine seiner bunten Visitenkarten zusteckt.

»Hier, junge Frau, da bekommen Sie bessere Klamotten – sogar mit Markenlogo! Import-Export aus China. Melden Sie sich einfach, wenn Sie Nachschub brauchen.«

Ich bewundere seinen Geschäftssinn, da haben sich zwei getroffen, sogar hier auf einem aktiven Vulkan.

Haben die anderen auch überlebt? Durch die Feuchtigkeit hat sich Margots Frisur, der Helm tat sein Übriges, praktisch aufgelöst. Sie sieht jetzt aus wie eine Margerite, die seit Tagen kein Wasser mehr bekommen hat. Doch die heiße

Sonne scheint ihr Energie einzuhauchen. Ohne die lästige Kopfbedeckung marschiert sie lächelnd hinter Enrico her.

»Oh, nein!«, schrillt plötzlich die Stimme von Therese Hajek-Schnarrenberger durch den pfeifenden Wind. Verzweifelt zeigt sie auf ihren Bauch, als wäre sie schwanger und wüsste nicht, von wem. »Gerd, i hob a ›A‹ verlur'n!«

Nein! Eines der vielen »As« von ihrem »PRAADA«-Gürtel hat doch tatsächlich der Vulkan verschluckt. Oder das Höhlenmonster?

»Sorry, aber da geh' i jetzt nimmer eini, um des zu suach'n. Da kauf i dir liaba an neich'n Giatl, Schatzi«, bestimmt ihr Mann sehr konsequent und quetscht sich mühsam in seine neu gekaufte Windstopperjacke, die aber eher für kleine Italiener oder Chinesen gemacht zu sein scheint.

Ich verkneife mir den Hinweis, dass der »PRA_DA«-Gürtel jetzt doch endlich korrekt sei, weil Helene fast unmerklich den Kopf schüttelt.

»So, liebe Gäste«, bittet der gut gelaunte Enrico erneut um unsere Aufmerksamkeit. »Jetzt laufen wir noch ein Stückchen dort hinüber, zum Weingut ›Casa Grande‹. Da können wir verschiedene Sorten Wein probieren und uns dazu mit den lokalen Käse- und Wurstspezialitäten stärken.«

Diese Etappe ist ganz nach meinem Geschmack. Statt draußen in der Sonne zu schwitzen, bittet uns der Weingutbesitzer in sein stattliches Anwesen. In einem großen, herrlich kühlen Saal sind mehrere Tische gedeckt. Krüge mit Wasser und Wein stehen bereit, dazu Käse, Wurst, Oliven und Brot. Als hätten wir seit Tagen nichts mehr gegessen, machen wir uns über die köstlichen Speisen her.

»Nicht vom Tisch!«, sagt Georg-Dieter streng, als Margot heimlich ein Stückchen Wurst unter dem Tisch verschwinden lässt.

»Nur ein ganz bisschen, du weißt doch, dass Lilo verrückt nach Mortadella ist.« Sie wirft Lilo noch eine Scheibe Wurst zu, die der Mops laut schmatzend vertilgt.

Die Weinverkostung führt innerhalb kürzester Zeit dazu, dass sich Italiener und Deutsche mit Begeisterung ihre jeweiligen Volkslieder vorsingen. Ein großes Hallo geht durch den Saal, als große, dampfende Schüsseln voller Spaghetti aglio, olio e peperoncino mit frischer Petersilie aufgetragen werden. Wir sind gerade dabei, die besten Teigwaren der Welt al dente zu genießen, als die Eingangstür mit einem Schwung aufgerissen wird, als würde das Mittelmeer den Speisesaal fluten. Eine kräftige Blondine um die fünfzig mit einem grünen Tuch um den Hals kommt hereingestürmt und sieht sich suchend um. Die Aufmerksamkeit der Anwesenden ist ihr gewiss. Als ihr Blick an George-Dieter hängen bleibt, schreit sie hysterisch los,

»Jaaaaahhhhaaahahhahahahahha!«, scheppert es aus ihrem schmalen Mund, dicht gefolgt von einem zweiten, noch lautereren »Jaaaaahhhhaaahahhahahahahha!«

Dabei habe ich immer noch Tinnitus von Enricos Megafon. Wie auf Kommando verschwinden sämtliche Italiener einschließlich unseres schönen Vulkanguides unter dem Tisch. Einige schaffen es sogar noch, nach ihrem Spaghettiteller zu greifen. Auch die Hajek-Schnarrenbergers an unserem Tisch tauchen in die gefühlten Fluten ab. Nur die Lehmanns, Robert, Helene und ich sitzen wie versteinert auf unseren Stühlen, obwohl auch in mir die dramatische italienische Seele für den Bruchteil einer Sekunde Alarm schlägt.

»Achtung! Mafia! Überfall!«, brüllt Silvio aufgeregt.

»Unsinn, das ist doch nur eine harmlose Frau«, versucht Reinhard, mich zu beruhigen.

Bis ich mich entschieden habe, auf wen ich hören soll, schreit die blonde Frau erneut, dass ich mich ernsthaft frage, ob der Spaß an der Seefahrt den Verlust des Gehörs aufwiegt, und stürmt dabei wie ein Groupie auf George-Dieter Lehmann zu.

»Ahhhhhhh, George! Ich glaube es nicht, gell. Aber es stimmt! Du bist es, gell!« Aufgrund eines undefinierbaren, aber starken Akzents wiederholt sie sicherheitshalber alles noch einmal auf Englisch: *»George, I do not believe it, gell. It is true, you are you, gell …«*

Dieter sitzt wie benommen da und starrt die paranoide Frau fassungslos an. Mutig stürzt der Wirt ihr entgegen und versucht, sie zu beruhigen:

»Entschuldigen Sie, gnädige Signora, was suchen Sie denn? Wir haben hier nur ein paar deutsche und italienische Gäste …«

»Na höret Se mol, isch weiß doch, wer da sitzt! Der George Clooney! Lasset Se misch da jetzt sofort dursch!«, insistiert sie, weicht dem Wirt geschickt aus und läuft mit weit geöffneten Armen und einem seligen Lächeln direkt auf Dieters Körper zu. Der verharrt wie eine dem Tode geweihte Maus in Schockstarre und scheint tatsächlich zu hinterfragen, woher er diese Frau wohl kennen könnte.

»Du weißt nicht, wie glücklich ich bin, dich hier zu sehen. Ich bin ein Riesenfan von dir, hab alle deine Filme gesehen«, stammelt sie aufgeregt, stürzt sich endgültig auf das Objekt ihrer Begierde, greift mit beiden Händen nach dessen Kopf und drückt ihm einen dicken Schmatzer auf den Mund.

Während Dieter dies geschehen lässt – ich werde das Gefühl nicht los, dass er es auch ein wenig genießt und nunmehr auskostet –, erwacht dafür seine Gattin aus ihrer Muskellähmung.

»Moment mal!«, giftet sie die fremde Person an. »Würden Sie wohl bitte sofort Ihre Finger von meinem Mann Dieter lassen?«

»Dieter? Wieso Dieter?«, schreit die Groupie-Dame entsetzt und lässt ihre Beute los.

»Der Mann, den Sie da gerade abgeschlabbert haben, ist mein Mann Dieter Lehmann aus Leipzig.«

Die blonde Bayerin schaut jetzt genauer hin. Die Ähnlichkeit mit dem berühmten George ist zwar durchaus vorhanden, doch langsam begreift sie, dass dieser Mann hier nicht das Idol ihrer schlaflosen Träume ist. Ihr Körper beginnt zu zittern, als würde sie unter Strom stehen.

»Ups«, stößt sie perplex hervor, dreht sich auf dem Absatz um und verlässt kommentarlos den Saal. Hinter ihr fällt die Tür mit einem lauten Knall zu.

Das ist das Zeichen für die Italiener, dass die Gefahr vorüber ist. Wie auf Kommando kriechen alle unter den Tischen hervor und widmen sich erneut ihrem Essen und ihren Gesprächen, als wenn nichts geschehen wäre.

Wir bleiben einen Augenblick wie festgenagelt sitzen, während Angie Hajek-Schnarrenberger mit vielsagendem Blick in die Runde zu kommentieren wagt: »Alles Irre und Taliban-Verbrecher hier unten ...«

»Aber das war doch nur eine verwirrte Frau«, wage ich zu widersprechen.

»Auch Taliban haben Frauen!«, wehrt er mich knurrend ab und nippt an seinem Rotwein. Margot und Dieter nicken vielsagend, grinsen sich an und beginnen mal wieder unisono, einen alten DDR-Schlager zu intonieren: »Da, wo der Wein fließt, sind wir den Sorgen fern ... und alle singen Sommernacht und roter Wein und roter Wein im Glas ...«

Oh, wie gerne würde ich jetzt eine Zigarette rauchen. Nur eine ...

Kapitel 21

Als ich am nächsten Morgen nach zehn Stunden intensivem und traumlosem Schlaf erwache, sind meine Gedanken farblos und leer. Es dauert einen Moment, bis ich mich zurechtfinde. Ich liege auf meinem Bettsofa, und das Schiff sollte gerade im Hafen von Bari anlegen. Die leichten Stöße gegen die Kaimauer sind deutlich zu spüren. Mit geschlossenen Augen bleibe ich noch eine Weile in meinem Bett liegen und genieße das sanfte Schaukeln unseres Kahns. Ich fühle mich leicht wie eine Gänsefeder, zufrieden und fast glücklich. Mein Brustkorb hebt und senkt sich, während ich entspannt vor mich hin atme. Hinter dem Vorhang höre ich das wohlbekannte sachte Schnarchen von Helene. Irgendwie süß, finde ich. Ich hoffe, ich hab diese Nacht nicht wieder mit den Zähnen geknirscht oder Unsinn gefaselt. Von einer schwulen Giraffe und einem See-Elefanten. Ich räkele mich unter der weichen Decke und nähere mich dem Nirwana. Obwohl. Jetzt eine Zigarette. Das wäre der Gipfel. Aber ich bin ja ein bewundernswerter Exraucher. Kein Nichtraucher, sondern Exraucher! Das ist ein großer Unterschied, den Nichtraucher nicht kapieren. Wer nie geraucht hat, also Nichtraucher ist, ist ahnungslos, kann das suchtvolle Verlangen nach einem Glimmstängel niemals begreifen. Für den sagt es sich leicht: »Hör doch einfach auf damit!« Er kann die Qual, die innere Pein kaum nachvollziehen. Hat kaum eine Vorstellung davon, dass einem Exraucher gerade in den ersten Monaten etwas fehlt. Das Opfer fühlt sich krank, einsam und verloren. Manche sagen, die Begierde bleibe über Jahre. Und dann noch die Probleme mit dem Gewicht. Sollte ich eine Diät anfangen? So um die Hüften herum, wenn ich da hinfasse, hab ich was in der Hand. Mehr als sonst. Wenn ich wieder in Berlin bin, muss ich mich auf die Waage stellen. Ich sollte auch wieder anfangen zu joggen. War ich nicht eben noch Zentimeter von der allumfassenden Glückseligkeit entfernt? Am besten ist Ablenkung. Und die werde ich heute haben: Bühne frei für den Starautoren! Heute Abend findet meine nächste Lesung-Koch-Show statt. Ich werde eine paar Rezepte und Geschichten vor Publikum ausprobieren. Super! Danach geht's auch prima mit dem Kochbuch weiter, wenn ich erst mal weiß, was bei den Gästen ankommt und was nicht.

Die Klimaanlage ist nicht in Betrieb oder »out of order« und die Fenster sind verriegelt und verrammelt. Kein Wunder, dass mir heiß ist, als würde ich bei lebendigem Leib geröstet. Zum Aufstehen ist es selbst für einen Asketen definitiv zu früh. Ich strampele entschlossen die Bettdecke weg und beschließe, mich noch einmal dem Rausch der Traumwelt hinzugeben. Da tutet es. Oder pfeift es? Siebenmal?

»Guten Morgen, meine Damen und Herren, liebe Kinder …«, sonort die Kapitänsstimme über Lautsprecher in alle Winkel unseres pompösen Wasserfahrzeugs. »Unser sonniger Tag wird heute etwas getrübt …« Weil das Schiff sinkt oder Ratten sich an Bord geschlichen haben, die das Pestvirus tragen, ergänze ich in Gedanken. »… da an Bord ein Magen-Darm-Virus umgeht.« Sag ich doch! »Es besteht kein Grund zur Beunruhigung oder Panik. Als reine Vorsichtsmaßnahme bitte ich Sie, Ihre Kabinen bis auf Weiteres nicht zu verlassen. Das Schiff wird in Kürze gründlich desinfiziert, damit Sie alle die Weiterfahrt so schnell wie möglich gesund und munter genießen können – und vor allem mit der Sicherheit, sich nicht anzustecken. Unsere medizinische Abteilung arbeitet fieberhaft. Sollten Sie Symptome an sich bemerken, melden Sie sich bitte umgehend beim Bordarzt auf Deck 3 … Rufen Sie bitte nicht den ADAC. Sie bekommen bald weitere Informationen. Wenn Sie durstig sind und bevor Ihnen langweilig wird, greifen Sie einfach in die Minibar. Heute ist alles gratis.«

Helene wackelt schlaftrunken in mein Zimmer.

»Na toll«, schimpft sie.

»Bis zur Lesung haben sie hoffentlich alles im Griff.«

»Glaube ich nicht. Und das Ganze nur, weil irgendein Idiot sich nicht die Hände desinfiziert hat, als er wieder an Bord kam. Wofür gibt's denn die Vorschrift?«, mault sie.

»Aha …«, murmele ich. Hatte ich mir nach dem Puffbesuch, der genau genommen ja keiner war, die Hände vorschriftsmäßig gewaschen? Beziehungsweise desinfiziert? Dann kommt mir ein Gedankenblitz. Das ist die Gelegenheit! Ich streife mir schnell ein paar Klamotten über den Pyjama, greife nach der »Zigarettenschachtel« und stecke sie in meine Tasche. Als ich die Kabinentür öffne, stößt Helene sie schnell wieder zu.

»Das ist verboten, Mann! Ich hab keine Lust, dass du hier einen Magen-Darm-Virus hereinträgst.«

»Meinst du … der sitzt vor der Tür?«

Helene prustet. »Du bist süß.«

»Echt?«

Meine Zimmergefährtin schüttelt den Kopf.

»Heißt das jetzt Ja oder Nein?«

Doch sie lacht nur und macht es sich mit ihrem Computer auf einem Sessel gemütlich, stellt die Champagnerflasche in einem Kühler daneben und kommuniziert über den Bordblog mit dem Kapitän und sämtlichen Passagieren. »Hey, Angelo, willst du auch? Schmeckt köstlich.«

Ohne meine Antwort abzuwarten, gießt sie ein Sektglas randvoll und reicht es mir. Wir stoßen an und sie vertieft sich wieder in ihren Text. Ich vertiefe mich in den Champagner. Vielleicht liefert er mir die gesuchte Inspiration. Ich tippe mit meinen Fingern über die Zigaretten-Brioche-Schachtel in meiner Hosentasche und dann in die Tastatur.

DER GROSSE PARMASCHINKEN

»Wenn ich gut gegessen habe, ist meine Seele stark und unerschütterlich; daran kann auch der schwerste Schicksalsschlag nichts ändern.«
(Jean-Baptiste Molière, 1622–1673)

Roma

Wir waren jung, kreativ und neugierig. Die Theaterwelt interessierte uns, die Künstler fand ich aufregend, deren Geschichten. Das Leben der Autoren und woher sie ihre Ideen bezogen. Warum also nicht gleich in die Wissenschaft des Theaters eintauchen? Nach dem Studium in Bologna sind allerdings nicht all unsere Kommilitonen ihrem ursprünglichen Berufswunsch gefolgt. Eros zum Beispiel. Mit diesem Namen, der doch eigentlich nach Erfolg und Fantasie und weiter Welt klingt, oder?

Eros hat eine sichere Arbeitsstelle gesucht und gefunden. Eros kommt um Punkt 14:05 Uhr aus dem Büro. Er ist dann immer sehr erschöpft. Die Arbeit beim Finanzamt raubt ihm die Nerven und die Freude am Leben. Immer muss er hinter den Leuten her sein. Immer geht es um Geld und Steuern, und Abgaben will bekanntlich niemand entrichten. Ich persönlich habe nichts dagegen, Steuern zu zahlen. Ich zahle pünktlich und korrekt. Meistens. Den kleinen Ausrutscher letztes Jahr mal nicht mitgerechnet. Die Leute sind genervt von Eros. Aber warum eigentlich, fragt er sich oft. Er steht im Dienst der Gemeinde, treibt Steuern für die Stadt ein, in der sie selbst leben. Letztendlich also auch für sie. Er hat diesen Job schon lange satt. Er will sich verändern, in so vielen Dingen verändern.

Es ist ein schöner, warmer, goldener Herbstnachmittag. Es ist 14:05 Uhr und Eros atmet die frische Luft ein, als er das Gebäude verlässt. Ein schöner Tag, um ziellos durch die Ewigstadt zu laufen und die Zeit totzuschlagen, bevor er nach Hause geht, wo niemand auf ihn wartet. Den Kopf frei bekommen, bevor er seine Arbeitssorgen mit nach Hause bringt. Es fallen erste Blätter von den bunten Bäumen und die Menschen gehen gemächlicher als sonst. Eros passt sich dem Tempo an und wandert von einer schönen

Ecke zur nächsten, biegt ab, wenn ihm danach ist, schaut spielenden Kindern zu und alten Damen, die sich lebhaft unterhalten. Vor der Programmanzeige eines Kinos bleibt Eros stehen. Es läuft eine amerikanische Liebeskomödie. Eros überlegt kurz und kauft sich dann ein Ticket.

Den Anfang des Films hat er verpasst, doch die Story ist so dünn, dass er sofort hineinfindet und, als der Abspann läuft, auch schnell wieder hinaus. Es wurde viel Essen bereitet in dem Film und üppig gespeist, eigentlich ging es fast nur darum, und noch während der Vorstellung überlegte sich Eros, welches Gericht er heute Abend kochen könnte. Denn das ist das beste Gute-Laune-Hausmittel für Eros: gut kochen und gut essen.

Ganz in der Nähe, bei San Giovanni in Laterano, gibt es einen kleinen Markt, der auch nachmittags geöffnet hat. Eros folgt der Via Appia Nuova, biegt in die Via Magna Grecia ein und betritt die Markthalle. Er ist spät dran. Es sind nur noch wenige Menschen dort und die Lebensmittel nicht mehr ganz frisch. Beim Metzger bleibt Eros stehen, sieht sich die Auslage an, bis ihm die Idee kommt. Er kauft 300 Gramm magere Kalbsscheiben, dünn geschnitten. Jetzt braucht er noch ein Bund Petersilie, eine Knoblauchzehe, Peperoncino, ein Bund Rucola, Lattuga-Salat, und einen großen Fenchel. Er lässt sich auch ein paar Karotten und Sellerie einpacken. Außerdem ein halbes Kilo Brot; das braucht er zu jeder Mahlzeit. In Salz eingelegte Kapern stehen zu Hause im Vorratsschrank. Mit zwei vollen Plastiktüten in der Hand pilgert Eros zurück zu seiner Wohnung. Fast fühlt er sich wie Lucky Luke, als er dem rosaroten Sonnenuntergang entgegengeht.

Zu Hause schaltet er das Radio ein. Gerade hat die hundertneunundfünfzigste Folge seines Lieblingshörspiels ›Mystery cry‹ angefangen. Eros leert die Plastiktüten auf dem Tisch aus und wickelt die Kalbsscheiben aus. Er schneidet sie in regelmäßige Streifen. In einer Pfanne brät er das Fleisch mit vier Esslöffeln Öl scharf an und legt anschließend die Streifen auf ein Papiertuch, um das überschüssige Fett loszuwerden. In der gleichen Pfanne brät Eros die Petersilie, den gehackten Knoblauch, die gewaschenen Kapern und Peperoncino, er mag es, wenn etwas scharf ist, fügt einige Zitronenscheiben und die Kalbsstreifen hinzu und schmeckt alles mit ein wenig Salz ab. Zwei Minuten lässt er alles ziehen, dann stellt er den Herd aus. Bevor Eros den gewaschenen Salat, die Karotten und den dünn geschnittenen Sellerie in eine Schüssel gibt, öffnet er die Flasche Rotwein und dekantiert sie. Dann mischt er den Salat mit Olivenöl, Balsamicoessig und Salz. Den in hauchdünne Bänder geschnittenen Fenchel legt Eros auf eine Platte. Er salzt auch das Gemüse, bedeckt alles mit Zitronensaft, streut etwas Pfeffer darüber und lässt es ruhen. Er deckt den

Tisch auf dem Balkon mit seiner blauen Lieblingstischdecke, blauen Tellern und einem schicken Rotweinglas. Nur ein Gedeck. Nur für sich selbst.

»Essen und Trinken hält Leib und Seele zusammen.«
Deutsches Sprichwort

Ich dehne mich, lehne mich zurück und gönne mir zwei weitere Gläser Champagner, die ich fast in einem Zug leere. Woher die Eile, weiß ich nicht ... Jetzt eine Zigarette. Höchst selbstzufrieden und mit geschlossenen Lidern wippe ich im Stuhl hin und her. Das Schiff schaukelt so schön. Es ist fürwahr sehr angenehm. So hin und her und her und hin ...

Fahren wir schon wieder? Kreiselt das Schiff? Oder die Suite? Oder ich? Oh je, Champagner am Morgen. Ich kenne dieses Gefühl! Es dreht sich in mir. Ich hatte zwei Gläser zu viel oder zwei Schluck, was in diesem Fall dasselbe ist. Also bleibe ich sitzen und genieße es, angesäuselt zu sein, ein Kapitel geschrieben zu haben und mich mit langsamen, ganz langsamen Schritten meinem Ziel, dem »GROSSEN PARMASCHINKEN«, zu nähern. Eigentlich ganz gut, das Leben, bette ich mich auf Watte. Ich sehe Helene von hinten, wie sie tippt und tippt und tippt und dabei gelegentlich ihren Kopf zur Seite neigt. Wenn die das Schiff desinfizieren, schießt es mir plötzlich in meinen dicken Schädel, werden die sicher auch in den Kabinen Krankheitserreger vernichten wollen ... und gleichzeitig den Auftrag haben, nach dem Diebesgut zu suchen? Dürfen die das? Ach herrje, diese blöde, schöne Brioche. Vielleicht lasse ich sie einfach unauffällig ins Wasser gleiten, plumps ist sie weg. Und das kostbare Kleinod sinkt dann wie ein Anker ohne Kette auf den Grund des Ozeans, okay, Adria. Die Titanic-Brosche taucht wieder hinab auf der Suche nach dem Titanic-Ring. Ich nehme meinen ganzen Mut zusammen. »Helene, ich muss dir etwas beichten.«

»Mhm?«

»Schau mal hier«, ich rücke, die Brioche in meiner Hand, näher an sie heran und halte sie ihr hin. »Guck mal hier, die Brioche.« Sie schaut kurz hin.

»Für Silvio?«

»Nein. Es gibt gar keinen Silvio.«

»Oh schade, das wäre was interessant für mein Blog. Dann für Mamma?« Sie kichert.

»Nein.«

»Für mich?«

»Auch nicht.«

»Was, Angelo, willst du?« Nun habe ich ihre ganze Aufmerksamkeit. Sie hat sich zu mir umgedreht und sieht mir in die Augen. »Sag halt, sonst schreibe ich weiter. Ich hoffe, es ist was Wichtiges oder Interessantes?«

»*Si, si*«, beeile ich mich zu versichern. »Sehr interessant sogar! Sehr, sehr, sehr. Und wichtig, oh, sehr wichtig.« Ich mache eine Kunstpause, in der man die Pestläuse hopsen hören könnte.

Nach einer Weile seufzt Helene. »Leg endlich los.«

»Also ... es gibt keinen Silvio. Die Brioche ist auch nicht für meine Mamma. Sie ist für niemanden. Also, ich habe eigentlich auch keine Ahnung, wem sie gehört. Es ist eine lange Geschichte. Sie könnte aus dem Tresor in der fünften Etage gestohlen worden sein. Aber ich bin kein Dieb. Ich bin ein Finder. Ich habe die Brioche gefunden.«

»Warum sagst du eigentlich Brioche? Das ist eine Brosche, kein Brötchen.«

»Sage ich doch, Brioche.«

»Nein, du sagst Brioche, es heißt aber Brosche.« Sie sieht mich skeptisch und an und wartet, dass ich weiterrede.

»In dieser Liste auf deinem Blog, hast du dort alle gestohlenen Schmuckstücke erwähnt?«

»Klar.«

»Alle alle?«

»*Tutti completto*, alle«, versucht sich Helene auf Italienisch. »Die Brosche ist nicht aus dem Tresor. Wo, sagst du, hast du sie her?«

»Vom Boden, vom Gang, Deck fünf. Hab sie vor einem Zimmer gefunden.« Ich erzähle ihr von meinem Zusammenstoß mit der Frau mit den roten Handschuhen. Wie ich vor dieser weißen Wand stand und schließlich zurückgegangen bin, dorthin, wo ich die Brosche gefunden habe. »Vielleicht hat die Frau sie verloren. Vielleicht ist die Brosche Diebesgut«, sinniere ich.

»Würdest du die Frau wiedererkennen?«

»Es ging so schnell.«

»… und danach hast du die hier gefunden!?«, fragt sie mit Zweifel in der Stimme und zeigt auf die Brosche.

»Ja.«

»Sag mal, willst du mir einen Bären aufbinden?«

»Nein!«

Es passiert genau das, was ich befürchtet hatte. Man glaubt mir nicht. Warum eigentlich nicht? Sehe ich nicht vertrauenswürdig aus? Silvio: »Es liegt am Pyjama.«

»Und es gibt keinen Silvio?«

Soll ich Helene von Silvio erzählen? Nein.

»Und warum hast du mir das alles nicht gleich erzählt?«, fragt sie betont gelangweilt.

»Ich habe … ich hatte Sorge, du glaubst mir nicht.«

»Komm, Angelo, warum hätte ich dir nicht glauben sollen?«

»Glaubst du mir jetzt?«

Helene zögert. »Die Geschichte klingt schon sehr, wie soll ich sagen, unglaubwürdig.« Im dreifachen Sprechtempo schiebt sie hinterher: »Was nicht heißt, dass ich dir nicht glaube!«

»Ich habe sie gefunden und will sie auch wieder zurückgeben, schon die ganze Zeit. Aber es kommt immer was dazwischen.« Ich schaue fest in Helenes tiefblaue Augen in der Hoffnung, sie zu überzeugen.

»Also«, resümiert Helene, »aus dem Tresor der Suite ist sie nicht. Vielleicht ist sie Diebesgut von einem anderen Raubzug des Kabinenräubers. Weißt du was? Du säufst jetzt mit mir, bis der Bordarzt kommt, hältst weiterhin die Klappe und um den Rest kümmern wir uns morgen.«

Helene sieht es mal wieder pragmatisch. Aber vielleicht habe ich genau das gebraucht. Andererseits ist mein Mut auch nicht sonderlich belohnt worden. Die Brioche ist noch immer mein und eine Lösung, trotz Feldstecher in Form einer schönen Frau, nicht mal annähernd in Sicht. »Gut, kümmern wir uns morgen. Auf ein paar Tage mehr oder weniger kommt es jetzt auch nicht mehr an.« Ich lege die Brioche liebevoll in den Tresor, streiche noch einmal über das Metall, bevor ich abschließe. Hoffentlich bin ich dich bald los, du schmuckes Ding.

Mit einem halb vollen Glas betrete ich die Terrasse und genieße das Panorama. Der Hafen von Bari mit dem Glockenturm der Kathedrale von San Nicola. *Bellissima*. Neben, über und unter mir entdecke ich meine Leidensgenossen, die sich auf ihren Balkonen häuslich eingerichtet haben.

»Prost, Angelo«, ruft Robert, eine Etage links über mir, und prostet mir mit einem Glas Bier zu.

»Salute!«, winke ich zurück und entdecke die Lehmanns zwei Balkone weiter.

»Hey, Dieter«, grüße ich freundlich herüber, und er streckt mir sein Sektglas entgegen. Dem Vorschlag des Kapitäns, sich bei Durst an der Minibar gütlich zu tun, scheinen die meisten Passagiere bereitwillig gefolgt zu sein. Wenn ich meinen Blick über die verschiedenen Loggien schweifen lasse, stelle ich fest, dass fast alle ein Sektglas in der Hand halten. Auch Margot schlürft schon Champagner am Vormittag.

»War ein guter Vorschlag von Helene in ihrem Blog, die Minibar nach Preisliste leer zu saufen – von oben nach unten«, kichert sie leicht angeschickert.

»Genau!«, lallt Robert von oben. »Ich bin schon beim Bier angelangt. Hihihi.« Solange das seine Laune hebt, soll es mir recht sein. Ich suche das Paar Hajek-Schnarrenberger, das die Suite gleich neben mir hat. Ganz offensichtlich sind sie nicht auf ihrem Balkon. Vielleicht nutzen sie die Stunden in der Suite, um sich mal so richtig zu versöhnen.

»Wo sind Angie und Therese?«, will ich bei Dieter in Erfahrung bringen. »Habt ihr die heute schon gesehen?«

»Keine Ahnung, weißt du vielleicht was, Robert?«, gibt er die Frage nach oben weiter.

»Nö, wahrscheinlich hat Angie sich aus Angst vor Mafiosi drinnen eingesperrt«, stammelt er einfallsreich.

»Huhu!« Helene betritt samt Champagnerflasche schwungvoll den Balkon, dreht eine Runde und geht wieder hinein.

Jetzt eine Zigarette, stöhne ich. »Und ich rauche trotzdem nicht mehr!«, versichere ich mir in überzeugtem Ton.

»Ich weiß, ich weiß. Toll machst du das …«, murmelt Helene von drinnen und hämmert dabei heftig in die Tasten. Sie macht es sich auf ihrem Bett gemütlich. Mit einem Glas Whisky! Der Schampus ist gekillt. Ich beneide sie, wie sie so locker ihre Texte herunterschreibt.

Im Gegensatz zu mir. Es ist wieder Zeit für mein autobiografisches Kochbuch, zerrt mich mein eigener Seufzer in die Realität. Voller Tatendrang schnappe ich mir meinen Laptop und setze mich an den Tisch auf der Terrasse. Nach einem letzten Schluck Champagner, den ich aus dem Glas lutsche – passiert gar nichts. Ich schiebe ein paar Wörter hin und her, schreibe ein paar Rezeptideen auf und verwerfe, verwerfe, verwerfe. Schließlich bin ich so weit, dass ich alles, was ich bisher geschrieben habe, infrage stelle. Schluss, aus, *finito.* Ich klappe den Laptop zu und versuche, mit ein paar chiropraktischen Handgriffen meinen schmerzenden Nacken zu entspannen, als ich gleichmäßiges Schnarchen von nebenan höre. Helene muss wohl eingeschlafen sein. Immer hörbarer sägt sie den Ast vom Stamm. Ich empfinde Schadenfreude und habe diebische Lust, sie zu necken. Wie ein frecher Schuljunge schleiche ich mich an sie heran und aktiviere die Aufnahmetaste an meinem Handy. Sobald ich den Ton zur Kontrolle abspiele, muss ich ein Lachen gewaltsam unterdrücken. Helenes Grunzen ist laut und deutlich zu vernehmen.

Als der Kapitän sich wieder zu Wort meldet, räuspert er sich zunächst einmal vernehmlich ins Mikrofon. »Eins. Zwei. Eins-zwei-drei. Liebe Gäste, hier spricht Ihr Kapitän. Ich bin froh, Ihnen mitteilen zu können, dass die öffentlichen Plätze so weit desinfiziert sind und dass Sie Ihre Kabinen verlassen und endlich das schöne Bari besichtigen können. Bis sämtliche Kabinen desinfiziert wurden, werden Sie in Hotels auf dem Festland untergebracht. Bitte nehmen Sie nur mit, was Sie für eine Nacht benötigen. Morgen geht es dann wieder hinaus aufs Meer. Ich wünsche Ihnen einen angenehmen Aufenthalt in Bari.«

Kapitel 22

Wir räumen wie animierte Legomännchen unsere Dinge hin und her, wie man es halt so macht, wenn man Besuch oder Fremde in der eigenen Wohnung erwartet. Ich stopfe meinen Laptop in den Handkoffer und freue mich auf einen ruhigen Abend in Bari. In einem eigenen Hotelzimmer, mit viel Ruhe und genügend Zeit zum Schreiben. Weitermachen, denke ich mir. Auch die Titanic-Brosche-Schachtel nehme ich nun weniger heimlich aus dem Tresor und stecke sie in meine Tasche.

Bevor wir von Bord gehen, drücken uns die Stewards Lunchpakete mit Snacks und Erfrischungen in die Hand und zeigen uns, wo die Busse warten, die uns ins Hotel bringen werden. Als ich am Kai ankomme, saust gerade eine Ambulanz mit Sirenengeheul und Blaulicht heran und bremst mit quietschenden Reifen an der Ladeluke. Die Sanitäter huschen mit zwei Tragen in das Schiff und schleppen ein paar Minuten später ihre Fracht wieder heraus. Mit einem Mal richtet sich einer der Patienten auf, mustert verwirrt seine Umgebung, erkennt mich – und ich erkenne ihn. Angie! Mit irrem Blick schaut er mich an.

»Angelo! Hülf uns! Hülf uns bitte! Entführung!«

Ich bleibe wie angewurzelt stehen und sehe mir die vermutlichen Sanitäter genauer an. »Des san olles Mafiosi! Vabrecha! Dalliban! Hülfe!«

Als ich mich dem Tatort nähern möchte, bedeutet mir einer der Helfer zurückzubleiben. »Alles in Ordnung, Angie! Die bringen euch nur ins Krankenhaus!«, beruhige ich ihn und mich selbst.

»Nix in Ordnung! In a italienisches Krankenhaus bringen's mi, die Sandler! Da kannst di ja glei einsargen lossn, geh! Losst's mi gehen, sogi! Aus!« Er rüttelt und schüttelt seinen massiven Körper auf dem Traggestell auf und ab, dass dieses aus dem Gleichgewicht gerät und den Trägern aus der Hand gleitet. Bereits im Herunterkippen legt er den Vorwärtsgang ein. Nackt wohlgemerkt!

Die verblüfften Rettungshelfer schauen dem flüchtenden Patienten hinterher, als würde ein psychiatrischer Fall verzweifelt einen Ausgang suchen. »Ist das ein Freund?«, befragt mich der, der mir den Weg versperrt hat, besorgt.

»Ja, was habt ihr ihm getan?«

»Nichts. Er glaubt, ein italienisches Krankenhaus sei schlimmer als ein thailändisches Gefängnis. Oder so.«

Ich schüttele den Kopf, als hätte mir der Chefarzt persönlich die Ausweglosigkeit erörtert. Den Hajek-Schnarrenbergers ist momentan nicht zu helfen. Alles, was ich tun kann, ist, Angie zurückzuholen. Da ich ihn nicht anfassen darf, brülle ich über den Landungssteg. »Angie! Angie! Hast eine Zigarette?«

Er dreht sich um und ruft: »Ja, eh! Wart!« Er tastet an seinem Körper herum, wo eigentlich die Jackentaschen wären. Da fällt ihm auf, dass er hüllenlos auf dem Kai von Bari steht und eine Menschenmenge amüsiert die Show verfolgt. »Au weh, wos is des?« Er hält sich beide Hände vors Gemächt und schreit rot vor Wut: »Olles ham's ma g'nommen! Meine Kleider, meine Tschiks und mei Würde!« Weinend und schicksalsergeben trottet er zurück zum Fluchtpunkt. In dem Moment richtet sich seine Frau Therese auf ihrer Trage auf wie ein Zombie, der seiner Gruft entsteigt, und in einem unbemerkten Augenblick springt auch sie, ebenfalls splitterfasernackt, herunter und rennt ihrem Angie entgegen. Bollywood hätte es nicht besser inszenieren können.

»Wie laufst denn du da herum? Du bist ja ganz nackert, geh!« Erst jetzt fällt ihr auf, dass auch sie ein gewisses Schauspiel bietet. In Panik hastet sie ihrem Angie in die Arme, rupft ihn an der Hand und bewegt ihn erneut dazu, Reißaus zu nehmen. Nunmehr haben sich auch die Sanitäter wieder gefangen und bemühen sich zu siebt verzweifelt, die zwei übergewichtigen nackten Wiener einzutüten, die Haken schlagen, als hätten sie's einem Kaninchen abgeschaut. Die Fettpolster schwabbeln bei jedem Schritt und ein mitfieberndes Publikum beklatscht jede gelungene Aktion.

Ich wage einen letzten Versuch, das Desaster zu beenden, indem ich die Zigarettenschachtel mit der Brioche aus meiner Hosentasche ziehe und in die Höhe halte. Ich schreie, so laut es meine Lungen hergeben: »Angie! Hier, schau! Eine ist noch drin!«

Er rennt wie ein Wahnsinniger in meine Richtung, aber da harrt natürlich schon der Aufpasser, der ihn endlich in Gewahrsam nehmen will. Schnell stecke ich die Schachtel wieder ein und scheuche die Leute weiter: »Ende der Vorstellung! Hier gibt's nichts zu sehen! Ende der Vorstellung!«

Wir steigen beschämt in die bereitgestellten Busse. Mittlerweile haben meine Tischgenossen und ich ein gewisses Miteinander entwickelt, und so sitzen wir wieder alle zusammen. Ganz hinten. Wie auf einer Klassenfahrt. Da haben meine Freunde und ich uns früher auch immer hingesetzt. Möglichst weit weg von den Lehrern.

Dennoch hat uns unsere Klassenlehrerin schnell entdeckt. Sabine Merkel schlängelt sich nach hinten durch, um Helene und mir die Zimmerschlüssel fürs Hotel zu geben. »Herr und Frau Colagrossi«, begrüßt sie uns äußerst witzig. »Leider müssen wir Ihre Lesung heute Abend absagen, aber die werden wir so bald wie möglich nachholen. Hier sind eure Schlüssel.« Selbstverständlich müssen wir uns auch an Land ein Zimmer teilen, stelle ich fest, als ich die Nummern vergleiche. Wieder eines für zwei. »Nun freut euch doch! Eine Juniorsuite! Mit Schlafzimmer und Schlafcouch!« Vermutlich liegt es an der Länge unserer Gesichter und der so gar nicht gelebten Freude: »Sorry, ging nicht anders. Alles ausgebucht. Und da ihr es ja schon gewöhnt seid«, entschuldigt sich Sabine zu guter Letzt.

»Ach, gib's doch zu, ihr wollt nur Geld sparen«, spricht Helene meine Gedanken aus.

»Oder eine Ehe stiften.« Merkel findet sich so was von originell und verabschiedet sich augenzwinkernd von mir.

Das Fünf-Sterne-Hotel »Donatello« in Bari, in dem wir einchecken, ist mit großen Regenbogenfahnen geschmückt. An der Rezeption begrüßt uns ein kräftiger Italiener mit einem Lächeln, das von einem Ohr zum anderen reicht. Er stellt sich als Alberto vor.

»Fangen eigentlich alle Männernamen in Italien mit A an?«, flüstert Helene. »Angelo, Adriano aus Rimini, jetzt dieser Alberto.«

»Nicht alle«, hauche ich zurück. »Mein Onkel heißt Toni.«

»Tatsächlich?«

»Tatsächlich, das ist kurz für Antonio.«

Helene scheppert los, dass die Mittelmeerimpressionen in ihren Rahmen wackeln. Albertos strahlend weiße Zähne kommen dank seiner gebräunten Haut unglaublich gut zur Geltung. Er winkt, vermutlich auf ein Zeichen der Bordentertainment-Managerin hin, Helene und mich an der endlosen Schlange vorbei nach vorne. Lässt uns das Formular ausfüllen und überreicht uns ein rosafarbenes Bändchen, das wir um unsere Handgelenke binden sollen, um überall freien Zutritt zu erhalten.

Die Juniorsuite ist in der sechsten Etage und der Ausblick auf die große Poolanlage beeindruckend. Helene schmeißt ihre Tasche locker auf das Kingsize-Bett, auf dem zwar King Kong Platz finden würde, aber es ist eben doch ein Einzelbett. Also werde ich es mir wohl notgedrungen auf der Schlafcouch bequem machen müssen.

»Ich gehe dann mal ins Bad, mache mich frisch und schlüpfe in etwas Bequemeres«, wirft mir Helene einen Handkuss zu und verschwindet hinter der Tür. Ich genieße die tolle Aussicht und male mir gerade aus, was heute noch so abgehen könnte, als ich die Badezimmertür höre. »Ist wieder frei!«, wedelt mir Helene, die Haare unter einem riesigen Badetuch versteckt, damenhaft zu und marschiert Richtung Schlafzimmer.

Wir ziehen uns Badesachen an, begeben uns nach unten und suchen am Pool, an dem es schon ziemlich voll von sehr jungen Leuten ist, nach zwei Liegen, die keiner UV-Strahlung ausgesetzt sind. Unter einem großen weißen Sonnenschirm entdecken wir Robert. »Ich hab euch extra einen Platz freigehalten. Hier gibt's ja zum Glück keine Sonnenliegenpolizei«, grinst er seine Nachbarin, unsere Entertainment-Chefin, an.

Statt in lilafarbener Uniform liegt sie jetzt in einem lilafarbenen Badeanzug in der Sonne. Ob sie das Schwimmkostüm auch von der Reederei bekommen hat? Ich muss aber zugeben, dass er ihr ausgesprochen gut steht.

»Was für eine tolle Kulisse! Diese Wahnsinnspalmen, die sich im Wind bewegen, und dahinten sieht man sogar den Hafen«, schwärme ich, als wir uns dazulegen.

»Hast du die bunten Vögel gesehen, die da von Palme zu Palme hüpfen?«, schreit Helene begeistert.

»Ja, die sind mir zu laut und nerven«, grummelt Sabine Merkel, ohne die Augen aufzumachen.

»Mir sind nur die knackigen Frauen im und am Pool aufgefallen«, lässt Robbie verlauten und zwinkert mir zu.

Sabine setzt sich auf, nimmt ihre große schwarze Sonnenbrille ab und dreht sich zu Robert um. Bevor sie mit funkelndem Blick behauptet: »Und die jungen Männer!«

Robert, der am Gesprochenen zu nagen hat, nestelt irritiert an seinem Badetuch herum und antwortet sicherheitshalber erst einmal gar nichts.

»Sagt mal, was ist denn hier eigentlich los?«, eile ich zu Hilfe, um die Situation zu entkrampfen. Ich zeige auf mehrere Techniker, die dabei sind, riesige Lautsprecheranlagen zu installieren, Kabel zu verlegen und ein DJ-Pult aufzubauen.

»Na, das ist sicher für die Party heute Nacht«, meint Helene.

»Welche Party?«

»Hast du das nicht mitgekriegt?«, mischt sich Robert, nun wesentlich entspannter, ein. »Hier ist dieses Wochenende eine Konferenz. ›Gay Pride‹, nennt die sich. Und heute Abend steigt im Hotel 'ne Konferenzparty.«

»Hoffentlich kommt nicht deine Angebetete mit Anhang vorbei«, scherzt Sabine, der wohl aufgefallen ist, dass sie sich ein wenig zu weit aus dem Fenster gelehnt hat. Aber auch der zweite Schuss war nicht ihr bester, muss sie zugeben, als sie Roberts bedrückten Gesichtsausdruck wahrnimmt. Und so rudert sie zurück, um ihr Missgeschick wiedergutzumachen: »Wir haben dafür extra diese rosa Bändchen gekriegt, damit wir umsonst mitfeiern können. Toll, was?!«

»Na ja. Ich genieße jetzt erst mal die Ruhe unter Palmen.« Damit greife ich nach der italienischen Kochzeitschrift, die ich mitgebracht habe, und mache es mir gemütlich. Inspiration ist das Zauberwort. Doch die Ruhe währt nicht lange, denn nach und nach stoßen jetzt auch die anderen Tischnachbarn zu uns.

»Hey, Jungs«, begrüßt uns Dieter. »Klasse hier und die Minibar ist bestens sortiert …«

»… und bald leer«, beendet Margot seinen Satz und gluckst in sich hinein.

Die Lehmanns sind wie immer blendender Laune und freuen sich offensichtlich, zur Abwechslung mal im Hotel zu übernachten. Weitere Liegen werden zusammengesammelt und unter unserem Schirm ineinandergeschoben.

Nachdem es sich alle bequem eingerichtet haben und Neuigkeiten über Zimmer, Room-Service und den Stand der Epidemie an Bord ausgetauscht sind, kehrt bis auf das gelegentliche Hämmern der Techniker Stille ein. Mir fällt auf, dass das Thema Hajek-Schnarrenberger tunlichst gemieden wird. Auch ich verspüre keine Lust, das Nudistentreffen mit den anderen zu debattieren. Stattdessen genieße ich die entspannte Atmosphäre und die ansprechenden Foodfotos in der Zeitschrift.

Die Musik explodiert kurz darauf förmlich aus den überdimensionierten Boxen, die um uns herum aufgebaut worden sind. Ein Aufschrei hallt über die Poolanlage, dass man es bis Rom hören müsste. Für die jüngeren Gäste ist das der ultimative Startschuss. Der DJ hat die erste Platte aufgelegt. »Es geht looooooossssssss, Leute«, brüllt er ins Mikrofon, dass mein Innerstes vibriert.

Die meisten Touristen springen von ihren Liegestühlen auf und beginnen, als stünden sie alle unter Ecstasy, sich rhythmisch beziehungsweise arhythmisch zur Musik zu bewegen, oder hopsen gleich in den Pool. »Hupf, hupf, hupf… it's a happy day… umta, umta, umta…it's a happy day…«

Der stampfende Technosound wummert tief in meinem Bauch. Meine Reisegruppe und ich gucken uns einen Augenblick lang entgeistert an. Lilo jault verschreckt auf und taucht freiwillig in Margots großer Strandtasche ab. Doch ihr Frauchen scheint den Lärm zu mögen. Sie schnappt sich Dieter und zieht ihn Richtung DJ. Verwundert schaue ich auf meine Uhr. Erst 17 Uhr! Es ist hell und die tanzen und trinken hier um mich herum, als wäre es Mitternacht. Ach, was soll's! Schließlich habe ich Urlaub. Okay, Arbeitsurlaub. Aber mein Auftritt heute Abend ist ja verschoben. Also kneife ich nicht, als Robert Bier für die ganze Runde bestellt.

Ich spüre dem Prickeln nach, mit dem das kalte Getränk durch meine Kehle rinnt, und beobachte das Treiben von unserem schattigen Plätzchen aus. Dem ersten Bier folgt bald ein zweites und schließlich ein drittes. Allmählich fühle ich mich in den Beat ein. Wer hätte das gedacht? Technomusik! Amüsiert beobachte ich, wie selbst Sabine Merkel ihren Fuß im Rhythmus schaukelt. Schließlich halten mich keine Ressentiments mehr zurück, ich federe spritzig hoch und überrede die Entertainment-Chefin und Helene, sich mit mir ins Vergnügen zu stürzen. Begeistert folgen sie mir zum Pool, in den wir mit und ohne Anlauf hineinhüpfen.

Als wir wieder auftauchen, landet Robert mit einem markigen Tarzanschrei, der Johnny Weissmüller zur Ehre gereicht hätte, und einer gewaltigen Arschbombe, die sämtliches Wasser über den Poolrand jagt, neben uns. Ausgelassen wie Teenager planschen wir im Takt herum und singen lauthals mit: »Hupf, hupf, hupf… it's a happy day… tuff, tuff, tuff.« Vom Rand aus motivieren Margot und Dieter uns wie Animateure, uns noch heftiger zu bewegen. Ein tierischer Spaß, aber nach ein paar Songs habe ich genug von dem Lärm und beschließe, mich erst mal ein bisschen aufs Ohr zu hauen, um Kraft für die richtige Party in der Nacht zu tanken. Wie ein Olympionike entsteige ich aufrecht dem Bassin.

Ich bin betrunken genug, um das Wummern der Bässe, die vom Pool heraufschallen, zu ignorieren. Als ich gegen Abend wieder wach werde, dringt der hämmernde Technosound noch immer durch die geschlossenen Fenster. Ich registriere, dass Helene im Zimmer nebenan schläft – ein diskretes Schnarchen ist zu vernehmen.

Es wird bereits langsam draußen dunkel, als Helene ebenfalls dem Komazustand entflieht. Noch ein wenig verschlafen murmelt sie von drüben: »Ist das schon die nächste Party oder noch die vorherige?«

»Ich will es gar nicht wissen. Sollen wir uns abseilen?«

»Nette Idee, Signore. In zehn Minuten bin ich fertig!« Sie gleitet aus dem Bett direkt ins Bad und strahlt mich nach genau neunzehn Minuten und dreiunddreißig Sekunden aus dem Türrahmen an: »Fertig! Du weißt, wohin?«

Ich habe keinen blassen Schimmer, wohin in Bari. Aber meistens gibt es in der Altstadt – in diesem Fall ein altes Fischerdorf am Rande der Betonschluchten – ein paar nette Lokale. Wir lassen das Gewummer der Technobässe hinter uns und machen uns auf den Weg. Nach kurzer Strecke frage ich eine der Nudelmacherinnen, die vor ihrem Haus damit beschäftigt ist, Orecchiette von Hand zu machen. Sie schnipst im Sekundentakt ein Öhrchen nach dem anderen auf eine Art Siebgestell zum Trocknen. Es sieht so schön, so urtümlich, so lecker aus, dass ich sie frage, an welches Restaurant sie ihre Pasta verkauft. Sie schmunzelt, bedankt sich und weist ans Ende der Gasse und dann noch mal nach links.

Die Osteria, die wir dort vorfinden, ist ein Traum. Es gibt nicht mehr als fünf Tische mit den üblichen rot-weiß karierten Tischdecken, und der Padrone erklärt uns sofort, dass es sieben Gänge geben wird, darunter viermal Fisch und einmal Kutteln.

Helene zuckt mit den Schultern: »Hab ich noch nie probiert.«

»Kutteln oder Fisch? Wusstest du, dass *seppie* auch ›Kuttelfische‹ genannt werden?«

Helene verzieht das Gesicht: »Iiih.«

»Der Mann wird nicht böse, wenn wir die Portion Kutteln nicht aufessen. Nur wenn wir nicht einmal probieren, holt er die Mafia, sagt er.«

Der Wirt zwinkert mir zu. Ich bestelle eine Flasche Wein und eine Flasche Wasser. Und von diesem Moment an nimmt eine schier endlose Schlemmerei ihren Lauf. Aus den versprochenen sieben Gängen werden zehn, darunter roher Babytintenfisch, Triangoli mit Seebarsch, Kaninchen, die Kutteln, die wir sicher aufessen würden, wenn wir nicht schon pappsatt wären, und die obligatorische Fischsuppe, die eher ein Eintopf ist und so gut schmeckt, dass wir keinen Bissen davon übrig lassen können.

Zu all dem gibt es viel zu viel Wein. Am Ende haben wir zwei Flaschen vernichtet und fühlen uns überhaupt nicht betrunken. Erst als wir nach dem

Bezahlen aufstehen, merke ich, dass mein Gleichgewichtssinn dem eines gestrandeten Kuttelfischs gleicht. Finden wir jemals zurück ins Hotel? Ich wanke auf den Wirt zu. Er zeigt die Gasse runter, unten rechts, dann über die Hauptstraße und dann sollen wir noch mal fragen.

Fünfzig Minuten und vierhundertfünfzig Meter Luftlinie später begrüßt uns ein toller, groovender, gute-Laune-machender Rhythmus, dessentwegen wir unserem Hotel entfliehen wollten! Meine Hüften fangen sofort an zu zucken und mein Kopf nickt vor und zurück. Ich verstehe die Welt nicht mehr. Helene scheint das Gleiche zu empfinden, denn sie zieht mich in Richtung der Klangquelle, auch »Party« genannt. Die findet drinnen in der Hoteldisco statt.

Vor dem Eingang schlängelt sich eine Menschenmenge. Nachdem ich meinen Fuß mit dem rosafarbenen Bändchen vorgezeigt habe, darf ich rein. Und wieder ist es der breit lächelnde Alberto vom Empfang, der uns an allen vorbeilotst und hineinzieht. Die Location ist riesig. Auf vier Tanzflächen wird abgefeiert, dass die Kronleuchter nur so wackeln. Zielstrebig steuern wir einen Raum an, aus dem die größten Hits der Achtzigerjahre erklingen.

Oh, klasse, Cindy Lauper »Time after Time«, freue ich mich. »Komm, lass uns tanzen«, rufe ich begeistert Helene zu. Doch als ich mich im Schlepptau einer quirligen Frauengruppe an einer kurzhaarigen Frau vorbeischlängeln will, stellt die sich uns breitbeinig in den Weg und funkelt mich mit verschränkten Armen über einer üppigen Brust an. »Stopp! Wo willst du denn hin?«

Sofort hüpfe ich auf einem Bein und strecke der muskulösen Amazone mein Fußgelenk mit dem rosa Bändchen entgegen: »Ich bin Gast und wir wollen tanzen.«

»Vergiss es, Schätzchen. Da kannst du noch so hübsch auf einem Bein herumspringen – hier haben Männer keinen Zutritt. Einlass nur für Frauen! Und so siehst du mir nicht aus!«

»Oh … Okay … Schade …«, murmele ich enttäuscht, während Helene mir zuwinkt und einfach so in den Raum mit der lustigen Lesbenparty verschwindet.

»Ich dreh dann mal 'ne Runde, wir sehen uns später …«, blöke ich ihr enttäuscht nach. Im selben Augenblick kommen Robert und Sabine Merkel um die Ecke. Hatte ich grad eine Halluzination oder haben sie Händchen gehalten? Oder gaukelt mir eine der zwei Flaschen Wein etwas vor?

»Hey, Angelo, kommst du mit uns was trinken und dann tanzen?«, fragt Robert mit glänzenden Augen.

Kaum zu glauben, wie er sich in den letzten drei Tagen verändert hat. Auch im Blick von Sabine Merkel entdecke ich ein Glitzern, das vorher nicht da war. Entspannt lasse ich mich von ihnen Richtung Bar manövrieren. Irgendwann merke ich, dass die stampfende Technomusik zu den bunten Cocktails passt. Das gefällt mir. Als ich den Hit vom Nachmittag wieder höre, zieht es mich auf die Tanzfläche. »Hupf, hupf, hupf … umta, umta, umta … it's a happy day … tuff, tuff, tuff.« Ich singe den Refrain laut mit.

Und dann steht auf einmal Alberto da. Lächelt und tanzt mich mit geschlossenen Augen an. Fürwahr, jetzt ergibt der dünne Liedtext einen Sinn.

Kapitel 23

Gegen elf Uhr morgens bin ich schon wieder hellwach, obwohl ich bis um vier mein Tanzbein geschwungen und tief in das eine oder andere Glas geschaut habe. Ich fühle mich erstaunlich fit, wahrscheinlich weil das meine erste Partynacht ohne Zigaretten war. Helene pennt noch. Wie schafft sie das nur, jeden Tag bis in die Puppen zu schlafen und dennoch ihr Arbeitspensum auf die Reihe zu bekommen? Ihre Listen! Das muss das Geheimnis sein. Deutsche Listen!

Irgendwann hatte ich sie in der Menschenmenge, nachdem sie wieder aus dem Lesbenpartyevent hervorgekommen war, aus den Augen verloren und bin ins Zimmer geschlurft. Schließlich hat es mich aufrecht sitzend umgehauen. Wann Helene heimgekehrt ist, entzog sich folgerichtig und gänzlich meiner Wahrnehmung.

Ich schlüpfe in meine Klamotten, aktiviere GPS und suche den Frühstücksraum. Heute ist alles komplett in Rosa dekoriert – rosa Blumen auf den Tischen, rosafarbene Servietten und rosarote Platzdeckchen. Weiß der Geier, warum. Ist rosa die schwule Erkennungsfarbe? Ich hoffe nicht, ich mag es auf jeden Fall nicht. Zwei bärtige Männer küssen sich leidenschaftlich und wild vor der vollgepfropften Obsttheke. Es ist brechend voll, die Warteschlange vor dem Büfett schier endlos. Entweder sind das alles Frühaufsteher oder die kommen direkt von der Party. Ich steuere mit dem Smartphone in der Hand auf den einzigen freien Tisch zu. Doch kurz vor meinem Ziel überholt mich eine rundliche Lady und lässt sich auf eine der beiden Sitzgelegenheiten plumpsen. Sind wir hier beim Stuhltanz, oder was?

»*Scusi, Signora …*«

»*Non capisco.* Was denn?«, stellt sie sich dumm.

»Entschuldigung, ist der andere Platz noch frei?«

Die Dicke redet mit einer überaus tiefen, maskulinen Stimme: »Nee, Schätzken, der is reserviert für meinen Schnucki. Aber wenn du noch einen Stuhl ranstellst, kannst du Fummeltrine dich ruhig dazusetzen.«

Eingeschüchtert blicke ich mich nach einem Sitzmöbel um.

»Ich bin die Conny aus Herne und wer bist du? Kreuzfahrt oder freiwillig hier?«

Sie, oder sollte ich lieber »er« sagen, streckt ihre Hand aus und – ich erschrecke. Rote Handschuhe! Noch bevor ich meinen Namen stammeln kann, haut mir jemand von hinten auf den Rücken, als hätte ich mich am rosa Törtchen verschluckt, und ruft begeistert: »Na, Günther-Schatz, hast du uns ein nettes Plätzchen gesucht? Wie ich sehe, mein Lieblingsgast ist auch da.« Alberto vom Empfang! »Das wird ja ein Happy day, tuff, tuff, tuff …«, singt er und begleitet sich selbst mit einem Hüftschwung, bei dem manche Go-go-Tänzerin erbleichen würde. Er strahlt mich mit seinem breiten weißen Lächeln an.

»Alberto-Schätzken!«, quietscht Conny-Günther begeistert. »Komm ma schnell bei die Mutti bei und lass dich drücken.«

Irritiert ziehe ich mir vom Nebentisch einen freien Stuhl ran und nehme neben Alberto und der aufgetakelten Transe Platz. Erst jetzt nehme ich die Lehmanns am Nebentisch wahr. » Schon wach?«, frage ich betont lässig.

»Klar, wir sind eiserne Frühaufsteher. Komme, was da wolle.«

»Ich auch«, höre ich Roberts Stimme, der einen heillos überladenen Teller vom Büfett balanciert und sich neben Margot und Dieter pflanzt. »Was für eine Party! Ich dachte, aus dem Alter bin ich raus! Ihr auch, ne? Aber einfach mal loslassen und wie verrückt tanzen … das hat schon was!«, mümmelt er mit vollem Mund zu seinen Tischnachbarn hinüber, die begeistert nicken. Ich schaue alle drei forschend an und bin mir ganz sicher, dass sie wieder irgendwelche Pillen eingeworfen haben. Sie tragen dunkle, schwarze Sonnenbrillen und ihre Bewegungen sind total hektisch. Je länger ich die Szenerie aus den Augenwinkeln betrachte, desto nervöser werde ich.

Meine Tischnachbarn quatschen unentwegt, während ich mich gerne in Gedanken auf mein nächstes Kapitel vorbereiten würde. Besser, ich schnappe mir eine Tasse Kaffee und verziehe mich in mein Zimmer. Abschieds- und wortlos schleiche ich mich aus dem Frühstücksraum.

Auf unserer Etage ist komplett tote Hose. Entweder liegen alle noch im Koma oder sind beim Frühstück und räumen das Büfett leer. Das einzige Geräusch ist ein unregelmäßiges Klicken und Summen aus dem Fahrstuhlschacht. Wie beruhigend.

Helene ist, als ich das Zimmer betrete, unter der Dusche. Das gleichmäßige Rauschen hat etwas Meditatives. Einfälle fliegen wie die Schirmchen einer Pusteblume auf mich zu. Eine Blumenwiese öffnet sich vor meinem geistigen Auge. Ich klappe meinen Laptop auf und tippe:

»Wenn ich erregt bin, gibt es nur ein Mittel, mich völlig zu beruhigen: Essen.«

Ein Zitat von Oscar Wilde, das ich mir vor Jahren einmal aufgeschrieben hatte. Es ist, als würden Erinnerungen auferstehen.

»HAPPY DAY!! – tuff tuff tuff – HAPPY DAY!! – tuff tuff tuff«, dröhnt es mit einem Mal drauflos.

Ich kippe beinahe vom Stuhl. Da hat doch so ein Vollidiot die Lautsprecher aufgedreht, als gälte es, Turbinenlärm zu überschallen. Was war die Discomusik gestern Abend schmalbrüstig dagegen! Ich versuche wie ein Detektiv, den Störenfried zu orten. Der Kerl ist im Zimmer über mir! Wird der mich überhaupt hören, wenn ich an die Decke hämmere? Ich schiebe einen Sessel in die Mitte des Zimmers. Jetzt brauche ich nur noch was zum Klopfen. Ein Königreich für einen Besenstiel! Ich überlege fieberhaft. Meine Blumenwiese droht im Nebel zu versinken. Im Bad steht ein Wischmopp, aber ich kann jetzt unmöglich da hineingehen.

»HAPPY DAY!! – tuff tuff tuff.«

Ich werde noch verrückt und halte mir in meiner Verzweiflung die Ohren zu, doch ich spüre die Vibrationen durch die Decke hindurch in meinem ganzen Körper. Plötzlich fasst mir jemand auf die Schulter. Ich springe wie ein aufgescheuchtes Huhn in die Lüfte und drehe mich auf dem Absatz um. Helene steht nur mit einem Handtuch umhüllt vor mir und … beginnt zu tanzen. Dabei singt sie auch noch mit. Jedes »Happy Day« des Songs betont sie greller und hysterischer, bis sie erschöpft auf die Bettkante fällt.

»Hab ich einen Brummschädel!«, ist das Einzige, was aus ihrem Mund quillt. Ich muss es ihr von den Lippen ablesen.

»Guten Morgen«, schreie ich durch den Lärm hindurch. Sie lässt sich nach hinten fallen, zieht sich die Bettdecke über den Kopf und schläft wieder ein.

So geht das nicht.

Auf der Jagd nach einem geräuscharmen Platz in der Lobby verrät mir ein Rundumblick augenblicklich: sinnlos! Keine Chance. Pärchen checken ein, Pärchen checken aus. Alberto begrüßt und verabschiedet jeden mit heiterem Singsang. Es wäre vertane Lebenszeit, hier auf Ruhe zu warten. Also nehme ich den Schleichweg zum Pool. Wenn mich meine Bekannten entdecken, kann ich meinen Plan vergessen. Im Gang zur Tiefgarage gibt es eine Tür, die sich in eine verborgene Ecke des Außenbereichs öffnet. Die werde ich nehmen! Der ideale Platz! Abseits und isoliert durch Büsche und Topfpalmen, erspähe ich einen gemütlichen Liegestuhl weitab vom Getümmel und Gemurmel des Pools. Wenn mich keiner sucht, wird mich auch keiner finden, es müsste schon mit dem Teufel zugehen.

Ich klappe meinen Laptop auf und lese die Zeile mit der Idee vom Essen bei Zuständen der Erregung. Das gefällt mir. Ohne Happy Day im Kopf, dafür mit den Gerüchen südlicher Vegetation in der Nase, schreibe ich weiter:

DER GROSSE PARMASCHINKEN

»Wenn ich erregt bin, gibt es nur ein Mittel,
mich völlig zu beruhigen: Essen.«
(Oscar Wilde, 1854 –1900)

Hamburg

Ich bin bei meinen Freundinnen Maike und Heidi in Hamburg zu Besuch und schlafe bei ihnen im Gästezimmer. Gestern, nach einem schönen, lustigen und entspannten Abend auf der Reeperbahn, habe.

Wuschschsch! Was war das? Einem Kugelblitz gleich ist etwas direkt unter meinem Liegestuhl vorbeigezischt! Ein Ball? Ein Tier? Ein sandfarbenes Knäuel hüpft ungelenk durchs Gebüsch. »Muff, Muff!«

Oh nein! Der Mops rennt einem ... wilden Kaninchen nach, das nun völlig verängstigt in der Falle sitzt. Gleich werden die Hundebesitzer an meinem idyllischen Örtchen auftauchen. Hinter mir knurrt und japst es wie bei einem Asthmaanfall. Bevor ich durch die Tür das Weite suchen kann, werfe ich einen kurzen Blick auf die Jagdszene. Meine Neugier wird mir zum Verhängnis. Margot und Robert tauchen wie zwei Dompteure aus dem Nichts auf und kommandieren hektisch »Liiilooo!« und »Komm her, du Mistvieh!« und »Fressi!«. Ich sehe gerade noch, wie Kaninchen und Hund in einem Loch am Fuß der Mauer verschwinden.

»Mach was, Angelo!« Mit diesen Worten drückt mich Margot Lehfrau beherzt ins Gebüsch, hinter dem sich das winzige Loch befindet. »Um Gottes willen, sie hat doch noch nie ein Kaninchen getroffen!«

Ich beruhige sie. »Bevor dem Hund was passiert, kriegt das Karnickel einen Herzinfarkt. Das gibt einen leckeren Braten. Sei froh, dass es kein Hase ist. Ist nicht so bissig. Es heißt ja nicht umsonst: Hasenzähne.«

Doch meinen Sinn für Humor vermag Margot nicht zu teilen. Ich erwische sie völlig auf dem falschen Fuß. Sie versteht nur Hund. Passiert. Herzinfarkt. (Reiß-)Zähne und Braten. Und zischt mich wütend an: »Wie kann man nur so ein Unmensch sein? Geh auf der Stelle weg da!« So brüsk, wie ich ins Gebüsch geschoben wurde, werde ich buchstäblich an den Haaren wieder herausgezogen. Lehfrau kniet sich vor die Kaninchenhöhle und flüstert: »Lilo, Fressi. Frauchen hat Fressi für dich.« Dann dreht sie sich zu Robert um und befiehlt ihm: »Hol irgendwas! Wurst, Brot, Kuchen, irgendwas, schnell!«

Ich rufe unmotiviert: »Lilo!«

»Ruhe! Bevor sie noch mehr Angst kriegt! Sie kennt doch deine Stimme gar nicht! Liii-looo! Komm zu Mutti!« Aus dem Loch ist ein leises, armseliges »Muff« zu hören. »Um Gottes willen, sie erstickt! Wir müssen graben!«

Ich gebe zu bedenken: »Da sind viel zu viele Wurzeln, das schaffen …«

Aber in diesem Moment erscheint wie Batman erneut Held Robert auf der Bildfläche. Mit einem winzigen Kanten Weißbrot! Wow! »Das war alles, was noch übrig war«, keucht er theatralisch.

Margot reißt das Brot an sich und hält es vor das Loch. »Lecker Fressi, kleine Maus. Komm zu Mutti! Na komm, Lilo, die Mutti ruft.« Nichts tut sich. Lehfrau streckt ihren Zeigefinger in meine Richtung. »Er hat ihr Angst gemacht. Jetzt ist sie weg. Für immer verschwunden!« Ihre bedrohliche Körperhaltung kann ich nur dahingehend deuten, dass ich am besten für immer verschwinde. Im Zweifelsfall gleich in die Hölle. Auf der Stelle.

Aber ich könnte auch Superman sein. Was Robert kann, kann ich schon lange. »Nein, keinesfalls! Haltet durch! Zwei Minuten!« Wer mich kennt, sollte erahnen, welches Opfer ich zu bringen bereit bin.

In meinem Zimmer angekommen, öffne ich meine Feelgood-Tasche und hole die Dose »Rizzoli-Sardellen in pikanter Soße« heraus. Soll ich wirklich? Ja, es muss sein! Lehfrau würde mir das Leben auf dem Schiff zur Hölle machen, und ich habe immerhin noch einige Tage zu überstehen! Ich sprinte zurück an den Ort des Geschehens, wo immer noch vergeblich das trockene Weißbrot als Lockmittel herhalten muss.

»Hier kann keiner widerstehen, mmmhh«, brüste ich mich, öffne mit einem beherzten Ruck die ovale Dose und halte Sekundenbruchteile später ein weiches, schmieriges Sardellenröllchen zwischen meinen Fingern. »Lasst mich mal!« Ich schubse Margot und die große Zahl übriger Hotelgäste, die darum hecheln, Zeugen des absurden Ereignisses zu sein, wie ein Feuerwehrmann zur Seite. Eigentlich will ich mir nur den Finger vor den Mund halten, um »Psssst« zu sagen – da sehe und rieche ich die Delikatesse vor meiner Nase. Ich stopfe sie reflexartig in meinen Mund. Margot Lehmann schreit auf. »Ahhh! Du Biest! Du miserables, freches Miststück! Ich werde dich …«

Schnell legt Robert ihr die Hand auf die größte Öffnung im Gesicht und mich weist er an, die Aktion doch bitte bald zu starten. Also nehme ich noch eine Sardelle heraus und schwenke sie vor dem Kaninchenloch. »Lilo«, werbe ich mit piepsiger Stimme und siehe da, das Hundchen schnellt aus seinem Versteck. Gierig schnappt sich die überlange Mopszunge das Röllchen aus meiner Hand, und bevor ich auch nur »Willkommen zurück« sagen kann, steckt die Schnauze schon in der unachtsam auf dem Boden abgestellten Dose. Dreimal Schmatzen und man sieht nur noch blank gelecktes Blech. Keine Sardellen, keine Soße, nichts.

Margot Lehmann fächelt sich Luft zu. »Danke, Angelo, grazie! Ich hab's nicht so gemeint. Okay?«

Ich bin Superman. Und mit wehmütigem Blick auf meine geopferte Sardellenbüchse trompete ich heldenhaft: »Okay. Alles okay.« Dieter Lehmann nimmt den Mops hoch und hält ihn sich vors Gesicht. Ich glaube, er will ihn küssen!

»De Lilo riecht nach Fisch«, meint er lapidar. Und dann noch: »Igitt.«

Es wird geklatscht und gejubelt und die Leute verziehen sich wieder zum Pool. Die Aufregung legt sich allmählich. Ich putze mir die Hände mit einem Erfrischungstuch ab, um meinen Laptop nicht zu verschmieren. Weiterarbeiten? Geht bestimmt. Ich muss es nur wollen. »Also, Angelo, das ist ja ein wahres Zaubermittel«, schleicht sich Margot von der Seite an.

Ich bleibe nur bei einem monotonen: »Ja ja, alles wieder okay.«

»Was war das denn überhaupt? Also, wenn wieder so was passiert. George, wir müssen uns das besorgen für zu Hause, nicht wahr?«

»Auf keinen Fall«, wehrt sich George-Dieter.

»Und ob. Kannst du mir das aufschreiben, Angelo? Bitte.«

»Beim Abendessen, ja?«, versuche ich sie abzuwimmeln.

Aber es hat keinen Sinn. Man setzt mir den Mops auf den Schoß. Man lässt den Mops ein paar Buchstaben auf der Laptoptastatur tippen. Man erzählt dem

Mops, wie viel diese kleine Dose Fisch gekostet hat. Man hält dem Mops eine Schachtel Zigaretten hin und so weiter. Kurz: Das Mopsintermezzo findet kein Ende und ich keine Ruhe. Zu guter Letzt springe ich einfach mit meinen Shorts in den Pool, um einen Grund zu haben, mich abzuseilen. Via Spinnfäden. Auch Superman braucht mal Erholung.

»Pfuu, pfuu, tuuu tuuu… AZ… AZ… AZZURRO IL POME TUFF TUFF… AZZURRO …« Diese Klangkulisse finde ich einige Zeit später in unserem Zimmer vor. Helene hat mittlerweile eine Schlafbrille auf und Ohropax in den Ohren. Ihr Mittelfinger tippt den Takt auf der Bettkante mit. Ist sie wach? Ich halte den Finger fest, sie reagiert nicht. Irgendwo muss ihr MP3-Player sein! Vorsichtig öffne ich ihre Handtasche. Bingo!

Mit Kopfhörern als Schallschutz Nummer 1 und einem um die Ohren gewickelten Handtuch als Schallschutz Nummer 2 sitze ich kurz darauf im Bad auf dem Toilettendeckel, setze erneut an und tippe:

DER GROSSE PARMASCHINKEN

»Wenn ich erregt bin, gibt es nur ein Mittel,
mich völlig zu beruhigen: Essen.«
(Oscar Wilde, 1854 –1900)

Hamburg

Ich bin bei meinen Freundinnen Maike und Heidi in Hamburg zu Besuch und schlafe bei ihnen im Gästezimmer. Gestern, nach einem schönen, lustigen und entspannten Abend auf der Reeperbahn, habe ich in meinem Zimmer gehört, wie sich die beiden sehr laut in ihrem Zimmer unterhalten, fast gestritten haben. Ich schlüpfe in meinen langbeinigen Pyjama mit langärmeligem Hemd und mit meinem Löwenlieblingsmuster und schlafe sofort ein. Morgens bleibe ich lieber noch im Bett, so lange, bis die beiden aus der Wohnung sind. Heute ist ein besonderer Tag und das muss gefeiert werden. Seit fünfzehn Jahren sind sie ein glückliches Paar, das schaffen nur wenige.

Kennengelernt haben sie sich bei der Schwangerschaftsgymnastik. Am Anfang dachten beide, es sei nur die große Sympathie, die sie verbindet, zusammen mit den Glückshormonen einer Schwangerschaft. Aber als ihre Kinder auf der Welt waren und diese Lust, länger zusammenzubleiben, einfach nicht weggehen wollte, mussten sie ihren Herzen folgen. Maike und Heidi verließen ihre Ehemänner! Sie zogen mit den Kindern von Bremen nach Hamburg-Eppendorf in eine gemeinsame Wohnung. In der neuen Umgebung sind sie oft aufgefallen Zwei Frauen ohne Männer. Da stimmt was nicht mit den beiden, sagten die Blicke der Nachbarn. Aber mit der Zeit haben sich die Leute an das Paar mit den süßen Kindern gewöhnt.

Maike hat sich extra einen Tag freigenommen, um ihrem Schatz etwas besonders Leckeres zum Abendessen zu servieren. Nur für sie beide. Die Kinder sind heute bei den Vätern und ich bin auch gleich weg. Sie will sich mit dem Essen auch für die Diskussion am gestrigen Abend entschuldigen. Heidi war heute Morgen aus dem gemeinsamen Bett gesprungen, ohne ihr einen Guten-Morgen-Kuss zu geben. Und das an ihrem Jahrestag!

Maike klopft das Herz. Mit dem Fahrrad fährt sie zu dem großen Biomarkt in ihrem Viertel, in der Hoffnung, dort etwas Frisches zu finden. Auch nach zwanzig Minuten hat sie noch nichts gefunden, worauf sie Lust hat. Sie wirft einen erneuten Blick auf die Gemüseregale: Zucchini, Fenchel, Weißkohl. Nein, das ist nicht das, was sie sucht. Aber Moment! Die Paprika sehen nicht schlecht aus. Sie könnte sie einfach ... Ja, das ist es! Sie nimmt vier nicht übermäßig große Paprika und eine Zucchini, legt dazu ein paar Zwiebeln, eine Karotte, ein Kilo weiche Tomaten und eine Dose feine Erbsen. Dann kauft sie ein Paket Couscous und ein großes Ciabatta. Zu Hause müsste sie noch in Salz eingelegte Kapern haben. An der Kasse nimmt sie einen Strauß orangefarbene Tulpen mit. Orange ist die Lieblingsfarbe ihrer Freundin. Mit ihren zwei ausgebleichten Jutebeuteln, prall gefüllt mit Lebensmitteln, einen rechts, den anderen links am Lenker hängend, fährt sie vorsichtig wieder nach Hause. Sie hat den ganzen Tag Zeit, um die Wohnung so schön herzurichten, wie sie und Heidi es mögen.

Maike stellt die Tulpen in die Vase und platziert sie in der Mitte auf dem großen Tisch. Sie verteilt neue Kerzen in der Wohnung. Sobald die Dämmerung einsetzt, wird sie sie anzünden. Dann nimmt sie zwei, drei CDs aus der Schublade und legt sie so hin, dass sie später nicht nach der richtigen Musik suchen muss. Sie bindet sich eine Schürze um und schneidet die Zwiebeln und den Knoblauch, die Karotte und die Zucchini sehr fein. In einem Topf erhitzt sie etwas Olivenöl und wirft das geschnittene Gemüse, zusammen mit den Erbsen aus der Dose und den gewaschenen Kapern, hinein. Sie verrührt alles und lässt es einige Minuten ziehen. Von ihrem Basilikumtopf auf dem Fensterbrett schneidet sie drei Blätter ab und gibt sie zusammen mit dem Couscous und siebzig Milliliter warmem Wasser ebenfalls in den Topf. Sie rührt intensiv zwei Minuten lang, dann nimmt sie den Topf vom Herd. Jetzt heizt Maike den Backofen auf 180 Grad vor. Nachdem sie die Paprika gewaschen hat, schneidet sie den oberen Teil ab, nimmt die Kerne heraus und füllt sie mit dem Gemüse-Couscous. Dann stellt sie die gefüllten Schoten auf ein Backblech in den Ofen, deckt sie mit Alufolie ab und lässt sie circa dreißig Minuten garen. Anschließend nimmt sie die Folie ab und lässt alles noch einmal zehn bis fünfzehn Minuten schön braun werden. Während die Paprika im Backofen vor sich hin brutzeln, wäscht Maike die Tomaten, schneidet sie auf, nimmt die Kerne heraus und salzt sie. Die ausgehöhlten Früchte legt sie mit der Öffnung nach unten auf einen Teller, damit das Wasser herausfließen kann. Vom Basilikum pflückt sie sechs Blätter, die Pflanze sieht mittlerweile sehr dünn aus, und hackt sie zusammen mit einer Knoblauchzehe und einem Löffel Oregano klein. Sie gibt das fertige Pesto zusammen mit klein geschnittenem Mozzarella in die Tomaten. Am Ende legt sie die gefüllten Tomaten so auf einen großen Teller, dass sie ein Herz formen. Sie toastet noch vier Scheiben Ciabatta an und bedeckt sie mit dem übrigen Pesto und dem Mozzarella. In ein paar Stunden kommt Heidi von der Arbeit, und unsere Köchin hat noch genug Zeit, um den Tisch zu decken und sich schick zu machen.

Uff ... Damit ist dieses Kapitel fertig und ich auch. Ich wundere mich immer wieder, wie solche Ideen auf mich herabrieseln. Aber sie kommen einfach und dann greife ich zu. Ich nehme Kopfhörer und Handtuch ab und sofort erfüllt ballernde Musik das Bad. Ich bin froh, dass wir heute zurück auf unser Schiff und diesem Partywahnsinn entfliehen dürfen.

Auf den Weg zurück zum Schiff sieht man jedem die Müdigkeit an. Es wird so gut wie nicht geredet und alle hängen in ihren Sitzen, als hätten sie den Vesuv bestiegen. Ich sitze im Bus neben Dieter und beobachte ihn. Wenn man die Augen etwas zusammenkneift, kann man ihn tatsächlich für den amerikanischen Schauspieler halten, auch wenn die rustikale Ausgabe aus der ehemaligen Deutschen Demokratischen Republik gute zwanzig Jahre älter ist.

»Wie hältst du dich so frisch und jung, Dieter?«, erkundige ich mich neugierig.

»Ach, Angelo, wenn jemand so ein Arschgesicht hat wie ich«, lacht er dröhnend, »dann hilft nur eines, Hämorrhoidensalbe.«

»Äh, wie jetzt? Wofür?«, mustere ich ihn ahnungslos.

»Na, jeden Abend vor dem Schlafengehen schmiere ich mir die Salbe ins Gesicht, um meine Falten zu glätten. Die beste ist die, die wir damals in der DDR hatten. Ich hab noch ein paar Tuben gebunkert.«

»Echt jetzt?«

»Ja, klar! Margot benutzt sie auch.«

»Ach... ja?«

»Und natürlich einen Apfel am Tag ... Willst du eine Tube haben?«

»Och, nö, danke, lass mal. Noch geht's ganz gut ohne. Aber danke für den Tipp ...« Ich sehe, wie er heimlich lacht.

Nach der Passkontrolle beim Einstieg nehmen es diesmal alle Passagiere mit der Desinfektion sehr genau. Keiner murrt, als sich lange Wartereihen vor den Spendern mit der antibakteriellen Flüssigkeit bilden. Endlich an Bord, stapfen Helene und ich direkt zu unserer Suite. Als wir in den langen Flur einbiegen, sehen wir schon von Weitem Angie Hajek-Schnarrenberger, der uns zuwinkt. Als wir näher kommen, macht er Anstalten, uns zu umarmen. Doch Helene und ich weichen der Gefühlsduselei lieber aus und begrüßen ihn nur mit locker erhobener Hand und einem kurzen »Hallo«.

»Wass'n los?«, fragt Angie. »Eine Nacht getrennt und schon kennt ihr mich nimmer?«

»Angst vor Ansteckung«, meint Helene trocken und verschweigt, dass er uns durch den Auftritt vor den Sanitätern ein wenig suspekt geworden ist.

»I hob an italienisches Krankenhaus überlebt, glaub mir, gefährlicher ist koin Keim. I wois net, Mafia, Taliban, stecken die nicht alle miteinand unter einem Hut? Musst aufpassn, dass sie dir net die Organe klauen. Sehts her: Angie Hajek-Schnarrenberger ist wieder gesund!« Dabei klopft er sich wie ein Gladiator auf die massige Brust.

»Toll!« Ich lange ihm vorsichtig auf die Schulter und versuche, mich elegant und vor allem unauffällig an ihm vorbeizuschieben. »Muss weiter, Buch schreiben, Tagespensum!«

Doch Angie hält mich am Arm fest. »Wir sehen uns dann gleich beim Essen, okay?«

»Mhm«, antworten Helene und ich unisono.

Die Suite riecht frisch und sauber. Die fürsorgliche Putzkolonne hat mein Bettzeug von der Schlafcouch einfach mit auf dem Kingsize-Bett hergerichtet. Helene und ich registrieren diese Veränderung peinlich berührt und ich trete die Flucht ins Badezimmer an.

Als ich wieder herauskomme, schläft Helene natürlich schon. Ich mache mir die Schlafcouch fertig und schließe ebenfalls die Augen. Das Abendessen mit Angie und den anderen verpassen wir dann wohl …

Kapitel 24

»Ene, mene, muh und raus bist – du!« Mit aufgesetztem Schönwettergesicht zeigt der Animateur, als Biene Maja verkleidet, auf das kleine blonde Mädchen mit Indianerinnenmaske. Heulend wird die kleine Squaw von ihrer Mutter von der Bühne gezerrt. Heute ist wieder Erholungstag auf dem Meer und die Wahl von »*La bambina più bella*«. Es wird das schönste Mädchen des Landes gesucht.

»Leider muss uns die kleine …« Wieso hat er sich nicht als Willi verkleidet? Biene Maja nestelt einen Zettel aus einer Tasche ihres Kostüms: »Ja, leider muss uns die Melanie verlassen. Applaus. Applaus! Jetzt geht es für diese drei hübschen *bambine* im Finale um die Wurst!«, brüllt der Animateur begeistert und hüpft dabei herum, als wollte er in der Tat gleich losfliegen. Das überschaubare Publikum zollt, bis auf ein paar allzu begeisterte Muttis, müde Beifall. Wir liegen entspannt am Wasserbecken und ich betrachte das Elendsprogramm, das sich ein Stückchen weiter auf einer winzigen Bühne abspielt. Helene unterdessen tippt die schönsten Momente der Wahl zum »Schönsten Kind der Kreuzfahrt« live in ihren Bordblog.

Ich diktiere – die Hände lässig hinter dem Kopf verschränkt – in Helenes Ohren: »Wem tun sie nicht leid, diese Kinder, die von ihren Eltern ins Rampenlicht geschubst werden? Wenn Sie wahre Kultur erleben wollen, ist das wirkungsvollste Gegenmittel – jetzt fett gedruckt – Angelo Colagrossis Lesung im Blauen Salon!« Ich wiederhole, als hätte ich es mit einem Legastheniker zu tun, die letzten Worte: »Im. Blauen. Salon. Salon. Haben Sie das, Fräulein Schulz?«

Helene wirft mir einen Seitenblick zu, der den stärksten Mann über Bord schmettern könnte – automatisch suche ich die Schiffswand nach dem nächsten Rettungsring ab –, und widmet sich genervt ihrer Tastatur. Dann eben nicht. Zu blöd, dass ich nicht mehr rauche. Das wäre einer dieser Momente, der eigentlich ohne Zigarette nicht zu ertragen ist. Zum einen ist das Unterhaltungsprogramm derart armselig, dass sogar die Schiffsratten flüchten. Zum anderen lacht keine Sau über die Witze. Selbst wenn mal ein guter dabei ist.

»Und was hast du für uns vorbereitet, Jennifer?«, fragt der Bienen-Moderator nun das nächste blonde Mädchen mit aufgedrehten Locken und Lippenstift. Bevor Jennifer falsch singen, leiernd ein Gedicht vortragen oder einen albernen Tanz vorführen kann, beschließe ich, mich aus dem Staub zu machen.

»Ich gehe dann mal aufs Zimmer und bereite mich auf die Show vor«, flöte ich betont wichtig in Helenes Richtung.

»Mach das mal« zwinkert sie mir zu. »Ich muss noch abwarten, bis die Gewinnerin feststeht, dann komme ich nach.«

Unkonzentriert schiebe ich die Zimmerkarte in den vorgesehenen Schlitz an der Kabinentür. Der Key hakt ein wenig, also stoße und stopfe ich ihn mit etwas Nachdruck hinein, so wie ich es bei Frau Merkel am ersten Tag gesehen habe. Mit einem derben »Knack« bricht die Plastikkarte daraufhin in zwei Stücke. Die eine Hälfte halte ich noch ungläubig in der Hand, während die andere anklagend circa einen Millimeter aus dem Schlitz ragt. Ich rüttle an der Tür. Die ist allerdings immer noch zu. Mit kurzen Fingernägeln versuche ich, die Restkarte aus dem Spalt zu fummeln, aber sie sitzt bombenfest. Warum nur, bitte ich das Universum hier und jetzt um eine Stellungnahme. Es ignoriert mich, als wäre ich der letzte Wurm des Planeten. Aber ich werde doch nicht vor einer Kabinentür kapitulieren! Fieberhaft überlege ich. In meinem Geldbeutel sind noch etliche Karten mit gleichem Format und gleicher Dicke. Vielleicht kann ich mithilfe dieser die festsitzende Hälfte einfach herausschieben! Ich nehme die ADAC-Karte aus meinem Portemonnaie und ziehe sie vorsichtig durch den Schlitz, bis ich Widerstand spüre. Mit kleinen ruckartigen Bewegungen sollte es doch möglich sein, das Bruchstück freizurütteln. Ich versuche es längs. Ich versuche es quer. Von oben und von unten. Mit meiner Kreditkarte auch. Alles ohne Erfolg. Die Tür bleibt versperrt und ich verzweifle allmählich.

»Huhu! Kommst du oder gehst du?«, ruft mir eine gut gelaunte Helene zu, als sie, während ich unmittelbar vor einem Verzweiflungskrampf stehe, wie ein Engel aus dem Lift tritt. Mit schnellen Schritten ist sie an meiner Seite.

»Schau dir mal diesen Mist hier an.« Ich halte ihr meinen Teil der zerbrochenen Plastikkarte hin. »Und die andere Hälfte steckt noch drin und geht nicht mehr raus«.

»Wie hast du das denn geschafft?«, fragt sie entgeistert. »Lass mich mal …« Mit gestylten Fingernägeln, die sie wie Pinzetten einzusetzen vermag, bemüht sie sich redlich, die dünne Kartenhälfte aus dem Spalt zu ziehen. Doch das renitente Stück steckt fest, als hielte ein Barrakuda dieses für einen Schatz. »Shit!«, fluchen wir gleichzeitig und prusten los. Wäre Biene Maja in den Pool gestürzt, hätte uns das nicht weniger amüsiert. »Ich hole Hilfe. Bin gleich wieder da«, verkünde ich und sause los. Im Geiste trage ich noch immer das Supermankostüm.

Keine zehn Minuten später kehre ich zurück, in einem Spider-Arm Sabine Merkel, im anderen den Haustechniker samt Werkzeugkasten. *»Madonna mia,* Angelo, ein sauberer Schnitt«, stöhnt die Entertainment-Chefin bei genauerer Untersuchung des Malheurs. »Ich habe es nur so gemacht wie Sie neulich, Frau …«

»Ja, ja, das kriegt unser Herr Paschulke schon wieder hin, nicht wahr, Herr Paschulke?«

Mit einem aufmunternden Klaps auf die Schulter schiebt sie den Techniker, der eher wie ein Wrestler denn wie ein Hausmeister daherkommt, Richtung Schloss. Ob sie ihm auch gelegentlich an den Hintern greift?

Der Meister begutachtet den Schaden eingehend und wortlos. »Ja, was ist denn nun?«, drängelt Sabine Merkel ungeduldig.

»Dit is ja ma nicht so einfach, junge Frau. Dit is mir ooch noch nich unterjekommen so wat.« Der Hüne schüttelt den Kopf und sieht mich vorwurfsvoll an. Ich nestele an meiner Hosentasche, während er gemächlich seinen Werkzeugkasten öffnet und sich in aller Ruhe ans Werk macht. Ich traue ihm alles zu. Eine halbe Stunde später gibt Paschulke auf. »Tut mir leid, dit jeht nich. Det ist da so feste drin … Entweder mach ick allet kaputt, um den Rest rauszuholen. Aber denn is die Tür nich mehr zu jebrauchen und zusperrn kann man sie auch nich mehr. Wäre ja sinnlos, 'ne Tür ohne zumachen, wa. Ick sach jetzt mal: Dit soll morjen 'n Spezialist machen, wenn wir wieder im Hafen sind«, gibt er schulterzuckend bekannt. »Ick hab denn jetzt ooch Feierahmd.«

Ohne eine weitere Vokabel macht er auf dem Absatz kehrt und schlurft mitsamt dem Werkzeugkasten Richtung Lift davon. Auf seinem Blaumannrücken steht: »Nicht verzagen, Paschulke fragen«.

»Aber wir müssen doch irgendwo schlafen?«, setzt Helene an. Einen Hauch von Hysterie glaube ich ihrer Stimme zu entnehmen. »Es gibt doch keine freie Kabine mehr!«

»Ach, es hat sich noch immer was gefunden«, versichert ihr unsere Entertainment-Chefin unbestimmt.

»Meine ganzen Sachen sind da drinnen.« Sie fängt doch hoffentlich nicht an zu weinen. Ich eile ihr zu Hilfe, denn geteiltes Leid ist halbes Leid. »Ich muss mich für mein Event heute Abend noch umziehen, ich kann doch nicht in Shorts und T-Shirt auf die Bühne.«

»Ja, genau …«, ergänzt Helene und zeigt an sich herunter. »In dem Strandkleidchen kann ich nicht mal zum Abendessen gehen.«

»Leute!«, blafft Merkel uns an. »Wir haben ’ne Shoppingmall! Hallooo!« Sie dreht sich auf dem Absatz um und befiehlt uns im Gehen: »Kommt in ’ner halben Stunde im Büro vorbei.«

Helene schaut mich wutschnaubend an, verschränkt die Arme vor der Brust und stellt sich breitbeinig vor mir auf. »Also, meine Kreditkarte ist auch da drinnen.«

»Ich hasse Shopping«, maule ich, krame in der Geldbörse nach meiner Kreditkarte und halte sie generös zum Zeichen des Aufbruchs hoch.

»Sechshundertfünfundneunzig Euro und achtzig Cent. Bar oder mit Karte?« Die Verkäuferin schiebt uns zwei Tüten über den Tresen. Ich muss schlucken. »Karte«, murmele ich geschockt. »Was haben wir denn nur alles gekauft?«

»’nen Anzug, ’n Kleid, paar Schuhe. Unterhosen. Socken.« Helene zupft an einem Kleidungsstück in der Tüte. »Und dann dieser« – man hört die Anführungszeichen – »geschmackvolle Sommerpyjama mit Paisleymuster.«

»Löwen sind gerade aus«, kichert die Verkäuferin, die offensichtlich auch Leserin von Helenes Bordblog ist.

Peinlich berührt zücke ich meine Kreditkarte und zahle wie ein Mann von Welt. Jedenfalls gebe ich mich nach außen so. Schließlich ist es meine Schuld, dass wir nicht in unsere Suite kommen. Da muss ich heute Abend aber etliche Bücher verkaufen, um wenigstens einen Teil der Unkosten wieder hereinzuholen. »Unsere erste gemeinsame Shoppingtour …«, säuselt Helene mir ins Ohr, während ich noch am Rechnen bin. Ich gebe mich meiner Großzügigkeit und ihrem Stimmchen hin.

»Wir haben ein Problem mit Ihrer Karte, Herr Colagrossi!«, holt mich die Verkäuferin aus dem wattierten Glücksmoment in die klimatisierte Realität zurück.

»Das kann nicht sein! Zeigen Sie mal!« Sie händigt mir die Karte aus. Die sieht doch ganz normal aus. Letzte Woche hatte ich damit im Großmarkt bezahlt und mein Konto war auch gedeckt, soweit mich meine letzte Erinnerung nicht trügt. »Das liegt an Ihrem Gerät!«, behaupte ich selbstbewusst.

»Erst vor fünf Minuten hatten wir eine erfolgreiche Transaktion. Ich glaube kaum, dass es an unserem Reader liegt«, wehrt sich die Verkäuferin schnippisch und mustert mich, als wäre ich ein Scheckkartenbetrüger.

Helene tippt mich an. »Die Tür! Hast du diese Karte durch die Tür gezogen?«

In der Tat! Ich addiere eins und eins. Natürlich, die Elektronik des Türöffners ist defekt und hat meine Kreditkarte gelöscht. Verdammt! »Meine Güte, das kann doch nicht wahr sein …«, fluche ich.

Die Verkäuferin lässt von mir ab und hüstelt jetzt meine Begleiterin an: »Hat Madame vielleicht die Möglichkeit, mit Bargeld zu zahlen?« Mit all den unterschwelligen Diskriminierungen in einem Satz ist sie bei Helene jedoch an der falschen Adresse.

»Wir gehen. *Arrivederci!*« Sie hakt mich unter und zerrt mich aus der Boutique. »Diese blöde Schabracke. Die kennt uns doch, die weiß ganz genau, dass wir zahlen können. Ich hasse so was!«

Egal, ob du das hasst oder nicht, mein Täubchen: Wo bekomme ich jetzt Klamotten für meinen Auftritt her?«

»Dann kochst du eben in Unterhosen. Es werden dir sämtliche Damen zu Füßen liegen. Jetzt tu mal nicht so, als wär das ein Problem.«

»Da kann man bestimmt was machen! Sabine kann bestimmt was machen!«, beruhige ich mich.

Sabine Merkel eröffnet uns kurz darauf lapidar, dass erstens Kleidungskosten für freie Mitarbeiter nicht von der Reederei übernommen werden können (keine Ausnahmen) und zweitens der einzige noch verfügbare Schlafplatz eine winzige Kabine mit Doppelstockbett auf dem Personaldeck ist. Helenes Saure-Milch-Gesicht spricht Bände. Ich frage mich ernsthaft, warum man immer beschönigend »auf einem Deck« sagt. Die Personaletage ist immer »unter Deck«.

»Ist ja nur für eine Nacht«, wiegelt Merkel mögliche Einwände ab und schickt uns mit neuen Schlüsselkarten »auf Deck drei«. Nicht ohne uns vorher noch ein »Und bitte: vorsichtig mit den Karten!« mit auf den Weg zu geben.

»Weißt du die Kabinennummer von den Österreichern?«, zupfe ich Helene auf dem Gang am Ärmel.

»Warum? Du willst doch nicht etwa …?«

»Doch! Robert ist viel zu groß. Lehmanns Sakkos sind zu teuer, nur Angie ist ungefähr so groß wie ich.«

Helene lacht: »Ja, aber ungefähr dreimal dein Durchmesser!«

»Gaffa-Tape!«

Sie hat verstanden. »Hinten zusammenraffen und gut verkleben! Super Idee!«

Mit einer Plastiktüte suspekten Inhalts, nämlich einem penetrant nach Rauch stinkenden schwarzen Anzug, nähern wir uns wenig später der Kreuzfahrtunterwelt, wo sich unser heutiges Nachtdomizil befindet. Auf Deck drei knapp über der Wasserlinie. Mannhaft lasse ich Helene mit der Schlüsselkarte den Vortritt. Klack.

Der erste Eindruck der Kabine ist desaströs: Im Halbdunkel erkenne ich ein zweistöckiges, halb verrostetes Metallgestell mit matratzenähnlicher Auflage. Auf den Betten liegen angeraute Fleecedecken, dieses Material, das aus alten Plastikflaschen gewonnen wird. Es riecht abgestanden. Nach schalem Obst, Bier und Männersocken. Nach Putz- und Desinfektionsmitteln, wie sie früher in Krankenhäusern verwendet wurden. Hydrogencarbonat? Meine sensible Nase schnüffelt auch P3-X-Reiniger. Beleuchtet von einer einzigen Neonröhre, schwimmen mehrere PET-Flaschen, eine Rizzoli-Sardellendose, jede Menge leere und gefüllte Plastiktüten und weiterer Zivilisationsabfall direkt hinter dem Bullauge, einen halben Meter vom Bettgestell entfernt, vorbei. Was heißt hier eigentlich »Bett«?

Helene und ich tauschen nur einen kurzen Blick, lassen unsere Einkaufstüten fallen und wagen es nicht, unsere Füße über die Schwelle zu setzen.

»Abendessen?«

»Abendessen«, spielt Helene den Ball nicht viel wortreicher zurück.

Ich schaue mich um, ziehe sie in die Kabine und … wir helfen uns gegenseitig beim Ausziehen. Eine andere Möglichkeit gibt es nämlich auf zweieinhalb Quadratmetern all inclusive nicht!

Im Speisesaal riecht es zunächst angenehm nach Frühlingsblumen, Dillsoße und Gebratenem. Wien und Leipzig haben Verspätung. Seltsam, dass unsere ständigen Begleiter heute auf sich warten lassen.

»Du schaufelst«, tadelt Helene mich.

»Ich mache was?«

»Du genießt das Essen ja gar nicht. Ich finde den Kuttelfisch hier ganz ausgezeichnet«, mümmelt Helene mit vollem Mund und lacht sich kringelig.

Das ist gar kein Kuttelfisch auf unseren Tellern, vielmehr eine schnöde Piccata Milanese mit zu trockenem Risotto. Helene steckt mich an mit ihrer Heiterkeit. Aber schon im nächsten Moment fahre ich zusammen! Wie spät ist es? Ein Blick auf die große Uhr im Saal verrät: Ich habe noch exakt zehn Minuten, bevor das »Get-in« im Blauen Salon beginnt! Beinahe werfe ich meinen Stuhl dem Herrn am Nachbartisch ins Kreuz, als ich aufspringe und mich an die Vorbereitungen mache. Hektisch platziere ich die nötigen Zutaten aus der Bordküche für meine beiden Gerichte des heutigen Lesung-Koch-Abends auf der Arbeitsplatte der Dekoküche. Es gibt »Penne all'Amatriciana« und »Rehrücken mit Marmelade und thüringischem Semmelkloß«.

Ich bin froh über die Mikrofonprobe der Techniker, die mir ein bisschen Zeit gewährt, mich zu sammeln. Solange ich im Halbdunkel der Bühnendekoration verweile, spüre ich allerdings auch das Lampenfieber, das wie ein Alien in meinen Eingeweiden herumtobt.

Helene hat mir den Blick in den Spiegel verwehrt. Vielmehr gab sie sich alle Mühe, meine Zweifel zu entschärfen. Sie hat es wirklich versucht, was ich ihr hoch anrechne.

»Glaub mir, es sieht okay aus. Nicht gut, aber okay. Wenn das Licht günstig ist, fällt es nur auf den zweiten Blick auf, oder wenn man frisch die Brille geputzt hat. Du musst einfach drauflosquatschen, ununterbrochen, sodass keiner auf den Anzug schaut. Okay?«

»Und das Klebeband hält?«

»Ich tue mein Bestes.«

Sie ist so süß. Und was bleibt mir anderes übrig, als ihr zu vertrauen?

Vom hinteren Teil der Bühne aus winke ich den Zuschauern, die mich erspäht haben, fröhlich zu. Sie rufen: »Ciao, Angelo!« oder »Hallo!« Es hat sein Gutes und sein Schlechtes, dass der Saal sich diesmal wesentlich schneller füllt. Anscheinend hat es sich herumgesprochen, dass der Abend mit dem Italiener, der nicht nur kocht, sondern auch übers Essen und die italienische Lebensweise plaudert, recht unterhaltsam ist. Mir rutscht allerdings mein temperamentvolles Herz in die riesige Hose, als ich in der ersten Reihe meine Tischnachbarn ausmachen kann. Alle strahlen mich begeistert an! Das macht mich dermaßen nervös, dass ich kaum wahrnehme, wie der Saal aus den Nähten zu platzen droht.

Während mein Blick noch nervös durch die Reihen der Zuschauer huscht und ich in Gedanken die Zutaten noch einmal durchgehe und hoffe, dass der Guanciale-Speck für die Amatriciana nicht zu sehr geschwitzt hat, rauscht Sabine Merkel in einem neuen lilafarbenen Kleid auf die Bühne und präsentiert mich nach allen Regeln der Moderationskunst. Erstaunlich, wie gut sie aussieht, obwohl ihre Kleidung dem Abend nicht angemessen ist. Genau so muss ich es auch hinkriegen. Einfach nur überragend sein, sodass mein unpassendes Outfit die nebensächlichste Sache der Welt wird.

»*Buonasera* und guten Abend!«, bebe ich vielfach verstärkt in mein Mikrofon.

Robert applaudiert: »*Buonasera!*«, und der halbe Saal stimmt lautstark ein. Angie Hajek-Schnarrenberger unkt: »Gut schaust aus!« Ich lache in den Verstärker, dass es nur so von den Wänden widerhallt.

»Danke. Danke. Ihr seid so gut, Leute! Wer ist aus Deutschland?«, beschwöre ich das Publikum und halte meine flache Hand wie ein Späher an die Stirn. In meinem näheren Gesichtsfeld sehe ich Helene heftig den Kopf schütteln. Dabei starrt sie mich mit aufgerissenen Augen an. Was will sie mir sagen? Jede Frau und beinahe alle Männer heben unterdessen eine Hand. »*Dove sono gli Italiani?*« Der Rest des Auditoriums, vielleicht vier, fünf Verirrte, lassen sich von ihren Nachbarn dazu hinreißen, eine Gliedmaße zu strecken. Ich rede noch schneller als gewohnt, als hoffte ich, auf diese Weise die Leute am besten von meiner sonderbaren Aufmachung abzulenken!

»*Grazie.* Vermutlich es ist für einen Italiener einfacher, für einen Deutschen zu kochen, als andersrum, denn wir haben eine Menge Rezepte, die ziemlich einfach sind. Wobei! Einige klingen einfacher, als sie es am Ende tatsächlich sind. Oft kommt es auf Details an und auf die sorgfältige Zubereitung mit frischen Zutaten. Jeder von euch hat sicher eine italienische Lieblingsgerichte in eure Lieblingsristorante oder der Pizzeria zu Hause, nicht wahr?« Ein zustimmendes Gemurmel schwillt an und ab und die meisten Zuschauer nicken. »*Ecco!* Aber mittlerweile ich habe gelernt, dass es auch in Deutschland ganz viele – wie sagt man – bodenständige, einfache, regionale Rezepte gibt, die super schmecken. Durch meine Job bin ich viel unterwegs und uberall ich schnappe was Neues auf. Das koche ich dann zu Hause nach. Oder ich probiere zumindest. Ich liiiiebe zume Beispiel Semmelknödel oder die bayrische ›Rücken Reh‹ mit die Marmelade!«

Das Publikum schaut etwas verwirrt drein und dann böllert jemand laut: »Rehrücken!«

»Rehrücken, Rückenreh, ihr weißt, was ich meine, das iste der Hauptsache«, kontere ich. »Ich kann zwar nicht alles korrekt sprechen, aber … Rehrücken isst man auf jeden Fall mit der Marmelade! Das ist so lecker, das habe ich mir gemerkt.«

Ich hebe das Stück Fleisch über meinen Kopf, damit jeder es sehen kann. Da es ziemlich klein ist, hört man enttäuschte Lacher aus der Zuhörerschar. Ich watschele im Rückwärtsgang zum Kühlschrank und hole drei weitere Exemplare. »Keine Angst, Leute! Is noch mehr da!« Erleichtertes Aufatmen im Saal. »Jedenfalls, fur Ausländer ist es ja sehr schwierig, die deutsche Sprache zu lernen und auch zu beherrschen. Aber das Gleiche gilt auch für Deutsche, die Italienisch lernen wollen. Das weiß ich von meine viele deutsche Freunde, die immer wieder versuchen, Italienisch zu lernen. Keiner sprecht auch nach uber dreißig Jahre die Sprachen von seine Partner so perfekt, wie es sein sollte. Es ist immer ziemlich lustig, wenn sie streiten.«

Ich spiele einen Kauderwelschdialog mit zwei Stimmen, einer männlichen und einer weiblichen, als wäre ich der geborene Bühnenkomiker. Dabei fuchtele ich, wie es sich selbstverständlich für einen italienischen Disput gehört, wild mit den Händen und Armen herum. Augenblicke später höre ich auf meinem Rücken ein hässliches Geräusch. Rtsch… Das Klebeband! Ich stake steif zurück an meine Arbeitsplatte.

»Na ja, egal, in welcher Sprache. Sie haben im Lauf der Zeit eine eigene Sprache entwickelt. Wenn ihnen in einer ihrer engagierten Diskussione halt mal nicht das passende Wort in der gerade gesprochenen Sprache einfällt, dann benutzen sie einfach das aus ihrer Muttersprache. Meine Tante Antonia zum Beispiel schimpft so: ›Salvatore, *togliti le* Schuhe!‹, und dann antwortet mein Onkel: ›*Le scarpe sono* sauber!‹ Am Ende fegt sie hinter ihm her, aber nicht den Boden, sondern hinter ihm persönlich, oder er zieht doch lieber brav seine Schuhe aus, sobald er das Haus eintritt. Mal so, mal so. In jede Fall verstehen sich die beiden bestens mit ihrer Mischmaschkonversation.«

Da ich mich kaum bewegen kann oder darf, bleibt mein Monolog eine recht statische Angelegenheit. Es wird ruhiger und ich befürchte, dass mir die Zuhörer entgleiten.

»Eine große Rätsel, ein Mysterium, als ich angefangen habe Deutsch zu lernen, war, wie auch für die meisten Deutschen, dass ich nicht wirklich wusste, was das Plusquamperfekt ist. Oder wissen Sie das?« Ich spreche dabei einen Zuschauer direkt an, der augenblicklich rot anläuft. Die Nummer funktioniert immer. »Machen Sie keine Sorgen, das weiß kaum jemand. Aber die armen Ausländer, die Ihre Sprache lernen wollen, werden mit Plusquamperfekt gequält. Vielleicht fragen Sie am besten einen Türken oder Italiener bei Ihnen zu Hause. Wahrscheinlich er erklärt Ihnen fehlerfrei das Plusquamperfekt: der Tempus der vollendeten Vergangenheit. Jawohl. Zum Beispiel: Ich hatte gekocht. Oder: Mir war schlecht gewesen. Keiner redet so, aber man kann damit in der Kneipe oder bei den Kollegen bisschen angeben.«

Ich zücke an dieser Stelle mein Messer und »pariere« den Rehrücken, das heißt, ich befreie ihn von den feinen Häutchen und Sehnen. Und das geht nur mit einem wirklich guten, wirklich scharfen Schneidwerkzeug.

»Sogar für Muttersprecher ist es nichte immer einfach, die eigene Sprache zu verstehen, wenn man in eine andere Region des Landes kommt. Nicht nur die Dialekte! Ich musste als Ruhrgebietskind in Süddeutschland jedes Mal überlegen, ob der Bayer ›Viertel vor‹ oder ›Viertel nach‹ meinte, wenn er ›dreiviertel zehn‹ sagte ... kennen Sie das auch?«

Hauchdünnes zustimmendes Gemurmel.

Rtsch ...

Schweißperlen rinnen mir über die Nase.

Rtsch ... Ein Zipfel des Sakkos klappt auf der linken Seite schief nach außen. Die Leute beginnen zu tuscheln. Einige kichern verhalten.

»Aber jetzt wird erst mal italienisch gekocht!«

Rtsch ... Mein Hosenbund weitet sich seiner Bestimmung gemäß auf die für ihn vorgesehene Größe. Nämlich 60/XXL. Ich kann gerade noch zupacken, bevor ich in Unterhosen dastehe. Die Leute kreischen vor Vergnügen.

»Das würde ich tragen, wenn ich nur Hamburger und Pommes essen würde! Mit die Rückenreh kann das nicht passieren!«

Für den Rest der Lesung habe ich zwei Assistentinnen an meiner Seite. Sabine Merkel, die mir die Hosen festhält, und Helene, die darauf achtet, dass Sabines Hand auch am Bund verbleibt. Reinhard: »Peinlich war das, hochnotpeinlich.« Silvio: »Wie bitte? Das war die beste Show, die er je gemacht hat!« Reinhard: »Unprofessionell, kein Timing, einfach nur übel.« Silvio: »*Madonna mia* – er hat improvisiert! Er hat sogar meisterhaft improvisiert! Die Leute lieben ihn.«

Reinhard: »Ja, genau, das könnt ihr: keinen Plan und dann improvisieren. Kein Bedarf.« Silvio: »Hör nur den Applaus …«

»Ach, herrlich, so was hab ich ja noch nie erlebt, Angelo. Und *delicious* war es!«, schwärmt Sabine Merkel.

Helene fixiert mir die Hose wieder mit Gaffa-Tape. »Sky-Bar?«, schlägt sie vor, während Robert ihr sofort zustimmt: »Absacker!«

»Ja, gerne«, sage ich, »ich muss nur kurz mal für kleine Jungs.« Ich fahre automatisch auf Deck acht, wo meine verriegelte Suite ist, ohne daran zu denken, dass wir für diese Nacht in den Schiffskeller verbannt wurden. Kopfschüttelnd untersuche ich noch einmal den vermaledeiten Kartenschlitz, als … plötzlich die Tür aufgerissen wird! Von innen! Eine Frau mit Jackie-Onassis-Sonnenbrille stürzt aus meiner Suite heraus! Ich versuche reflexartig, die Dame am Handgelenk zu packen. Sie windet sich jedoch aus meinem Griff und holt mit der Hand wie ein Untergrundboxer aus. Ich sehe im Zeitlupentempo, wie eine rot behandschuhte Faust meinem Nasenbein bedrohlich nahe kommt. Mit meinem rechten Arm schaffe ich es gerade noch, den Schlag im Stile eines Kampfsportlers abzuwehren und die Schönheit meiner Nase zu bewahren.

Reinhard: »Vorsicht! Unten decken!« Silvio: »Autsch.«

Aber sie ist abgezockter als ich. Ihre Linke trifft mich voll in die Magengrube. Ich schnappe nach Luft, sacke in mich zusammen und meine Arme suchen dringend nach einem Rettungsanker. Nur nicht unkontrolliert aufschlagen! Alles, was sie auf die Schnelle finden lässt, sind die langen Haare der Diebin. Ich packe zu und kralle mich regelrecht in ihrer üppigen Haarpracht fest. Dennoch klatsche ich, Kopf voran, auf den Boden. Oh, mein Gott! Habe ich sie skalpiert? Ich habe ja die Haare in der Hand! Eine verdammte Perücke, ist mein letzter zäh fließender Gedanke. Ich möchte meine kluge Schlussfolgerung noch mitteilen, doch heraus kommt nur ein Japsen.

Als sich der Sternchenvorhang vor meinen Augen wieder lüftet, ist das Zwitterwesen mit den roten Handschuhen längst weg. Ich taste meinen Kopf ab und fühle mich einem Einhorn deutlich ähnlicher als Superman. Auf den Knien schleppe ich mich in die Suite. Was für ein Durcheinander! Als hätte das Schiff sich um 360 Grad gedreht. Unsere Sachen liegen überall verstreut, und die Tresortür hängt, es war nicht anders zu erwarten, in den Angeln. Der Zettel, auf den ich den Geheim-PIN für den Safe geschrieben hatte, liegt vor dem Tresor. Die Messer, mein zweiter Preis und die Hausschlüssel sind noch da. Der Einbrecher, Mann oder Frau, hat etwas gesucht, das er oder sie offenbar nicht gefunden hat. Ich grinse schief vor mich hin und rappele mich auf.

In meiner Tasche taste ich nach der Schachtel mit der Brioche. Hier kann ich sie natürlich nicht lassen, was sollte ich der Polizei denn sagen? Für die Spurensicherung lasse ich alles so chaotisch, wie es ist, und wasche lediglich im Bad mein Gesicht mit kaltem Wasser. Endlich kann ich auch wieder in normale Klamotten schlüpfen. Dann wanke ich, noch ein wenig benommen, wie ein Sioux-Indianer, der gerade den Skalp seines Gegners erbeutet hat, die Perücke in der Hand und die Brosche in der Tasche, den Flur entlang, Richtung Sky-Bar auf Deck 14.

»Angelo, Angelo, stell dir vor!«, kommt Margot mir von der Theke aus entgegengerannt. Ihre Arme schlenkert sie dabei herum wie eine Vogelscheuche. Ich setze mich gemächlich und bekomme sofort ein Glas Weißwein serviert. »Die Bordpolizei hat die Räuber geschnappt!«

»Und ich habe ein Beweisstück: diese Perücke.« Triumphierend lasse ich sie auf die Theke fallen.

»Was?!« rufen alle im Chor.

»Sie waren bei uns in der Suite.«

»Bitte?? Meine Güte, Angelo! Was? Wann? Wie hast du … ?« Helene springt auf und krallt ihre Hand in meinen Unterarm.

Ich nippe am Weißwein, vergewissere mich, dass alle zuhören, und erzähle detailliert von der Frau, die womöglich gar keine ist, und meinem Boxkampf, in dem ich nur mit unfairen Mitteln besiegt und zu Boden gebracht werden konnte, aber dennoch glücklich eine Trophäe davontragen habe.

»Ist so weit olles kloar mit dir?«, erkundigt sich Signora Hajek-Schnarrenberger besorgt.

»Na ja. Wie man es nimmt.« Ich vergrabe meine Hand in der Hose.

»Es sind ein italienischer Mann und eine deutsche Frau gewesen. Der Italiener hat sich an Bord als Frau verkleidet, den Tresor geknackt und die Beute hier auf dem Schiff versteckt. In Neapel ist dann die deutsche Frau in die Rolle einer Reinigungskraft geschlüpft und mit der Wäsche und der Beute von Bord gegangen. Er sitzt in Untersuchungshaft in seiner Kabine. Und seine Komplizin hat man in Neapel dingfest gemacht«, freut sich Frau Merkel.

»Übrigens, Sabine, ich muss dir was sagen, ich habe …« Ich will die Brioche aus der Tasche holen.

»Angelo, schön, dass dir nichts passiert ist. Darauf einen Toast! Ja?«, unterbricht mich Helene mit strengem Blick. Sie zieht mich an sich und flüstert mir zu: »Bist du wahnsinnig? Kein Wort über die Brosche. Wir wissen nicht, wem sie gehört und woher sie kommt. *Capito?*«

Die anderen schauen bei unserem Austausch von Nähe diskret in ihre Gläser. Nach einer kurzen Denkpause küsse ich Helene auf die Wange, hebe mein Glas und salutiere mit der Perücke: »Prost!«

Kapitel 25

Für einen Großteil der Reisenden ist heute der letzte Tag an Bord. Nur wenige fahren weiter Richtung Griechenland. Es wird einen kleinen Abschiedsabend geben und so tritt die Crew seit dem Morgen noch einmal richtig aufs Gaspedal. Mitten an der italienischen Adria steigt die ultimative Oktoberfestparty. Sämtliche Kellnerinnen und Hostessen tragen zum Teil handgefertigte Dirndl in einem schönen kräftigen Lila und die Stewards haben sich in kurze Lederhosen gezwängt. Ich lausche auf einen Hinweis von Reinhardt, doch er schweigt … Und genießt? Der Kapitän sinniert zum zigsten Mal via Lautsprecher über die unergründliche Weite des türkisfarbenen Meeres, berauscht sich am blauen Himmel und den spärlichen weißen Wolken. Den Farben der Bayern, die uns umgeben. Natürlich komme kein Fest der Welt an die originalen, einzigartigen Münchner Wiesn ran, aber das Fest hier an Bord sei dem Ursprung so weit nachempfunden, wie es nur irgend möglich sei. Oktoberfest an der Adria, längen- und breitengradtechnisch zwischen Bari und Venedig. Es sei das italienische Wochenende der Wiesn, behauptet der Kapitän weiter. Zumindest das stimmt. Deutsche und Italiener singen und schunkeln gemeinsam, knallen die Maßkrügen aneinander, dass man es bis Rom und Berlin hören müsste.

Schon zum Frühstück hatte uns die Crew mit Brezn, Weißwurst und Blasmusik versorgt und derart beschallt, dass mir noch immer die Ohren glühen. Erst ab circa sechs Uhr am Abend wird aufheizende Partymusik gespielt, heißt es, ganz wie auf der Theresienwiese.

Mittag schon ist Deck vierzehn kaum von der Original-Wiesn zu unterscheiden, teile ich allen, die es wissen wollen, mit. Ich war zwar schon auf dem richtigen Oktoberfest, doch das ist mir heute schnurzegal. Die meisten wissen genauso gut wie ich, dass es auf der Theresienwiese keinen Pool, keine Schwimmwesten und auch keine Rettungsboote zu aufgeblasenen Lebkuchenherzen, Brezn und Bierhumpen gibt. Aber heute erweitern wir das bayerische Ambiente auf unserem Kreuzfahrtschiff. Wen stört es? Man feiert ja auch Weihnachten in Thailand.

Es duftet nach gebrannten Mandeln und Zuckerwatte, die an offenen Ständen angeboten werden. Es gibt Luftballons für die Kinder und für die

Peter Pans unter den zahlreichen Besuchern. Außerdem Lebkuchenherzen mit den kitschigsten und schmalzigsten Aufschriften, die man sich vorstellen kann, »Schnuckiputzimausi«, »Fesches Madl« und »I liab di«. Die Tische des Restaurants unter dem azurfarbenen freien Himmel des Mare Mediterraneum sind alle blau-weiß kariert beziehungsweise rot-weiß geschmückt, in den echten Landesfarben eines feierwütigen und bierseligen Völkchens. Statt blinkender Karusselle beleuchten bunte Lichterketten die Kulisse. Natürlich ist auch in jeglicher Hinsicht für das leibliche Wohl gesorgt. Da haben sie Holzbretter hingewuchtet, groß wie Wagenräder, überladen mit Radis, Radieschen, gemischten Salaten, großen und kleinen Brezen und unzähligen Wurstsorten, als wäre das hier ein zünftiges Bankett in der bayerischen Landeshauptstadt. Über all den Gerüchen brennt die italienische Sonne und aus der leichten Brise auf dem Meer entwickelt sich allmählich Föhn. »Ich habe uns einen Tisch im Schatten mit Blick über das ganze Deck reserviert«, übertreibt unser Profikreuzfahrer. In hellen Lederhosen und blau-weiß kariertem Hemd, als hätte er sich ein Stück aus einer der Tischdecken geschnitten, sowie Lodenhut mit Gamsbart steht Dieter an der Sky-Bar. George Clooney auf dem Oktoberfest.

»Das ist bereits unsere fünfzehnte Wiesn an Bord«, wirft sich Margot in die hochgeschnürte Brust. Sie trägt ein lilafarbenes Dirndl, aus dem gleich zwei Möpse zu kullern drohen, und dazu eine lilafarbene Schürze. Helene und ich vermögen mit den originalen Ausstattungsaccessoires nicht zu konkurrieren. Sie ist in unserer inzwischen wieder zugänglichen Suite in eine weiße Caprihose geschlüpft und hat sich eine grün-weiße Bluse mit großen Karomustern übergeworfen. Die Haare trägt sie lässig zum Pferdeschwanz gebunden. Es ist ein wenig eine Hommage an die Fifties und sehr sommerlich sexy. Das Outfit steht ihr blendend. Das wird ihr auch Robert im Lauf des Tages bestätigen, wenn der Alkoholpegel erst einmal hoch genug ist. Ich habe mich für eine hellblaue lange Leinenhose entschieden. Dazu trage ich ein weißes Filmwerbe-T-Shirt mit dem Aufdruck »Kein Pardon« und einem Bild vom Lustigen Glückshasen vorne und »Witzigkeit kennt keine Grenzen« hinten.

»Wir warten noch auf die anderen. Hier, zum Warmwerden!« George-Dieter reicht Helene und mir ein Glas Sekt und glotzt penetrant auf den Hasen auf meiner Brust.

»Ist es dafür nicht noch etwas zu früh«, wage ich vorsichtig einzuwenden.

»Ach, was! Heute wird gefeiert!«

»... und basta«, ergänzt Margot.

»Na dann, *salute* und *chin-chin*«, proste ich den beiden zu und stoße mit Helene an.

»Moment mal! Moment! Ihr könnt doch nicht ohne mich anfangen!«, schimpft Robert und bekommt von Dieter umgehend einen Sekt in die Hand gedrückt. Während wir erneut die Gläser aneinanderschlagen, gesellt sich Therese mit säuerlicher Miene zu unserer kleinen Runde. »Was ist denn mit dir los?«, erkundigt sich Margot besorgt.

»Ach, der Angie wui net zum Oktobafest kumman.«

»Was hat er gegen das Oktoberfest?«, möchte ich wissen.

»Ach, des is in Bayern, desholb. Er kann die Bayern net ausstehen«, raunzt Therese. »I bin nua vorbeikumma, um Bescheid zu sog'n, dass ma net mitkumman. Mir gehn nachher am Büfett unt'n essen, heit gibt's da nämlich Ossobuco alla Milanese. Angies Lieblingsschmaus, sei Mamma hot den imma für ihn kocht.« Sie verdreht die Augen.

»Ist ja auch lecker«, ist das Einzige, was mir dazu einfällt.

»Komm, trink vorher wenigstens noch ein Gläschen Sekt mit uns, Therese«, fordert Robert sie auf und drückt ihr ein bis zum Rand gefülltes Glas in die Hand.

Therese zögert einen Moment und kippt sich dann den Sekt auf ex hinter. Sie holt kurz Luft. »Immer geht's nur um seine Mama. ›Das hat Mama aber besser gkocht, dies hat Mama aber immer so gmacht!‹ Ich kann's nicht mehr hören!«, schäumt sie, als hätte man die Flasche Sekt zuvor geschüttelt.

»Ich kenne solche Männer. Bestell eine Flasche besten Champagner aufs Zimmer und leere sie mit ihm auf eurer Terrasse und du wirst sehen, alles wird gut.« Margot streicht Therese liebevoll über den Rücken und mir scheint, als würde sie ihr einen kleinen Schubs verpassen. »Vielleicht sehen wir uns ja später noch«, trötet sie ihr hinterher.

»Na, denn«, seufzt Dieter. » Lasst uns mal an unseren Tisch gehen, sonst verpassen wir noch den Anstich.«

Für exakt zwölf Uhr ist der Anstich geplant, genau wie in München. Kaum haben wir Platz genommen und uns eine Weißwurst samt Radi-Rettich auf die Teller gelegt, spielt eine kleine Blaskapelle in bayerischer Tracht auf der Bühne einen lauten Tusch. Sabine Merkel betritt im lilafarbenen Dirndl hoheitlich die Bühne. »Servus, liebe Kreuzfahrer, und herzlich willkommen im Namen von ›Marc Bello Kreuzfahrten‹ auf unserem Oktoberfest!« Sämtliche Gäste applaudieren höflich und die Kapelle spielt einen weiteren Tusch. Frau Merkel räuspert sich, offeriert ein strahlendes Lächeln mit blitzeblanken Beißerchen und eröffnet den Zuhörern: »Unsere Köche haben für Sie köstliche Spezialitäten gezaubert, die unsere reizende Crew Ihnen jetzt servieren wird. Einen tosenden Applaus für die vielen fleißigen Mitarbeiter, bitte!« Dieses Mal wird mit ein wenig mehr Begeisterung geklatscht, während die Kellner ausschwärmen und ohne Unterlass große Platten mit Schweinsbraten, Spanferkel und Hendl auftragen. Dazu gibt's Kartoffeln, Knödel und Sauerkraut.

Auch wenn mir bei fast dreißig Grad im Schatten nicht gerade der Sinn nach deftigen Speisen steht, ist der Duft doch verlockend. »Und jetzt kommen wir zum ersten Höhepunkt«, fährt Sabine Merkel fort. Mit beiden Armen zeigt sie zum Rand der Bühne, wo ein mächtiges Holzfass aufgebaut ist. »Da der Münchener Oberbürgermeister heute nicht an Bord ist, übernehme ich die Aufgabe und werde das erste Fass anstechen!« Ungläubige Blicke um mich herum. So viel Sexismus hätte ich gar nicht erwartet. Triumphierend schwingt die Chefin des Entertainments einen großen Holzhammer und den dazugehörigen Zapfhahn, der jetzt ins Holzfass geschlagen werden muss, durch die Luft. Die Kapelle spielt denselben Tusch ein drittes Mal. »Können die noch mehr als das?« Dieter stupst mich kräftig an und peitscht sich weg vor Lachen. Merkel sieht irritiert zu uns herüber, ich winke gerade ab, was sie noch mehr zu verwirren scheint. Aber sie hat sich sofort wieder unter Kontrolle.

Merkel baut sich breitbeinig neben dem Fass auf, zielt, haut mit voller Wucht zu und verfehlt knapp. Sie kichert. Wie viele Gläser Sekt sie wohl getrunken haben mag, frage ich mich ernsthaft, während sie sich anschickt, den nächsten Versuch vorzubereiten. Als ich schon entschlossen aufspringen will, um den Bordarzt hinzuzubitten, spritzt eine Bierfontäne aus dem Fass und sorgt für eine Erfrischung in den ersten Reihen. Ich hege den Gedanken, dass das Absicht war, denn sofort schlägt Sabine Merkel noch ein zweites Mal zu. Der Hahn sitzt fest, wird aufgedreht und der goldene Gerstensaft fließt schäumend in die erste Maß. Die Entertainment-Chefin dreht sich nunmehr unter donnerndem Beifall zu den Passagieren um, als hätte sie gerade eine Krone aufgesetzt bekommen, und kreischt ins Mikrofon: »Was sage ich! Besser hätte es der Münchner Bürgermeister auch nicht gemacht. Freibier für alle!«

Ein Riesenjubel bricht los und die Kapelle intoniert passend: »Oans, zwoa – g'suffa!«

Alle singen wie entfesselt: »Ein Prosit, ein Prosit der Gemüüüüütlichkeit!«, und rumsen ihre Bierkrügen gegeneinander. Es wird zünftig bayerisch gesungen, geschunkelt und international gelacht, was das Zeug hält. Die Stimmung steigt direkt proportional zum Promillegehalt. Sämtliche Gassenhauer und Partyschlager werden mitgebrüllt, mitgepfiffen oder wenigstens beklatscht. Dabei bewegt man sich in einer erstaunlichen Range von ganz unten nach ganz oben. Von »Hölle, Hölle, Hölle« bis »Hände zum Himmel«.

Eigentlich ist das so ganz und gar nicht meine Musik. Aber hier passt es. In diese Luftballon- und Feuerwerkatmosphäre. Ich lasse mich einfach treiben von der Stimmung, den Liedern, dem Wir-fassen-uns-unter-die-Arme-Geschunkel. Sogar als Sabine Merkel später unseren Tisch besucht, mir und Robert fröhlich auf die Schultern klopft und uns auffordert, mit ihr die erste, aber längst nicht letzte Polonaise an diesem Tag zu starten, bin ich keine Spaßbremse, sondern springe auf und ziehe Helene mit mir. Die Lehmanns schließen sich sofort an. Ruck, zuck hat sich ein langer Zug aus Deutschen und Italienern gebildet, der sich, angeführt von Sabine Merkel, um die Tische herum und um den Pool schlängelt. Herrlich, ich liebe Polonaise! Ein Zug, der nirgendwo ankommt, aber alle sind glücklich, wenn sie mitfahren dürfen. Als wir nach dem herrlich sinnlosen Streifzug über Deck vierzehn lachend und völlig außer Atem vom vielen Singen wieder an unseren Tisch zurückwatscheln, steuern Angie und Therese auf uns zu. Die Zigarette danach hängt ihnen zwischen den grinsenden Lippen.

Vielleicht, denke ich, sind Angie und Therese eines von diesen Paaren, die täglich eine Versöhnung brauchen. So wie andere Leute täglich ein oder zwei Gläser Whiskey brauchen, um gut drauf zu sein. Die beiden Wiener sind perfekt ausstaffiert: Angie trägt zum weißen Hemd wadenlange Lederhosen und trotz der Hitze die passenden Kniestrümpfe. Therese hat ein zu kurzes Dirndl in viel zu knalligen Farben an. Auf ihrer leuchtend roten Schürze erkenne ich den großen eingestickten Schriftzug »LOODENFREY«.

»Wie schön, dass ihr doch noch kommt«, jubelt ihnen Margot, schon reichlich angeschickert, entgegen.

»Mein Spatzl wollt so gern. Für mi is de ja nix, oba, was mach i nicht ois für ma Madl.«

»Und das Ossobuco unten am Büfett war nicht so richtig appetitlich, die haben in der Küche wohl alles ins Oktoberfestessen gesteckt«, beklagt sich Therese.

»Mein Spatzl koch fuil besser, fuil besser«, nimmt Angie sein Spatzl in den Arm.

Wir rücken enger zusammen, damit die Wiener sich näher an uns kuscheln können. Und es wird weiter geschlemmt und geprasst, was die Mägen vertragen. Das Bier patscht nur so aus den Krügen und allzu schnell wischen sich auch die vornehmsten Damen den Schaum nur noch mit dem Handrücken vom Mund. In das Märchen vom »Tischlein, deck dich« klingt alsbald erneut ein Tusch, und wie könnte es anders sein, kündigt er Sabine Merkels Erscheinen auf der Bühne an.

»Liebe Gäste, liebe Leute, liebe Menschen, die Zeit rast so schnell dahin, wenn man nur Spaß hat«, lallt sie mit schwerer Zunge. »Leider, leider wird die nächste auch die letzte Runde Freibier sein. Die beiden Fässer sind leer. Natürlich gibt's auch jetzt noch genug zu trinken! Allerdings von der Getränkekarte ...«

Ein enttäuschtes »Oooohhhh« fegt wie ein Tsunami über Deck vierzehn, doch als die angesäuselte Entertainment-Chefin fortfährt, steigt die Stimmung augenblicklich wieder: »Aber Essen und Musik sind weiterhin freiiiiiiii!«

Die Kapelle spielt zum gefühlten zehnten Mal denselben Tusch und dann den bayerischen Defiliermarsch.

»Da können sie ja doch noch was anderes«, brüllt George-Dieter aus voller Kehle und übertönt beinahe die Kapelle.

Eine knappe Stunde später, nachdem die Sonne über den Zenit gekreiselt ist, ähneln die meisten Passagiere Biotomaten vor der Ernte. Ob sie die Sonne derart zugerichtet hat oder der Alkoholgehalt in den Venen, sei dahingestellt. Ich bin dankbar für unseren Zufluchtsort im Schatten. Auch ohne Abzählreime teilen sich die Gäste jetzt deutlich in zwei Mannschaften: Die eine wird matter und schlapper, man hängt mit mehr oder weniger aufgestützten Köpfen am Tisch, gähnt oder schlurft gemächlich Richtung Liegestühle. Das sind die Italiener. Es ist eindeutig Zeit für ein ausgiebiges Mittagsschläfchen. Siesta. Die andere Truppe singt, grölt und schunkelt tapfer weiter. Das sind die Deutschen. Doch auch in deren Reihen sind einige Ausfälle zu beklagen.

Ich beobachte einen Mann, der mit letzter Kraft Richtung Reling rennt und im hohen Bogen Halbverdautes dem Meer übergibt. Therese Hajek-Schnarrenberger hat den Kopf in den Nacken gelegt und schnarcht seelenruhig auf ihrem Stuhl, während ihr Ehemann sich intensiv mit der Dame aus dem Osten Europas beschäftigt. Seine Haltung entspannt sich zusehends und sein Blick fällt unbestritten immer häufiger in das Dekolleté der Angebeteten. Ich bin schon vor einiger Zeit von Bier auf Wasser umgestiegen und daher nüchtern genug, mich über meine koordinationsgestörten groß- und kleinhirnbeeinträchtigten Mitreisenden zu amüsieren.

Ich entdecke Robert und Sabine Merkel, die neben der Bühne ineinander verschlungen sind und hemmungslos miteinander knutschen. Ihre Hand liegt derweil auf seinem nicht mehr ganz so knackigen Hintern.

»Ein komisches Pärchen«, kichert Helene und deutet zu meinem Erstaunen Richtung Pool. »Guck doch mal!«

Margot Lehmann sitzt am Rande des mit aufblasbaren Gummibrezeln und lebenden Menschen überfüllten Schwimmbassins, den Arm um die Hüfte eines Kellners und die nackten Beine im Wasser. Inbrünstig singt sie ein altes Arbeiterlieder und jubelt zwischendurch: »Gegen den Kapitalismus!« und »Gegen die Scheiß-Musik!« Der Mann neben ihr hält trotz seiner bayerischen Lederhose in sächsischem Dialekt textsicher mit.

Ein ganzes Stückchen weiter, in einer halbdunklen Ecke, entdecke ich Dieter, der sich eingehend mit einer drallen Blondine die Zeit vertreibt. Sie stehen mir für meinen Geschmack zu eng beieinander, als Dieter sie auch schon an sich heranzieht und voller Innbrunst ableckt. Wie ein echter Hollywoodstar beugt er sich über die Lady und stützt sie elegant mit dem linken Arm, in den sie sich weit nach hinten hineinlehnt. Helene und ich schauen einander fasziniert mit weit aufgerissenen Augen an. Gleichzeitig wenden wir die Köpfe zu Margot, doch die ist anderweitig beschäftigt. Sie hat ihr Liederrepertoire ausgeschöpft und liegt nun selig schlummernd in den muskulösen Armen ihres sächsischen Lederhosenboys. Wenn ich mir das Treiben um mich herum so ansehe, scheint die Lust auf freie Liebe in der heutigen Zeit den Achtundsechzigern in nichts nachzustehen. Ein paar Bierchen, die eine oder andere Weißwurscht, Dirndl und Lederkracher – und fertig ist das Hippiegegengewicht.

DER GROSSE PARMASCHINKEN

»Seit Erfindung der Kochkunst essen die Menschen
doppelt so viel, wie die Natur verlangt.«
(Benjamin Franklin, 1706-1790)

Berlin

Zu meinem diesjährigen Geburtstag habe ich ein Dutzend Freunde zum Essen eingeladen.

Meine Getreuen mögen das sehr, wenn sie von mir bekocht und verwöhnt werden. Mir macht das natürlich auch Spaß. Privat koche ich am allerliebsten ohne Schnick und Schnack. Die Cucina Povera, die einfache italienische Küche mit all ihrer bäuerlichen Tradition, ist meine Favoritin. Leider hatte meine liebe Freundin Petra immer was dagegen, wenn ich Gerichte aus der bescheidenen Küche zubereitete. Ich würde sie nicht genug ›lieben‹, mutmaßte sie, wenn ich andernorts und für alle Fremden ›fein und raffiniert‹ kochte und ihr zu Hause nur die ›arme Küche‹ auftischte.

»Du bist nicht arm«, wiederholte sie ihren Lieblingssatz und lachte dabei.

Samstags ist auf dem Winterfeldtplatz in Berlin immer ein großer Wochenmarkt. Ich mag ihn sehr. Ich weiß noch nicht, welches Gericht aus der Cucina Povera ich heute Abend für meine neuen Freunde zubereiten werde, doch der Markt wird meine Kreativität schon anregen. So wie damals Tante Antonia auf Capri schlendere ich ziellos von Stand zu Stand und schaue hier und da, um köstliche Inspiration zu finden. Es ist Mitte März und das bedeutet: allerlei neues buntes Gemüse. Doch die Eingebung lässt auf sich warten. Bis ich an Tulpen vorbeikomme. Perfekt! Nicht zum Essen, aber zum Ansehen und im Angebot sind sie auch. Ich kaufe drei Bund. Jetzt noch die entsprechenden Nahrungsmittel finden

Auf den Käsestand ist wie immer Verlass. Ich nehme gleich fünf Sorten mit: jeweils zweihundert Gramm Taleggio, Bra, Gorgonzola, Parmigiano und stinkender Fiore Sardo. Mit den Blumen in der einen und der Tüte mit dem Käse in der anderen Hand lasse ich mir am nächsten Stand sechs Fenchel, einen Knoblauch, ein halbes Kilo Cherrytomaten, zwei große, reife Birnen und drei Honigmelonen in einen grellen, grünen Plastikbeutel packen. Die Zutaten für die ›Besciamella‹ habe ich bestimmt schon daheim. Ich lasse es jedenfalls darauf ankommen und gehe weiter zu einem Stand, der nur Getreideprodukte anbietet. Getrocknete Linsen! Herrlich. Zwölf Leute, jeder 30 Gramm rote Linsen. Und die landen jetzt auch in meinem grünen Antiumweltsack, den ich auf jeden Fall mehrfach verwenden werde.

Kapitel 26

Ich wache mit geschlossenen Augen auf und genieße den Moment der Orientierungslosigkeit. Wo bin ich? Ich taste um mich herum, fühle eine Matratze und etwas langes Hartes darunter. Ein Gestell. Ich liege in einem Bett. Definitiv. Aber wo? Langsam öffne ich die Lider. Als ich meine Augen die Räumlichkeit erkunden lasse, rieselt allmählich Bewusstsein durch meine Hirnwindungen. Heute Nacht müssen wir vor Venedig geankert sein. Mein allerletzter Tag an Bord! Ich freue mich auf Berlin, meine eigenen vier Wände, meine Freunde. Aber gleichzeitig möchte ich hierbleiben und noch zwei weitere Wochen auf dem Schiff verbringen. Mit Robert und Helene italienischen Wein genießen und darüber schimpfen, wie viel schlechter das griechische Olivenöl gegenüber dem italienischen ist. Ich seufze vor mich hin. Nervosität bemächtigt sich meiner wie Nebel, der aus einem Tal aufsteigt. Aber heute um zwölf Uhr endet meine Kreuzfahrt. Dann muss ich das Schiff verlassen.

Helene wird sich die Suite mit einer Künstlerin teilen müssen.

Ich glaube gehört zu haben, dass die Schauspielerin Alexandra Kamp an Bord steigt, um eines ihrer Hörbücher vorzustellen. Leider werden wir uns nicht sehen, denn wenn ich aussteige, steigt sie ein. Wie blöd.

Ich seufze leise auf.

»So ein Abschied ist immer wie ein kleines bisschen sterben«, seufzt Silvio ergriffen. »Jetzt bloß kein pathetischer Abschied«, fährt Reinhard dazwischen. »Locker machen! Nur noch: ›Hey, Freunde, ich melde mich‹ oder ›Lass uns in Kontakt bleiben‹, vielleicht noch ein ›War schön mit euch‹, aber dann ist auch gut.«

»Ihr seid mir ja ein paar tolle Ratgeber«, weise ich meine beiden Seelen zurecht. Ich werde schon die richtigen Worte finden, wenn es so weit ist, hoffe ich.

Offenbar grinse ich wie ein Vollidiot beim Gedanken an die vergangenen Tage.

»Was lächelst du so?« Helene schaut mich von der Tür aus so merkwürdig an.

»Ich hab was für dich …«

»Ach ja? Was denn? Eine Brioche aus purem Gold oder so?«

»Nee, nee«, grinse ich ihr ins Gesicht. Ich greife nach dem Smartphone auf dem Nachttisch. Scrolle durch die Dateien auf dem Display und wähle eine bestimmte aus.

»Mach schon!« Helene kommt ein Schrittchen auf mich zu. »Was ist es? Mach's nicht so spannend!«

»Also, es ist so etwas wie ein Lied.« Erst ertönt ein schnurrendes, gefolgt von einem grunzenden Geräusch. »Grrrrr, Grrrrrrrr, Grrrrrrr …«, durchsetzt von einem tieferen »Gmmmgmmm, Gmmgmmm, Gmmmgmmm«.

»Ist das Techno? Das ist doch keine Musik! Was ist das?«, wundert sich Helene.

»Das bist du beim Schlafen, meine Liebe. Du schnarchst fast wie ich …« Grinsend schalte ich die Aufnahme aus.

Helenes Reaktion auf meinen kleinen, okay, ein wenig garstigen Scherz trifft mich weich am Kopf. Ich räume das Kissen beiseite.

»Was soll das? Ich bin eine Lady! Und Ladys schnarchen nicht. Sie atmen höchstens laut!«

»Natürlich …«, plappere ich entschuldigend. »War nur Spaß, alles nur Spaß!«, schiebe ich sicherheitshalber hinterher.

Sie sieht mich mit hochgezogenen Augenbrauen kritisch an. Den Blick kenne ich und den Blick mag ich gar nicht, er verheißt nichts Gutes für mich, nur ganz Schlechtes. Doch in meine Panik hinein huscht ein verschmitztes Lächeln über ihr Gesicht. Sie greift hinter sich und schnappt sich die Fernbedienung für die Musikanlage, in der ihr iPod steckt. Sie drückt zwei Knöpfe und sofort erklingt ein derart unangenehmes Quietschen und Knirschen aus beiden Lautsprechern, dass es mir fast die Ohren aus den Halterungen reißt. Helene dreht voll auf und verschränkt triumphierend die Arme.

»Schalt das ab! Bist du des Wahnsinns!«, schreie ich. »Das klingt wie Baustellenlärm. Das ist ja furchtbar!«

Helene dreht den Ton leiser und krümmt sich vor Lachen. Nur gelegentlich schnappt sie nach Luft. »Das bist du, wenn du schläfst!«

Ich kann nicht umhin, ihre Lungenfunktionskapazität zu bewundern. Angesäuert will ich ihr die Fernbedienung wegschnappen. In einer Art Spiel, dessen Regeln ich nicht kapiere, wehrt sie sich halbherzig und windet sich in meinen Armen. Nachdem ich endlich den Power-Knopf gefunden habe, wird es so still, dass ich für einen Moment an einen Hörsturz glaube.

»Okay, machen wir einen Deal! Ich lösche deine Schnarchaufnahme, wenn du das da löschst«, schlage ich ihr vor und kann dabei selbst ein Lachen kaum unterdrücken.

»Abgemacht.«

Als ich aus der Dusche steige, harrt Helene schon angezogen und aufgehübscht meiner Person. Sie hält ein Päckchen in der einen Hand und die Brosche in der anderen. Auffordernd streckt sie mir das Corpus Delicti entgegen. »Willst du das Ding nicht, so als Hommage an unsere verrückten Österreicher und ihre perfekte medizinische Versorgung in Italien, also, willst du das Teil nicht einfach an die internationale Organisation für medizinische Nothilfe, ›Grenzenlose Ärzte‹, schicken? Die brauchen jede Unterstützung.«

»Was sollen die mit einer Brosche? An den Kittel heften? Hilft das auch gegen Ebola?«

»Im besten Fall können sie sie zu Geld machen. Es ist quasi eine Sachspende. Wert unbekannt. Oder hast du eine bessere Idee?«

»Gibt es nicht so etwas wie ein internationales Fundbüro?«

»Ach, jetzt sei doch nicht so deutsch! Komm schon, wer so eine Brosche besitzt, hat so viel Geld, dass er auch auf sie verzichten kann. Dann kann man sie auch spenden.« Helenes Logik ist zwingend.

Und ich bin ein Narr, weil mir gefällt, was sie da sagt, auch weil sie es sagt. Nun ja, es ist eine elegante Art, die Brioche loszuwerden, ohne dass mir jemand blöde Fragen stellt. Ich nicke, Helene steckt das Schmuckstück sorgfältig in das Päckchen und verschnürt es. »Hier, das kannst du in Venedig wegschicken«, und dann küsst sie mich einfach auf den Mund.

DER GROSSE PARMASCHINKEN

Ich sollte eine Pause einlegen und erst einmal etwas essen, statt mit leerem Magen über den Markt zu pilgern. Sonst habe ich statt eines vollen Pansen bald einen vollen Einkaufskorb mit lauter Lebensmitteln, die unglaublich lecker sind, aber mitnichten zusammenpassen. An der Fischtheke bestelle ich mir eine gegrillte Makrele. Knapp zehn Minuten sind mir vergönnt, bis der Fisch gegrillt ist. Beim Türken nebenan trinke ich ein Glas frisch gepressten Orangensaft mit Möhren, kaufe Gewürze und genieße die Langsamkeit und den unbeirrbaren Fluss der Zeit. Später gehe ich zum Fischstand zurück und dann mit gefülltem Magen auf die Suche nach meinem Geburtstagsmenü.

Nachdem ich die Getränke gekauft habe, komme ich an einem Biostand vorbei. Das Gemüse schimmert farbenfroh, als wollte es mich anlächeln. Ich entscheide mich für drei Auberginen, drei Paprika, jeweils ein Kilo Tomaten und Kartoffeln, Zwiebeln und ein paar Zucchini. Für das Gericht brauche ich außerdem in Salz eingelegte Kapern, da lagern wohl noch etliche zu Hause. Ich lasse mir auch ein großes Münsterbrot einpacken. Die Gäste werden entsprechenden Appetit mitbringen. Bereits auf dem Weg zu meinem Auto entscheide ich am Geflügelstand spontan, ein Kilo Hähnchenbrustfilet mitzunehmen. Endlich erreiche ich, bepackt wie ein Maultier auf einem Aussteiger-Safari-Überlebens-Trip, mein Auto und fahre wieder nach Hause. Unbestritten habe ich zu große Mengen eingekauft, aber das ist mir tausendmal lieber, als dass meine Freunde hungrig vom Tisch aufstehen.

Zu Hause angekommen, steigt mein Adrenalinspiegel. Es ist 15 Uhr und meine Gäste wollen schon um 18:30 Uhr bei mir sein. Aperitif auf meinem kleinen Balkon und später ein Abendessen mit Sonnenuntergang über Berlin, so habe ich es zumindest auf den Einladungskarten versprochen. Wenn ich mich jetzt nicht beeile, wird das der Partyreinfall des Jahres. Als Erstes wasche ich das Gemüse und schütte die Linsen in einen Topf mit kaltem Wasser. Während das restliche Grünzeug trocknet, schneide ich die grüne Paprika und die Tomaten in Würfel, außerdem den Käse und die Birnen. Die Honigmelone wird geteilt und entkernt. Dann bestücke ich große Zahnstocher immer abwechselnd mit einem Würfel Käse, einem Würfel Paprika, Käse, Tomate, Käse, Birne, Käse. Bis die Spieße lang und schwer sind. Dann stecke ich alle in die Honigmelone, bis die Frucht wie ein Igel aussieht. Fertig. Ich betrachte stolz mein Werk. Ein Künstler hätte es nicht besser hinbekommen. Tante Antonia würde sagen, man erwarte von einem Starkoch Fantasie,

Kreativität, weiß der Geier was, aber ganz sicher nicht so ein Stachelschwein. Sie hätte mit Sicherheit pikiert die Nase gerümpft. Aber sie ist weit weg von Berlin und ich kann machen, was ich will. Punto.

Ich lasse mich nicht ablenken. Der Fenchel muss in dicke Scheiben geschnitten werden. Ich gebe die mediterrane Grünpflanze mit etwas Salz für zehn Minuten in kochendes Wasser, anschließend brate ich sie in einem Topf mit Butter an. Ich lege den gebratenen Fenchel in eine mit Öl eingefettete Form und bedecke ihn nun mit Besciamella, ein wenig Parmigiano und Paniermehl. Vorsichtig schiebe ich die Backform für etwa zwanzig Minuten in den Ofen. In einem anderen Topf brutzeln für kurze Zeit vier große Knoblauchzehen mit etwas Chili, den Linsen und Rosmarin. Dann gebe ich warmes Wasser dazu, sodass die Linsen nur wenige Millimeter bedeckt sind, und lasse das Ganze für circa fünfundvierzig Minuten kochen. Die Zeit rinnt wie Mehl durch meine Hände, aber ich liebe es, unter Zeitdruck zu arbeiten. Dennoch packt mich das unbestimmte Gefühl, dass eine wichtige Zutat fehlt! Ich inspiziere das Gemüse, als ich die Erkenntnis zwischen meinen Ohren aufblitzen sehe. Meine Güte, die Kapern! Ich schaue in meine Abstellkammer und bin entsetzt. Ich habe keine in Salz eingelegten Kapern mehr! Wie ein Ferrari mit 250 PS starte ich den Sprint zur Nachbarstür. Jetzt weiß ich, woher der Ausdruck »Sturm klingeln« kommt. Der freundliche betagte Herr schenkt mir das unangerührte Glas Kapern zurück, das ich ihm vor ein paar Wochen vom Markt mitgebracht habe. Dafür lade ich ihn großherzig zu meiner Party ein. Aber er winkt ab und schraubt an seinem Hörgerät herum.

Für mein nächstes Gericht schneide ich die Auberginen, Paprika, Tomaten und die Zwiebeln in gleich große Stücke und werfe sie gemeinsam mit den gewaschenen Kapern in einen Wok mit heißem Öl. Gelegentlich wende ich das Gemüse und achte darauf, dass es nicht zu scharf anbrät. Jetzt muss alles etwas dreißig Minuten garen. Und ich brauche eine Herdpause!

Derweil schleppe ich Teller, Besteck und Gläser, decke den großen Tisch auf der Terrasse. Öffne die erste Flasche Prosecco und trinke auf den Beginn eines gelungenen Abends. Die Sonne steht schon tief über den Häusersilhouetten. Prost!

Später paniere ich die Hähnchenbrustfiletstücke mit Mehl, brate sie in einer Pfanne mit einer geringen Menge Olivenöl kurz an, nehme sie wieder heraus und lege sie auf einen Teller. Dann erhitze ich in einer anderen Pfanne den Saft von zwei Zitronen und lege die Hähnchenbrust hinein. Im Sud zieht sie für rund zehn Minuten gar. Da klingeln auch schon die ersten Freunde an der Tür und ich heiße sie gerne willkommen.

Als ich um zwölf Uhr und keine Minute früher auschecke, betreten bereits die neuen Gäste das Schiff. Ich sehe in blasse Gesichter, bemerke aufgeregte Gesten und hektische Blicke, mit denen sich die Neuankömmlinge in der fremden Umgebung um Orientierung bemühen. Wie nur unterscheidet man Bug und Heck? Auf welchem Deck befinden sich die Kabinen? Wann gibt's endlich was zu essen? Ich hoffe, dass sie auf ihrer Tour genauso viel Spaß haben werden, abenteuerliche Landausflüge unternehmen und eine ebenso verrückte Truppe kennenlernen werden wie ich.

Aber das erscheint mir sehr unwahrscheinlich, als ich in der Lobby meine Tischnachbarn und Robert auf mich zulaufen sehe. Die Lehmanns, die Hajek-Schnarrenbergers und Helene sowieso, alle sind sie gekommen. Trotz mächtigen Katers vom Oktoberfest tags zuvor. Meine Freunde fahren noch ein paar Seemeilen auf der »Mare Bello II«, wollen aber die kurze Liegezeit des Schiffs für einen gemeinsamen Landgang in Venedig mit Espresso zu nutzen.

Noch am Kai klärt uns Angie Hajek-Schnarrenberger darüber auf, dass es in Venedig zwar nicht ganz so schlimm sei wie in Neapel, aber dass auch hier überall Verbrecher und Mafiosi beziehungsweise Taliban lauern würden.

»Die Mala del Brenta treibt im Veneto ihr Unwesen! Also bitt schön Vorsicht!« Folgsam hängen sich Helene, Margot und Therese ihre Handtaschen quer über die Brust, und Dieter, Robert und ich verstauen unsere Portemonnaies diebstahlsicher in den vorderen Hosentaschen. Das ist inzwischen zur Routine geworden. Sodann suchen wir uns ein nettes Straßencafé.

Nicht weniger als eine Stunde erinnern wir uns der lustigen Dinge, die wir gemeinsam erlebt haben. Wir lachen, prusten, feixen und tauschen E-Mail-Adressen aus. Nachdem wir uns versprochen haben, einmal wieder gemeinsam in See zu stechen, springen wir von unseren Stühlen auf.

»Ich lad euch ein«, verkündet Angie generös und greift in seine rechte Hosentasche, fährt am Swing-Pocket-Einstieg entlang, stutzt, greift in die linke. Dann betastet er auch die hinteren Gesäßtaschen, dreht sich um sich selbst und schreit auf. »*Furto!* Diebstahl! Mafia! Taliban! I bin bestohlen word'n!«

Automatisch greifen wir nach unseren Geldbörsen und bestätigen uns gegenseitig, dass die eigene noch da sei. Der Österreicher sackt völlig verstört auf seinem Sitz zusammen und starrt mich an.

»Ich hab's ja immer gsagt, Angelo. Ois Verbrächer ...«

»Perverse Taliban ...«, trompeten wir alle im Chor.

Als hätte sie nur auf diesen Moment gewartet, zieht Therese ein dickes, braunes, übervolles Portemonnaie aus ihrer Handtasche.

»Suachst de do, Tiger?«, grinst sie ihren Mann an.

»Oh ... des is' jo ... Oba wieso ...? Wo host ...?«

»Die hast vorhin aufm Tisch liegn losn«, antwortet Therese trocken und spielt demonstrativ an den eigenen Fingernägeln herum.

»*Amore mio!* Wenn wir kein gutes Paar sind.« Er gibt ihr einen dicken Schmatz, alle atmen erleichtert auf, und dann winkt er den Kellner heran, um unsere Rechnung zu begleichen.

Ich betrete ein letztes Mal wehmütig die Suite, um meine Koffer zu holen, defiliere das letzte Mal Deck fünf entlang und singe dabei leise: »In der Heimat angekommen, fängt ein neues Leben an, eine Frau wird sich genommen, Kinder bringt der Weihnachtsmann. Hol-la-hi, hol-la-ho, hol-la-hi-a hi-a hi-a, hol-la-ho.« Ich schreite an der Rezeption vorbei und denke an Dieter Thomas Heck, die Hitparade und »Kleine Taschenlampe, brenn«. Dann bin ich wieder Trockenmatrose, bewundere das riesige Kreuzfahrtschiff von außen und wende mich dieser bunten Gruppe zu, meinen neuen Freunden. Es wird ein definitiver Abschied, so eine Zeit werden wir nie wieder erleben, nicht in dieser Konstellation. Aber wir werden uns viel versprechen. Noch weniger zu sagen trauen und noch weniger halten.

»Es war wirklich toll, dich kennenzulernen. Und vielen Dank für deine Kochshows und das Autogramm in deinem Buch. Ich werde in Leipzig mal ein paar deiner Rezepte nachkochen«, verspricht Margot und drückt mich herzlich an sich. Dabei darf der Mops, den sie in einer Bauchtasche mit sich führt, mir ebenfalls die Pfote reichen. Lilo winselt leise vor sich hin. Ich hätte nicht gedacht, dass sie mich so vermissen würde.

»Hier, als Erinnerung.« Dieter drückt mir ein Gruppenfoto in die Hand. Darauf festgehalten für die Ewigkeit sind wir zu siebt im Kinderzimmer des Bikinimädchens in Neapel. Wir wirken zufrieden, ausgelassen, farbig zusammengewürfelt und, man staune, zusammengehörig. Wir umarmen uns zum Abschied. Therese presst mir, mit Tränen in den Augen und zusammengekniffenen Lippen, rechts und links ein Küsschen auf die Wange.

»Und vergiss net: Du muasst Chinesisch learna! Des is' die Sproche der Zukunft«, ermahnt sie mich. Vielleicht keine schlechte Idee, überlege ich verlegen, während ich ihre große DIIOR-Sonnenbrille im Haar betrachte. Dann könnte man mit den Chinesen vielleicht mal über ihren Hang zu doppelten Vokalen reden.

Angie legt mir die Hand auf die Schulter und blickt mich ernst an. »Der Arm der Mafia reicht weit, bis nach Berlin und noch mal weiter. Die san fast überall. Pass besser gut auf, Angelo, grad im Gastronomiebereich soll die Mafia gern ihre Finger im Spiel haben. Oiso: Augen auf!«

»Alles klar, werd's beherzigen«, versichere ich ihm.

»Wir bleiben in Kontakt, Angelo, ja?« Robert drückt mir kräftig die Hand, überlegt es sich dann anders und zieht mich fest an sich. »Komm mich doch mal besuchen. Okay?«

»Gib auf dich Acht!« Helene nimmt meine Hand und wir spüren uns Wange an Wange.

Ich stehe allein am Kai, als die »Mare Bello II« ablegt. Von hier unten sieht der Koloss wie eine schwimmende Stadt aus. Ganz oben auf Deck vierzehn entdecke ich meine Freunde, die mir wild und ausgelassen zuwinken. Weiter unten steht eine Gruppe von Frauen, ich kann sie von hier aus nicht erkennen, aber ich stelle mir einfach vor, es wären die »Fröhlichen Klabauterinnen«, die ich in den ersten Minuten auf dem Schiff entdeckt hatte. Die Vorstellung macht mich fröhlich und ein wenig trübselig zugleich. Da oben, neben Robert, ich glaube, da steht Sabine Merkel. Mit der linken Hand wedelt sie freundlich, die rechte ist hinter der Reling verschwunden. Ich kann mir schon vorstellen, wo die hingewandert ist. Jedenfalls sieht es von hier so aus, als strahle Robert ein wenig. Ich werfe Helene einen innigen Handkuss zu und sie pustet mir einen zurück.

Ich bleibe so lange am Pier stehen, bis die »Mare Bello II« nur noch einem Badewannenschiff gleicht und schließlich hinterm Horizont verschwunden ist. Dann schnappe ich mir meinen kleinen Rollkoffer und mache mich auf in Richtung Stadt. Mein Flugzeug geht erst am Abend.

Nachdem ich ziellos durch die Gassen von Venedig geschlendert bin, entdecke ich schließlich eine Postdienststelle. Ich gebe das Päckchen auf und fühle mich unendlich erleichtert. Mit den Gedanken weit voraus, trete ich wieder über die Schwelle. »*Scusi … scusi, Signore!*«, ruft es hinter mir sehr eindringlich. Ich ignoriere es und rede mir ein, nichts zu hören. »*Signore! Scusi! Signoreeeeee!*« Die Stimme wird fordernder und lauter, doch ich schreite stolz von dannen. Nur merke ich, wie mir das Herz in die Hose rutscht. Ich entferne mich und kämpfe darum, ruhig zu bleiben, als wäre ich in einem Paralleluniversum. Aber die Realität ist unbestechlich. Den Ruck an meinem Ärmel kann ich nicht mehr missachten. Die Postbeamtin zerrt an mir wie nur ein Straßenköter an seiner Wurst. Wie ertappt drehe ich mich um. Sie sieht mich mit großen Augen an. Natürlich, sie weiß es, gebe ich jeden Widerstand auf. Ich hätte die Brioche doch in ein internationales Fundbüro geben sollen oder an die Reederei oder in den Ozean fallen lassen. Was starrt die Frau denn so? Noch nie einen Paten gesehen? »Signore, alles in Ordnung mit Ihnen?«, erkundigt sie sich besorgt.

»Ja, ja. Selbstredend.«

»Sie sehen so ... geschockt aus. Es ist nur, Sie haben das Wechselgeld vergessen, hier ...« Sie quetscht mir einen Euro in die schweißnassen Hände. »Wirklich alles in Ordnung?«

Es ist sehr warm, auch der Rest meines Körpers gerät ins Schwitzen, als ich den schweren Trolley hinter mir her zottele. Die kleinen Rollen rumpeln laut quietschend über das Kopfsteinpflaster. In den stillen kleinen Gassen potenziert sich das zu einem Kutschengetrappel. Auf einer Brücke mit Aussicht auf die Lagune bleibe ich stehen. In der Mitte hat sich eine Gruppe älterer Menschen versammelt, die mich einer wie der andere vorwurfsvoll anschauen, als ich mit meinem lärmenden Koffer wieder losmarschiere.

»*Scusi*«, murmele ich entschuldigend und hebe das Gepäckstück am Griff an. Sie nicken nunmehr freundlich in meine Richtung, als ich den Trolley ächzend an ihnen vorbeischleppe, und wenden sich wieder dem Meer zu. Ich folge ihren Blicken und stelle fest, wie schön es hier ist.

Aus einer Eingebung heraus beschließe ich kurzerhand, noch nicht zu fahren, sondern hier mein autobiografisches Kochbuch zu Ende zu schreiben. Ich habe das unbestimmte Gefühl, dass ich das nur hier, in dieser Atmosphäre, tun kann.

Ich gehe also um die nächste Ecke, um nach einem gemütlichen kleinen Hotel Ausschau zu halten, und bleibe vor einer Konditorei stehen. Genauer gesagt, vor der Tafel, die neben dem Eingang hängt: »Brioches 95 Cent«. Noch einmal rieselt der Schauer des Verbotenen durch mich hindurch. Ich werde das schlechte Gewissen wohl nie loswerden. Oder ... doch, ich werde es aufessen.

»Signora, due Brioche, per favore!«

»Un' ottanta.«

»Grazie.«

Ich betrachte das Hefegebäck, das den Vergleich mit dem Juwel nicht zu scheuen braucht. Es ist auf seine Art schön und begehrenswert. Vor allem riecht es um einiges besser. Und wenn man es loswerden will, beißt man einfach mit viel Genuss hinein. Köstlich!

ENDE

PS

Jahre später werde ich Post von »Grenzenlose Ärzte« erhalten. Beim Anblick des Briefes wird mich ein Stromschlag durchfahren. Natürlich, das Diebesgut auf dem Kreuzfahrtschiff! In dem Brief werde ich um eine Spende gebeten, eine Bitte, der ich als Weltenbummler gerne nachkomme, aber was viel interessanter ist:

»... Wir danken für den Erhalt eines Päckchens aus Italien, in dem eine wunderschöne Brosche lag. Nach einigen Recherchen stellte sich heraus, dass die Brosche einer der reichsten Familien Italiens gestohlen worden ist und nun endlich dem Besitzer zurückgegeben werden konnte. Unserer Organisation wurde als Belohnung ein Scheck im Wert von 10 000 € dargebracht ...«

ENDE

Dank

Ich bedanke mich bei meinen neuen Freunden Petra B., Jeffrey W., Sandra B., Mark P., Stefanie & Lex H., La svenuta, Timm S., Gabi v.T., Sigfried W., Barbara K., Hanni und Bastian, Suhi und Christina, Helmut S., Elke N., Bernd S., Marie W.
Danke an Beata E., sie hatte die Geduld, das Manuskript zu lektorieren.
Für die Übersetzung ins Österreichische bedanke ich mich bei Herrn Ludwig Heinrich.
Und natürlich bedanke ich mich bei meiner großen, chaotischen und lieben Familie.
Ohne sie wäre ich nix. Grazie.

Skript Doktoring
Beata Endler, Katrin Nord, Marc Frank